PAULINE CLAVIÈRE

WUNDERLAND

Où danse un peu du désastre et de la magie du monde

roman

ALBIN MICHEL

« Il m'arrive parfois de penser que je suis les saisons,
le mois de janvier, le mois de mai, le mois de novembre :
que je fais partie de la boue, du brouillard et de l'aube. »

Virginia Woolf, *Les Vagues*

PROLOGUE

J'écris pour ma mère, cette sorcière.

Celle qu'elle a toujours cru être. Femme balancée dans les eaux glacées les pieds lestés, conspuée par une meute haineuse il y a des siècles. Mille ans peut-être.

Mille ans qu'à travers ses nombreuses vies elle n'a jamais oubliés. Elle dit que l'on n'oublie pas la violence. À cause de cela elle ne va jamais où elle n'a pas pied.

À cause de cela, les librairies aux grimoires occultes où elle nous traînait ma sœur et moi. Les mots comme des coups qu'elle pratique en art martial.

Parce que être la fille d'une femme sacrifiée il y a mille ans peut-être par quelques fous, même en croyance, même sans preuves, c'est mon histoire.

Parce que ces deux-là ont surgi sur sa route et qu'elle les a reconnues aussi sûrement que si elles avaient surgi de la même rivière, condamnées par les mêmes liens.

J'écris. Des histoires de rebut, de mise au ban, de condamnés, d'oubliés. Les seules qui m'intéressent. Il faudra bien que je comprenne. Que je me décide enfin à ouvrir le grimoire du passé. Celui qui ne se raconte pas.

Celui qui se transmet en silences, en rêves ou en peurs irrationnelles. Celui qui m'a tenue en nage au milieu de la nuit, hurlant après elle, certaine de voir ma dernière heure venue au fond de la cale scellée d'un bateau, à mon tour entraînée par le fond.

Mais aucune de nous n'a coulé, n'est-ce pas ?

Nos expériences intimes s'inscrivent dans la chair, jusque dans nos cellules et leurs arbustes mystérieux faits de ramilles auxquels les scientifiques donnent le nom d'ADN. Le plus naturellement du monde, ces craintes mutantes baladent d'une vie à l'autre leurs destins ironiques. Voilà ce que nous sommes. Des variations d'ADN comme autant de notes sur une portée. L'air au commencement est toujours le même. Tour à tour aérien puis grave, il n'est pas étranger à celui que crache l'autoradio du van qui, ce matin de juillet 1977, emprunte la route sinueuse. Cet air qui s'allume dans ma tête les jours de grand vent.

Baby, you understand me now
If sometimes you see that I'm mad
Don't you nos one alive can always be an angel
When everything goes wrong, you see some bad.

But I'm just a soul whose intentions are good
Oh Lord, please don't let me be misunderstood

Les sorcières aiment par-dessus tout la musique.

« Toutes ressemblances ne sont ni intentionnelles ni fortuites mais tout bonnement inévitables. »

Heinrich Böll, *L'Honneur perdu de Katharina Blum*

STATION I

Le temps des fenaisons

Brunhilde, lieu-dit, été 1977

But I'm just a soul whose intentions are good
Oh Lord, please don't let me be misunderstood...

Elle a roulé une bonne partie de la nuit. Mariella et ce type, Louis, rencontré dans le Berry, échoués à l'arrière du van, bringuebalés par la houle des virages. Le soleil se lève derrière les collines et il lui faut puiser dans ses dernières forces pour maintenir sa trajectoire.

Le matin est arrivé et l'a aveuglée. Son pied écrase le frein et les deux autres se retrouvent projetés dans un bruit de tôle qui fait surgir dans sa mémoire l'animal de l'autre soir. Une bête longue et fine coiffée de cornes comme elle n'en avait encore jamais croisé. On aurait dit l'un de ces monstres gracieux de contes pour enfants. À la fois inquiétant et beau. Ses yeux révulsés la hantent depuis. Quand la silhouette est entrée dans son champ de vision, il était déjà trop tard. Le cri de la bête a fendu l'air en même temps que ses tympans, figeant son sang. Elle est restée prostrée, le pied toujours enfoncé sur la pédale de frein. Tout s'est passé comme si c'était elle qui se trouvait devant les phares à cet instant, le flanc en sang et la nuque brisée. Une douleur prophétique a enflammé ses côtes.

Il a fallu se débarrasser du corps. Mariella a soutenu la tête brûlante de l'animal tandis que Brunhilde soulevait le bassin et les pattes arrière, le sang coulait le long de ses avant-bras jusqu'entre ses doigts. Le filet mielleux lui soulevait le cœur. Elles ont balancé la carcasse qui a roulé en contrebas avant de stopper sa course sur un rocher, sous le regard médusé de ce grand con de Louis dont la seule qualité est d'être le propriétaire du véhicule.

De nouveau, les collines et la vallée couvrent le pare-brise de leurs reflets verdoyants. Mariella a enjambé le frein à main et s'est installée à côté de Brunhilde. Elle effrite de la résine au milieu du tabac, roule puis tasse la cigarette sur son genou avant de la porter à ses lèvres. Le tintement des cloches envahit l'habitacle.

Meuh ! imite Mariella en lui tendant la cigarette.

On est où, les filles ?

L'haleine saturée de Louis se mêle aux effluves de fumée, à l'odeur d'herbe mouillée et de bouse.

Im Wunderland, baby, lâche Brunhilde en même temps qu'une bouffée de fumée sur sa face ensommeillée.

Aire de l'Aveyron, décembre 2022

Dans la famille, quand on pense, ça fait des phrases. La pensée et les mots se confondent, il en a toujours été ainsi. Cela aussi, ce devait être planqué dans l'une des petites branches de l'ADN. Chez mon grand-père maternel, c'était presque sans le vouloir, des formules à l'emporte-pièce, plus ou moins heureuses, toujours surprenantes.

Ceux qui sont restés, c'est qu'ils ont pas trouvé la gare.

Cette phrase-là, la sienne, on la connaît tous. Comme un dicton ou une prière.

De lui, je garde le souvenir d'un homme au regard pas si éloigné de celui de ma sœur ou de ma mère, qui se tient près de moi en fumant au moment où mon récit commence. Ses yeux d'enfant espiègle, toujours sur un coup. Des mains aux proportions déraisonnables, une casquette, un grand dos voûté. Un paysan. Affublé d'un nom simple, un nom d'apôtre pour un homme qui rêvait d'ailleurs et pour qui la seule raison du départ fut la guerre.

Et aussi une photo de nous, à l'été 1990, posant côte à côte, fiers, dans la cabane qu'il était en train de construire pour moi au fond du jardin de la maison de mon enfance. Ma mère prend la photo, elle accouchera de ma sœur quelques semaines plus tard.

Trente-deux années se sont écoulées depuis. Elle appuie sur la roulette de son briquet et allume une clope qu'elle a calée au coin de sa bouche, comme je me surprenais à le faire quand je fumais encore. Ce sont ces petites manies qui trahissent notre lien, davantage que nos yeux ou la forme de notre visage. La voix aussi. J'agite ma main pour dissiper la fumée.

Oh ça va ! elle riposte immédiatement avant de plonger le nez dans son café.

Nous voilà, emmitouflées dans nos manteaux devant la porte battante de l'aire de l'Aveyron comme deux cowboys en fin de course. Nous avons roulé toute la matinée depuis Marseille. Le viaduc de Millau et ses ailes blanches planant au milieu des nuages ont marqué le retour dans le temps, celui de son enfance apparue à mesure que l'ouvrage disparaît dans le rétroviseur.

Lili aime l'aventure, les projets, les départs. Ma mère est de cette espèce qui met un point d'honneur à faire de chaque déviation de l'ordinaire un événement. Comme lorsqu'elle nous attendait à la sortie de l'école en tailleur blanc, assorti à son Alfa Romeo. Ces quelques fois où elle quittait son travail plus tôt et nous faisait la surprise de venir nous chercher. Quand avec ma sœur nous apercevions les cheveux cuivrés coiffés à la garçonne de notre mère, sa silhouette longiligne perchée sur ses talons, nous étions comblées. Comme le sont les enfants à la vue de leur mère lorsque l'amour est à sa place. Et l'odeur de son parfum qui embaumait la voiture. La même que ce matin.

Tu sais, je suis contente de faire ce road trip.

Ce road trip, c'est mon travail.

Je sais, je sais.

Le GPS indique que nous aurons rejoint le hameau de son enfance, dans le Cantal, à 15 h 32. L'urgence de ce *voyage du retour* m'a surprise comme l'orage. Si incontournable que malgré le mois de décembre, les routes verglacées, l'imminence des fêtes de fin d'année, nous en sommes là. Ma mère et moi, côte à côte dans cette berline sombre digérant les kilomètres.

Dans quel but ? Retrouver les Allemandes, celles de son histoire. De leur histoire à tous, ceux du hameau, des générations qui ont suivi et dont je fais partie. Ces femmes dont on dit qu'elles vivent désormais loin d'eux, du passé, de tout. Comprendre enfin. Pourquoi personne, jamais, ne les a oubliées, malgré leur obstination à l'être.

Lili est là. Envers et contre ce brouillard qui enveloppe un peu plus l'habitacle à mesure que nous progressons en direction du village. C'est là que nous ramène la légende des Allemandes. Dans un hameau ignoré de tous où elles débarquèrent à l'été 77.

Les mots se font plus rares sur la dernière partie du trajet qui nous conduit, comme je m'y suis engagée au téléphone, chez le maire du village, Lucien Carette. Un homme à la voix juvénile malgré ses soixante-quinze ans et, pour ce que je sais de lui à ce stade, dont le père fut autrefois très ami avec mon grand-père Jean. Et qui, surtout, a bien connu les filles.

Je regarde ma mère, les yeux collés au bitume, jamais tranquille quand ce n'est pas elle qui tient le volant.

L'autoroute est à nous, le temps clément. Dans quelques jours, ce sera Noël. Elle a eu un mal fou à trouver un hôtel ouvert où nous pourrons loger le temps que durera notre *enquête,* comme elle dit.

Qu'est-ce qui te plaît tant dans cette histoire ? dit-elle.

Elles. Eux. La rencontre improbable. Les coïncidences. Le hasard auquel j'ai du mal à croire. Tout ça j'imagine. Il est trop tôt pour le dire.

Je comprends. Elle hésite.

Dans tout ça, je ne sais pas trop ce qui est vrai, ce qui ne l'est pas. Elle trimbale tellement de fantasmes cette histoire que… Ça a été quelque chose de si énorme pour nous. Enfin, je dis nous. Moi j'étais déjà partie, mais pour les parents, pour ceux qui étaient là. *Ceux qui n'avaient pas trouvé la gare*, précisément.

C'est que l'adage est en partie à l'origine de l'histoire que je suis venue chercher ici, dans ce coin déserté, point ignoré parmi d'autres sur l'énigmatique *diagonale du vide*, des années après que je l'ai entendue pour la première fois. Je devais avoir dix ans. Peut-être moins. Les souvenirs de l'enfance ne s'embarrassent pas des comptes exacts des calendriers. Chaque été, nous partions en Auvergne, dans le Cantal, où vit une partie de ma famille. Aujourd'hui, ma tante et mon oncle. Autrefois, mes grands-parents maternels que nous retrouvions pour quelques semaines, à l'occasion des vacances d'été et de Noël. Ainsi que le rappelle ma mère, la version première a été plusieurs fois contrariée, corrigée, agrémentée. Toujours est-il qu'il m'a fallu deux décennies pour que je parvienne, enfin, à poser sur elle un regard plein, l'un de ceux que l'on réserve habituellement aux tableaux, aux statues. Aux œuvres d'art.

Vingt ans pour que l'ensemble des protagonistes, des péripéties, des expériences de chacun m'apparaisse. C'est qu'il a fallu exhumer beaucoup de ces récits, des plus réjouissants aux plus indicibles. Quelques fantômes s'en trouveront pour sûr perturbés.

Cent fois l'on m'a raconté l'histoire de l'Allemande habitant la dernière maison du hameau. Celle où les tuiles dégringolent de la charpente tout près de s'effondrer. Celle, primitive, de la sorcière vivant dans la bâtisse en ruine à l'orée du bois. Cette grange poreuse dont les bâches peinent à masquer la décrépitude, où sur le panneau de bois pyrogravé pendu au mur de pierre à demi effondré de l'entrée est écrit en allemand : KERAMIK.

C'est ici qu'elle vit. Au moment où je vous écris, elle y respire toujours. Et quoi qu'ils disent de ce souffle chargé, de cette mémoire souillée par le mal de vivre, cet air-là va et vient dans ses poumons. Cette idée d'elle demeurant comme une bête dans la grange d'à côté me hante.

Elle fut tour à tour la touriste, la petite, l'étrangère, la boche, la gamine de la colline, la fille du nazi, la hippie, la fille des bulles, la terroriste, l'artiste, la dévergondée, la droguée, la pute, la folle, la mère indigne, la vieille, l'ivrogne, la sorcière.

Quelles que soient les raisons qui la poussent à vivre ainsi aujourd'hui, je voudrais la dire à ma façon. Cette existence, cloîtrée et pourtant au centre, au milieu d'eux. Soustraite à leurs regards mais omniprésente. Sa géographie est imprenable. Elle demeure ici, derrière ces murs de pierres humides et les ardoises saillantes qui les coiffent. Château fort de pacotille dont elle tient le siège.

Tout ce qui suinte de ces murs n'a eu de cesse de me fasciner toutes ces années comme d'autres se plaisent à se plonger dans l'observation de galaxies lointaines. Je voudrais vous conter cette histoire depuis le début, telle qu'elle m'a été dite pour la première fois par ma mère. L'histoire de non pas une, mais deux jeunes germanophones qui débarquèrent dans un coin paumé du Cantal un matin de juillet pour y installer leur campement. D'étranges bulles, aussi rondes que les monts autour, fondues dans la terre et le vert, semblables à l'écume, posées là à la faveur d'une brise d'été, jamais reparties. Comment, avec elles, s'engouffrèrent dans le hameau la liberté et le chaos.

Il me serait bien difficile de vous dire quand. Quand exactement le récit de leur vie m'a traversée pour la première fois. C'est que ma mère et, avant elle, les femmes et les hommes du village ont fait de leur histoire un mythe. Chacun y allant de son vécu. À l'instar des créatures imaginaires qui peuplent les contes ancestraux, il y a toujours eu, dans leurs âmes et leurs voix, de la place pour elles.

Ceux qui sont restés, c'est qu'ils ont pas trouvé la gare.

Comment concevoir que l'on vienne se perdre ici quand l'ailleurs semblait être une chose si désirable bien qu'indécente ?

C'est qu'elles venaient de loin pour débarquer nulle part. Et cela, personne ne pouvait le comprendre. Ma mère en premier lieu, pour qui le mot *envie* très tôt s'est mué en *ailleurs*.

C'est aussi pour cela que je dois rencontrer les Allemandes. Pour débusquer la part d'elle-même que ma mère a laissée ici. Celle qui n'a pas trouvé la gare. Une intuition ténue me souffle que c'est en remontant le fil de l'histoire des Allemandes que Lili se laissera deviner.

Lieu-dit, 14 juillet 1977

Qu'est-ce tu baragouines en allemand ? Tu sais très bien que je ne comprends rien à votre langue.

Le pays des merveilles, tout ça, tout ça, ça te dit quelque chose ? elle dit en souriant de son accent allemand.

« Fête du village », s'essaie Brunhilde en freinant devant une pancarte colorée.

Oh da ! s'exclame Mariella. *Heute ! Fabelhaft !*

Les toits de lauzes éclosent à mesure qu'elles approchent du hameau. Bordant la petite route goudronnée trop étroite, les premières granges, portes ouvertes, des poules et de grands draps blancs offrent un tableau primitif. Une odeur d'étable embaume la voiture. Brunhilde ferme les yeux une fraction de seconde. Il lui semble qu'elle a toujours respiré cet air-là. Déjà la chaleur gagne la vallée et chasse les dernières gouttes de rosée. On devine le fracas de l'eau d'une rivière fouettant la roche en contrebas, à l'extrémité du pré qu'elles longent depuis un moment maintenant. De chaque côté de la route, des clôtures de fortune, quelques bouts de bois sec reliés par des barbelés.

Ils comptent retenir leurs bestiaux avec ça ? s'étonne Mariella. On dirait des jouets.

Brunhilde acquiesce en tirant une longue bouffée sur sa cigarette. Puis de nouveau une ferme, de grandes culottes suspendues à un fil de fer. Un chien les course, elle lui lance un trognon de pomme. Un homme sort de sa grange, casquette enfoncée sur la tête, qui les salue d'un geste de la main.

Hier ist Mittlelalter. Ich liebe, laisse échapper Brunhilde.

Vous exagérez ! Vous savez très bien que je ne comprends rien.

Elle dit que c'est le Moyen Âge ici, qu'elle adore ! Mariella se charge de la traduction.

Café ? articule exagérément Brunhilde de son sourire trop large en direction de Louis, relevant d'une main ses boucles blondes.

Café ! Ah ça je comprends !

Sept heures trente, le van entame le dernier virage. Depuis le sommet de la Grande Prairie, le long du chemin pâle qui conduit jusqu'à la grange à l'entrée du hameau, nos voyageurs peuvent croire un instant contempler un lever de soleil sur une mer calme. Une mer vallonnée, houleuse mais lisse, sans éclaboussures autres que quelques arbustes blanchis çà et là comme autant d'éclats d'écume.

Des voyageurs, il n'y en a pas par ici. Les guides touristiques ne s'aventurent pas jusque-là, les villageois s'en amusent. Le monde se contente de traverser le lieu, ne s'y attarde pas.

Wunderland est l'un de ces endroits dont les géographes n'ont su choisir entre le hameau, le village et autres subtilités langagières d'hommes de cartes pour le qualifier, et qui se trouve donc affublé du statut de *lieu-dit*. Comme si seule la parole de quelques-uns, suffisamment fous pour y vivre et le nommer, attestait son existence. Un de ces lieux qui n'apparaissent pas sur lesdites cartes, encore moins sur les GPS qui, par ailleurs, n'existent pas encore en soixante-dix-sept. Ceux dont le panneau surgit au hasard d'un virage et, avec lui, ces habitations aux toits de lauzes humides, cerclées de fougères et de pierres grises. Le ciel posé dessus est las, inerte une bonne partie de l'année. Pas aujourd'hui. La journée s'annonce radieuse.

Néanmoins, pour voir ce bout de pays dans son plus bel habit, il faudra revenir un peu en arrière, au printemps, quand les premiers bourgeons chatouillent les pentes verdies et qu'elles se mettent à sourire. Les entendre rire quand les animaux sortent enfin de leurs terriers et dévalent les collines jusqu'à la rivière. On peut voir des renards courir au petit matin, des merles sautiller au milieu des herbes hautes, tandis que les vaches se hissent sur leurs pattes, les unes après les autres, encore engourdies par la nuit qui lentement quitte le vallon. Alors oui, un matin de printemps virginal, celui qui par hasard ou audace se serait égaré dans ce coin paumé de France pourrait s'en trouver récompensé. Les odeurs de plantes et d'humus exhaussées par la rosée, le pépiement des oiseaux, et comme écrin à leur éveil, le silence. Un silence unique et ouaté.

Mais en ce 14 juillet 1977, ce n'est pas le silence du lieu qui se remarque le plus. La saison des foins s'achève et la fête nationale est l'occasion de la clôturer en beauté. Surtout, en musique. Depuis le mois de juin, les paysans ont passé des journées éreintantes. Dès l'aube, sous les rotations assourdissantes des meules mécaniques tout entières dédiées à aiguiser les grandes lames, jusqu'au soir lors de la mise en bottes du foin. Ils ont travaillé ensemble, les uns aux côtés des autres dans les prés, les gamins accourant à la pause, casse-croûte sous le bras. Tous mis à contribution. Surtout ne pas perdre de temps, prendre la pluie de vitesse. Tout faire pour se préparer un hiver convenable. Où les bêtes ne manqueront de rien. Comme un seul homme, ils ont œuvré sans trêve. Les bottes de foin sont bien alignées au fond des granges. Tous, jeunes et vieux, hommes et quelques femmes, sont au rendez-vous pour le premier apéritif des festivités. La fanfare est là, l'orchestre en place.

Ils ignorent l'arrivée imminente de nos visiteurs. Ce van rouge et blanc qui vient d'entamer le dernier virage avant le village pour venir se garer sur la place de l'Église, attiré par les airs de musique. Le van ralentit. Brunhilde en descend et soulève la clôture d'un pré en bord de route afin d'y stationner le temps d'une sieste, nécessaire après la longue nuit au volant. Ils feront leur entrée sur la place, sous les yeux surpris des villageois, après avoir parcouru les derniers mètres de l'étroite et unique route, ignorant les clôtures qui la bordent et qui, avec leurs bêtes, retiennent leurs vies tout entières.

Maison de Lucien Carette,
décembre 2022

Ou ce qu'il faut de portraits au mur
pour faire une histoire

La maison de Lucien Carette ressemble à celles qui bordent la grande route, jetées comme les dés, au hasard sur le plateau. Simple, avec son crépi blanchi. Une construction moderne recouverte d'un toit en ardoise. C'est qu'ici on ne plaisante pas avec les toitures. Les granges où l'on vivait encore il y a peu, et celles rénovées par les touristes anglais ou les Parisiens en mal du pays, gardent, elles, leurs coiffes de lauzes épaisses et larges, à peine limées par les rudes hivers. Un toit en bon état est garant d'une maison saine, et cela je me souviens l'avoir entendu dire plusieurs fois par mon oncle.

J'ai eu Lucien pour la première fois au téléphone sur son conseil et celui de ma tante, justement. La leur, de grange, est la première à l'entrée du hameau. Depuis leur retraite, ils ont quitté Paris et sont venus s'y installer pour de bon.

Dès nos premiers échanges, Lucien m'a donné l'impression d'un homme enjoué et vif. J'ai cru percevoir dans sa voix un peu de l'espièglerie caractéristique des gens du coin, celle-là même dont ma mère et ma sœur ont hérité.

Je gare la voiture le long du fossé devant le portail en bois et nous avançons, ma mère en tête, en direction d'une porte vitrée. Il a cessé de pleuvoir, l'herbe est trempée et des flammes alanguies incendient l'horizon. À cet endroit du plateau, quelques arbres tout au plus. Aucun obstacle entre les hommes et le ciel. Tout est lisse et désert. La nationale que nous laissons derrière nous est silencieuse à cette époque de l'année.

Un chien plaque son museau à la vitre et dessine un cercle de buée du bout de sa truffe. Il ne nous lâche pas des yeux. Je frappe à la porte, tandis que Lili amorce quelques pas devant la véranda. La silhouette d'un homme apparaît, je fais signe à ma mère de revenir sur-le-champ. Lucien ouvre la porte et lui enserre les bras de ses grandes mains. Ils se scrutent toutes dents dehors.

T'as pas changé, Lili.

Toi non plus, Lucien.

Oh tu parles, c'est gentil mais si, si. Entrez ! Entrez !

Lucien est comme je l'imaginais, les yeux d'un bleu miroir en plus. Nous passons la véranda et entrons dans la pièce principale, où seule la porte laisse filtrer la faible lumière du dehors.

Lucien, je te présente ma fille.

On s'est parlé au téléphone, je dis. Merci de nous recevoir.

Avec plaisir. Ça me fait plaisir de vous voir.

Tu n'as pas d'enfants, toi ? lâche ma mère comme on demande du sel.

Non, répond Lucien, moins gêné que moi.

Je jette un œil à la pièce qui ressemble en tout point aux intérieurs d'ici que j'ai connus dans l'enfance. Quatre murs, un grand buffet, une table en bois, ronde celle-ci, là où celle de mes grands-parents était robuste et rectangulaire. Deux fauteuils pour la sieste, une grande horloge, des objets oubliés un peu partout et deux portraits au mur, probablement ses parents. Le chien donne la patte à Lili.

Ça suffit ! Arrête ça ! C'est que, tant que ma belle-sœur ne peut pas rentrer chez elle, on garde son chien. La pauvre a été hospitalisée avant-hier. Ma femme y est, ça lui fait une trotte. Une heure de bagnole pour y aller.

Rien de grave ? s'enquiert Lili.

Lucien fait non de la tête.

Fait pas bon être vieux par chez nous. Ça suffit le chien ! Va là-bas !

Laisse faire, ça ne me dérange pas.

Lili caresse la tête de l'animal.

Au contraire, elle murmure.

Lucien la dévisage, il semble avoir oublié ma présence.

Tu ressembles à ton père. Avec les cheveux courts comme ça. C'est quelque chose.

Tous deux tournent soudainement leurs visages vers moi, comme s'ils attendaient que je leur lance une bouée.

Lucien dit vrai. Dans ce décor, devant cette armoire, cerné par ce papier peint jauni, plus encore. Il me semble un instant que mon grand-père s'est invité là, comme il l'a toujours fait, sans prévenir.

Alors, qu'est-ce que tu veux ? Lucien rompt la magie à l'œuvre.

Eh bien, comme je vous ai dit…

Tutoie-moi. Quand même, la petite-fille du père Rivière. S'il te plaît.

Eh bien, je voudrais bien que tu me dises comment ça s'est passé quand les filles sont arrivées ici, à la fin des années soixante-dix… Maman m'a raconté cette histoire quand j'étais plus jeune, mais il y a plein de détails que je n'ai pas. Ce n'est quand même pas banal de voir arriver deux jeunes femmes, étrangères, qui décident de s'installer… Ce n'était pas franchement une destination prisée des touristes… Je sais que ça a été un bouleversement, ça ne vous a pas interpellé ? Pardon. Tu.

Je ne te le fais pas dire ! Mais tu sais, à propos de tout ça, je ne voulais pas trop en raconter au téléphone. C'est que j'aimais mieux le faire de vive voix.

Je comprends. Je mens.

Maintenant que tu es là, je ne sais pas si… Je ne sais pas si elles aimeraient que l'on parle d'elles, du passé. Il vaut peut-être mieux aller les voir.

J'irai.

Pourquoi tu dis qu'elles n'aimeraient pas, Lucien ? l'interpelle Lili.

Je ne sais pas… Peut-être que je me fais des idées mais, il me semble qu'elles ont fait une croix sur le passé. C'est un peu compliqué, quand même. Elles sont arrivées un peu par hasard… enfin…

Il marque un silence, le temps pour ses yeux de se raccrocher aux motifs de la toile cirée.

Ce que je peux te dire, c'est que c'était le jour de la fête du village, il y a plus de quarante ans.

C'est comme cela, le plus laborieusement du monde, que Lucien commence son récit.

De temps en temps, il fait des pauses et jette un œil aux portraits accrochés au mur. Cerclé d'un cadre ovale au doré limé par le temps, le visage en noir et blanc d'un homme, bel homme au demeurant, les yeux limpides et le menton volontaire. Un portrait de lui jeune, beau, brun, en habit militaire, la mine fière. La photo me renvoie à celle, presque identique, de mon grand-père, accrochée dans le vestibule de l'entrée de la maison où nous allions chaque été, à quelques kilomètres d'ici.

C'est papa. Antoine. C'est lui qui a accueilli les filles.

Il s'interrompt. Le jeune Lucien en lui a rougi.

Une autre photo de lui en tenue de ville et ici maman, très belle.

Sur le mur d'en face, un portrait de sa mère. D'une beauté diaphane, presque irréelle, très jeune. Rien ne semble avoir bougé ici depuis des années.

Eh bien nous voilà en bonne compagnie ! a chantonné Lili.

Il a souri et j'ai pensé, *c'est fou ce qu'il faut de portraits au mur pour faire une histoire.*

Ils sont tous là, du haut de leur piédestal, à attendre qu'il se lance. Que craint Lucien ? Les voir le reprendre, l'accuser de tout déformer ?

Cette histoire-là convoque de nombreux protagonistes. Ceux qui sont partis comme Antoine et mon grand-père Jean faire la guerre par millions, ceux qui sont restés, ceux qui n'en sont jamais revenus, celles et ceux qui les ont attendus, ceux enfin dont la vie, des années après, se confond avec l'attente, comme Fonfon dans le pré de la Grande Montagne.

Mais il est trop tôt pour vous parler de Fonfon, de ses frères et de leur désir qui conduit le désordre. Pour l'heure, il est temps de revenir à mes Allemandes dont l'une ne l'est pas.

Brunhilde est née dans une ville moyenne au nord de l'Allemagne, en Rhénanie-du-Nord-Westphalie, à vingt kilomètres à l'est de Dortmund, ce qui fait d'elle une authentique Allemande. Mariella, elle, est née dans un petit village suisse perdu dans les Alpes où l'on parle allemand sans être allemand pour autant, mais c'est une autre histoire.

Sans s'interrompre cette fois, Lucien reprend son récit de cette belle matinée d'été, où, dans les yeux du jeune homme qu'il était, deux étrangères ont fait leur entrée dans le village.

Lucien Carette, lieu-dit, 1977

Où une Allemande surgie sur la place
semble visiter le moindre recoin du lieu
en même temps que son âme

La première chose qu'il vit d'elle, ce fut sa chevelure, il insiste là-dessus. Dorée, bouclée, une masse scintillante et parfaitement mobile qui confisque tous les regards. *Trop vite, trop fort.* Il se souvient de ses mains, occupées à la ramasser en un chignon désordonné, sitôt défait sous le poids de la masse blonde. *Trop blonde*, il dit.

Il a juste eu le temps de deviner la nuque fine au-dessous. De loin, on pourrait croire à une étoffe, un long rideau ou un tapis, si le prolongement de la robe et les mains volubiles ne trahissaient la présence d'une femme.

Que pensent-elles trouver dans ce trou ? Pourquoi ici ?

La musique de l'orchestre redouble d'intensité à mesure qu'une autre silhouette, inconnue elle aussi, va et vient au bras d'un grand échalas aux cheveux trop longs.

Sans doute des vacanciers de passage, en direction du barrage. À cette époque de l'année il arrive que certains viennent se perdre ici, le temps d'une journée de festivités. *Jamais des comme elles.* La petite brune a l'air plus jeune, et de fait elle l'est, la grande a trente ans au moins. Sautillante, elle rit à gorge déployée.

Qui rit comme cela ?

Les gens du village autour se sont regroupés, ils accusent réception de la présence des visiteurs.

T'as vu ce qui vient de débarquer *miladiou* ?

Matthieu se jette sur lui, la main sur son épaule, excité comme à son habitude. Quoiqu'un peu plus.

Qu'est-ce que c'est que ces beautés-là ? C'est un cadeau du ciel mon vieux. Tu te rends compte un peu ? Tiens, regarde le père Rivière qui se rapproche pour lui causer à la blonde. Perd pas de temps le coquin !

Lucien n'a pas envie de parler. Quelque chose est en train de se passer. L'orchestre enchaîne les titres. *Big Bisou* de Carlos tout juste achevé, le chanteur se racle la gorge et se lance dans une imitation de Dave :

Est-ce par hasard, si j'ai suivi une étoile qui m'a conduit cette nuit jusqu'ici où tu te trouves aussi…

Lucien se sent plein d'un élan tout neuf. Il s'apprête à aller à la rencontre de la grande. Elle a créé un vide autour d'elle en s'approchant du comptoir. À la manière d'un prédateur ou d'une reine d'un pays lointain. De là où il se trouve, tout laisse à penser que l'intruse est porteuse de quelques radiations radioactives. Les hommes se sont éloignés du bar où ils étaient accrochés depuis deux bonnes heures. Elle s'est penchée, a chaussé les sandales de cuir qu'elle vient de déposer à ses pieds, bouclé la fermeture en laissant apparaître sa cheville, puis son mollet. Jamais encore il n'a vu des jambes pareilles, pas même dans les magazines rapportés de la caserne par ce cochon de Pierre Blaise.

Qui a tout fait pour que l'on se rencontre ?

Le chanteur accompagne son élan.

La grande asperge et la petite brune continuent de tourner à toute vitesse, ignorant le rythme, contrastant avec l'immobilité sculpturale de l'autre.

Elle s'est redressée après avoir enfilé ses souliers, a sorti une cigarette de la poche de sa jupe ample et l'a portée à ses lèvres. Le père Blaise a été le premier à dégainer ses allumettes. Elle l'a remercié d'un mouvement de tête, esquissant ce qui aurait pu laisser croire qu'un sourire suivrait, puis non.

Si ce n'est pas le hasard, c'est la chance…

Les yeux du chanteur sosie de Dave croisent ceux de Lucien, embarrassé. Pourquoi faut-il que tout soit si grotesque à la fin ?

L'odeur des andouillettes tout juste jetées sur les grandes grilles au centre de la place sature l'air. En brûlant, la graisse fait danser les flammes et crépiter les braises. Les mères éloignent les bambins et les hommes s'affairent. La grande jette un œil discret. Le père Blaise est resté là, planté devant elle comme devant un monument. Elle ne semble pas s'en inquiéter. Ses yeux balaient la place. En fumant elle commande un verre de vin rouge à Michel, planqué derrière sa tireuse à bière. Ce benêt s'exécute en roulant des mécaniques. Son regard est si insistant quand il lui tend le verre qu'elle laisse échapper un rire sonore. Quelques secondes après, c'est l'ensemble des hommes accoudés un peu plus loin qui se mettent à l'imiter en troupeau.

Qu'est-ce que c'est que ce délire ? Tu peux me dire ce qu'elle leur a fait ? On dirait des veaux derrière leur mère, renchérit Matthieu, toujours posté à côté de Lucien.

Même les pères s'y mettent. L'un d'eux s'est approché,

le plus costaud, la grande gueule, le chef du clan. C'est Jean Rivière. Théâtral, il a tendu la main à la grande en souriant. Elle l'a regardé d'un air dédaigneux et dans un bonjour à peine murmuré l'a laissé là, sans plus de manières. Il a beau avoir cinquante ans passés, force est de constater qu'elle le tient en respect. Les autres se sont mis à glousser et les femmes, certaines outrées, d'autres amusées, ont chuchoté des choses inaudibles. Des choses qui ont à voir avec la surprise, la fascination, l'amusement et l'admiration aussi. C'est qu'aucune d'elles autour de cette place ne porte de telles étoffes. Les robes de ces filles sont longues et colorées, les bretelles sont très fines sans rien dessous et laissent deviner leurs épaules frêles et leurs poitrines parfaitement libres. La brune porte un chemisier par-dessus sa robe qui rappelle ceux des garçons de ferme ou des chanteurs tziganes. Ses cheveux sont si courts, si noirs.

Le souvenir de la Marie resurgit. La tondue du hameau. À la Libération, des gars des villages alentour étaient venus *faire du ménage*. Ils avaient profité de l'absence des hommes pas encore rentrés ou affairés à leur ferme pour l'attraper. C'est une des femmes qui l'avait retrouvée, recroquevillée, à moitié nue au milieu du champ de son père, mort quelques mois avant la fin de la guerre. Elle ignorait que, pour elle, la guerre n'était pas finie. Qu'à seize ans, elle viendrait la chercher là, dans sa grange. Que sous couvert de vengeance, qui leur servait de masque, ces hommes perpétreraient l'arbitraire. Celui de leur désir mué en violence et de son chaos. Sa tête glabre rappelait aux habitants que l'ennemi désigné n'avait pas le monopole du saccage. Ses mèches hirsutes n'avaient plus jamais voulu repousser. Sa vie non plus. Son corps avait été retrouvé dans la rivière.

Tu ne vas pas te présenter ? *Miladiou !* Allez, c'est bien toi qui parles le mieux de nous autres !

Lucien hésite. Matthieu a raison. Si la fille les entend baragouiner en patois, elle opérera un demi-tour en moins de deux. Une fille comme ça parle forcément un français impeccable. Elle a dû étudier les lettres, à moins que ce ne soit les arts ou l'histoire. *Une science occulte ?* L'idée l'a surpris comme un pincement. *Et si elle ne parlait pas ? Si elle ne disait rien ? Si elle se contentait de nous observer, nous juger ?* Peut-être même devine-t-elle les questions gênantes qu'il se pose. Tout de suite le sentiment d'être percé à nu, rendu à l'état d'objet, quantité négligeable. Elle a l'air de quelqu'un qui s'aperçoit que ce qu'il est venu chercher ne se trouve pas à l'endroit escompté.

Jamais de sa vie il n'a vu une telle fille et à dire vrai il n'aurait pas pu imaginer, même en rêve, qu'elle atterrisse dans ce trou. Quelque chose résiste en lui, un réflexe primitif.

Que pense-t-elle à cet instant où ses yeux de sentinelle surplombent l'assemblée ? Quelles pensées la traversent, elle, à la vue de ce peuple de gnomes qu'ils forment ?

Lucien s'en veut. Son père le lui a déjà dit. Il faut se tenir droit. Dans le respect et la dignité de chacun, et droit pour soi-même. Connaître sa valeur, son droit *inaliénable*, dit-il, d'être de la partie. Son père, Antoine, tout le monde l'apprécie, il est ce que l'on pourrait appeler un homme bon, un progressiste, revenu de la guerre, comme d'autres ici, avec quelques nœuds dans la tête mais d'autant plus disposé à profiter de ce que la vie lui a donné. En premier lieu, son fils.

Tu te dégonfles, mon gars ? Allez fonce !

Matthieu n'arrête pas.

Le père Rivière est retourné auprès des autres oublier son intervention ratée. Pour qui se prend-elle ? À les snober de son menton en avant et avec ses airs de dame ? Lucien cherche son courage.

À mesure qu'il s'approche de la fille, son cœur s'emballe, il ne lâche pas des yeux le chapeau de paille sur lequel il focalise son attention. Daniel Guichard a remplacé Dave à l'orchestre :

Elle n'est pas jolie, elle est mieux que ça... Dès qu'elle me sourit, je reste sans voix...

Il ne se trouve plus qu'à quelques mètres d'elle quand sa copine et le grand surgissent comme des diables de leur boîte. Ils s'esclaffent. La petite brune tente d'entraîner son amie vers la piste de danse ou du moins ce qu'elle considère comme telle, le centre de la place. Elle résiste, préfère rester tranquille. La froideur dans son regard lorsqu'il croise le sien interrompt sa progression. Lucien se sent comme une mouche sous la menace d'une exécution sommaire. L'une de celles que sa mère poursuivait tout le jour de sa tapette rouge. Ses yeux fondent sur le sol. Quand il se résout enfin à les relever, elle n'est plus là.

Des rires éclatent comme le tonnerre de l'autre côté de la place, puis des applaudissements. Elle est là, sa robe traînant derrière elle, accroupie, le bras droit levé avec dans la main une balle en cuir. Concentrée. Face à elle, les boîtes de conserve empilées. Son public l'acclame devant la pyramide bientôt pulvérisée. Les enfants se précipitent, suivis de près par les parents. Tous tentent de l'approcher. Elle récupère son lot, un saucisson empaqueté avec soin, et retourne à son coin de comptoir.

Bonjour, soyez la bienvenue, marmonne Lucien derrière sa casquette tout juste ôtée.

Elle le regarde, ostensiblement peu intéressée.

D'où venez-vous ?

Le silence fait tourner le monde au ralenti.

Elle ne parle pas français ! Nous sommes allemandes, s'époumone la petite brune venue à sa rescousse, tandis que son cavalier se fait entreprendre par les fils Blaise du côté du bistrot.

Les gens autour les bousculent, de l'orchestre viennent de s'échapper les premières notes de *La Java de Broadway* de Michel Sardou. Les hommes ont rejoint leurs femmes sur la piste et, désinhibés par la gentiane et le vin, s'essaient à des pas de danse inédits.

Enfin, *elle* est allemande, reprend la brune, moi je suis suisse allemande. Ne croyez pas qu'elle soit… Je veux dire, juste, elle ne vous comprend pas. Tu t'appelles comment ?

Lucien Carette.

Eh bien Lucien, je suis Mariella et voici Brunhilde.

La grande a balancé ses yeux à des kilomètres de là, pardessus les collines. Elle a pris la fuite sans même bouger d'un centimètre, les laissant se dépêtrer de son mutisme.

Vous êtes en vacances ? déglutit Lucien.

Toujours, oui ! Enfin non, en réalité nous sommes… Nous cherchons une maison où nous installer pour quelques mois, années, je ne sais pas. Ici il paraît que la terre est très belle et nous voudrions nous trouver un lieu pour travailler, tu vois ?

Là encore, l'intuition que les paroles servent de masque. Que l'étrangère lui sert une version édulcorée.

Lucien sent la présence de la grande l'annexer davantage. Tout se passe comme si, sans rien dire, immobile, elle visitait le moindre recoin du lieu en même temps que son âme.

Nous avons vu un panneau pour une maison là-bas, à l'entrée du village. Tu sais qui…

C'est moi ! Je veux dire, cette maison, elle appartient à mon père, Antoine. Antoine Carette.

C'est merveilleux, s'enthousiasme la petite.

Si vous voulez, il est là-bas, je peux vous le présenter.

Oh mais oui, bien sûr. Merci !

Brunhilde. Quel drôle de prénom. Un peu comme ceux de ce conte, *Hansel et Gretel*. Un nom de boche. Voilà ce qu'il se dit, et avec lui une partie des indiscrets qui se sont approchés pour écouter leur conversation.

Mon père parle l'allemand, un peu. Il a été… Je veux dire il est allé en Allemagne.

Le sourire de Mariella s'est détaché quelques secondes. Brunhilde les a suivis spontanément, de sorte que Lucien s'interroge sur sa prétendue incompréhension. Tout dans son attitude laisse penser qu'elle n'a pas perdu une miette de leur échange et qu'elle se dirige, en connaissance de cause, vers le père.

Des Allemandes. Ici.

Quand la fille tend la main à son père, un pressentiment exerce une pression sur ses organes. Lucien ne saurait dire de quoi il retourne. Simplement une sensation de brûlure, celle de la chair qui se rétracte.

Antoine Carette
ou « l'homme du portrait »,
lieu-dit, été 1977

Cette main qu'elle lui tend et avec, tout ce qu'il connaît de son pays.

La fête cesse pour lui. Lucien a eu beau les présenter, la petite brune à côté expliquer tout un tas de choses en agitant les mains et son joli sourire, Antoine n'est déjà plus là. Des années que ça ne lui est plus arrivé. Une telle soustraction.

À certains moments, en ce début d'été en particulier, quand le soleil se couche derrière les collines, que ses vaches paissent dans son pré, que son fils l'attend pour le dîner, dehors, devant la grange, Antoine oublie. Seuls lui reviennent, avec la transparence d'une aquarelle au milieu des nuages, les contours du visage de sa Juliette, emportée par un cancer quelques années plus tôt. L'apparition a presque cessé de le blesser pour devenir une scène agréable. La voix de cette femme, son accent, viennent de convoquer des wagons de souvenirs, plus réels que tout le reste.

Avec les bracelets de la gamine cliquetant sur son bras, d'autres bracelets se sont mis à sonner dans sa tête. Le poignet fin, les joncs dorés et la main lui tendant la soupe. Des années. C'était il y a des années. Le passé. Combien de fois avait-elle fait ce geste de lui tendre son repas ? À mesure que sa mémoire retrace le dessin de son bras, de son épaule et finalement de son visage, le bruit du métal interrompt brusquement le souvenir esquissé d'Antoine. L'humidité déjà mord ses os. L'odeur d'urine, de moisi et de charogne. Les cris des autres. Ceux qu'ils ont conduits dehors, dans la neige, pour les punir d'avoir planqué de la nourriture. Leur retour au dortoir la gueule tuméfiée et le sang sur la neige.

Papa, oh !

Lucien a envoyé une grande claque dans son dos. Les filles sont là, les yeux rivés sur lui. Elles attendent.

Il a dit que vous étiez déjà en Allemagne ?

La grande a parlé en pointant Lucien du doigt, qui a eu l'air aussitôt d'être, pour la première fois, frappé par la foudre.

C'est donc cela sa voix. À peine une voix de femme. Des graves très graves et pas d'aigus. On la dirait sortie tout droit des cavernes, comme si elle avait voyagé longtemps en souterrain avant d'arriver ici au grand air.

Oui, s'anime finalement Antoine. Je suis allé en Allemagne il y a quelques années.

L'homme est plus élancé que les autres, plus élégant aussi, et le bleu dans ses yeux rappelle à Brunhilde quelque chose de familier.

Un silence s'installe malgré les premiers sons des cors de la fanfare qui prennent le relais de l'orchestre parti déjeuner. Les répétitions consistent en une succession de sons inattendus faisant sursauter les villageois à tour de rôle.

Ça surprend ! s'amuse Antoine pour faire diversion.

Krieg, plante Brunhilde comme un coup de fourchette dans le vide.

Antoine reste interdit.

Oui. J'ai été prisonnier de guerre en Allemagne.

La grande blonde ne le lâche pas des yeux.

Dans un stalag au Nord-Ouest, puis dans une famille, une bourgade à côté. Mais c'est grand l'Allemagne, n'est-ce pas ? D'où êtes-vous ?

Je suis suisse allemande moi, répond Mariella comme on retient un coup.

L'autre ne désarme pas. Et avant qu'il ait pu ajouter quoi que ce soit, elle enchaîne :

Où dans Nord-Ouest ?

Au nord de Cologne.

Ses yeux se plissent comme pour cibler mieux encore.

Où ?

Pas loin de Dortmund.

Oh ça alors ! s'exclame Mariella, Brunhilde aussi ! Sa famille est par là-bas, n'est-ce pas ? Pas loin ! C'est incroyable !

Où ? insiste Brunhilde.

Je ne pense pas que ça vous dise quelque chose, c'est une ville où… ils avaient installé à l'époque un grand camp, un Kommando.

Wo ?

Unna, répond Antoine comme on avoue. Le Kommando d'Unna, il ajoute pour reprendre la main.

La grande a de nouveau un rictus étrange. On attend qu'elle dise quelque chose mais c'est finalement le grand qui les accompagne qui parle le premier :

Oh, Kommando, ça sonne pas bien, ça.

Brunhilde enfonce sa main dans sa poche et en sort un paquet de cigarettes déjà roulées. Elle le tend à Antoine qui se sert sans dire un mot, accepte le briquet qu'elle lui offre sous le regard médusé du reste de la place.

Elle avait donc du feu, pense Lucien.

D'Unna, hormis Antoine Carette, dans le village, personne ne sait rien. Mieux, tous ignorent jusqu'à l'existence du lieu et seraient donc bien infichus de le situer sur une carte. Aussi ce duel inattendu apparaît-il à tous comme une scène de film, presque irréelle. Tout ce que sait l'assemblée se résume à ceci : Antoine Carette a été fait prisonnier de guerre en 1940 par les Allemands, il a passé un mois dans un stalag ; mot qui au demeurant, à l'époque, n'évoquait pas grand-chose et au sujet duquel la curiosité manquait. Puis trois ans, hébergé par une famille allemande avant de finir dans une sorte de lieu d'espionnage ennemi portant là aussi un nom boche, où il devait pelleter tout le jour jusqu'à l'épuisement. Tous s'en tenaient à cela. La guerre c'était le passé. Et le passé est une chose sacrée.

Le village avait payé un tribut considérable aux deux conflits, avec pour le dernier près de quarante morts pour trois cents habitants, maintenant il fallait vivre. Oublier et vivre.

Sans prévenir, la fanfare se remet à jouer, entraînant avec elle les femmes, les enfants et les hommes déjà ivres.

Il en va de la vie comme des fanfares, se dit Antoine, elles savent créer la surprise.

Bon, c'est une maison qu'il vous faut, c'est cela ? entonne-t-il comme on démarre un couplet.

On n'a pas d'argent, lui lance Mariella.

Celle que j'ai à vous proposer ne vaut pas grand-chose. Il faut faire un brin de ménage mais, ma foi, si elle vous convient, elle est à vous.

La fanfare joue de plus belle, Mariella se met à danser de bonheur, sautant sur le dos du grand type qui la suit partout. Elle le cravache, mimant un jockey avec sa monture, déclenchant les rires des villageois. Les enfants leur emboîtent le pas et la fanfare se débrouille pour leur jouer un air de circonstance digne des jeux romains.

Lucien propose à Brunhilde un nouveau verre, qu'elle accepte. Antoine rejoint son ami Jean, accoudé au comptoir sous les yeux complices des autres hommes. Une part de lui, la plus enfouie, est tentée par le souvenir. Le froissement de la robe longue, les effluves d'ambre et de pommes de terre épluchées, la pâleur du visage et la langue étrangère. Et au milieu du brouhaha, des rires et du léger sentiment d'ivresse qui commence de le gagner, ce nom revenu d'une autre dimension. *Unna.*

Une voix nasillarde échappée des haut-parleurs accrochés aux lampadaires pour l'occasion leur annonce tout à coup la tenue d'un radio-crochet à dix-sept heures.

Vous en serez, n'est-ce pas ? s'est empressé de la questionner Lucien.

Brunhilde s'est contentée de sourire.

Mieux, pense-t-il.

Bien sûr qu'on y sera ! répond Mariella revenue au même moment de la piste de danse.

Le moins que l'on puisse dire, c'est qu'en faisant leur entrée sur la place de l'Église elles ont créé la surprise. Les villageois en sont tout retournés et l'événement monopolisera les échanges du déjeuner. La façon de fumer de la grande blonde, de boire aussi, l'agitation de la brune et leurs vêtements. Cet accent qu'elles trimbalent et leurs manières de hippies. Ils ne diront presque rien de Louis qui est, pour ainsi dire, passé inaperçu.

Après que la place s'est vidée à l'heure du déjeuner, Brunhilde, Mariella et Louis ont regagné leur van. Ces deux derniers se sont, de nouveau, endormis sur la banquette arrière, Brunhilde, elle, n'a toujours pas sommeil, malgré le vin, malgré le joint et l'estomac plein du saucisson gagné à la fête. Elle en profite pour marcher un ou deux kilomètres avant de tomber sur un énorme rocher qui se révèle abriter une chapelle. Tout entière creusée dans la pierre volcanique, recouverte de lierre, presque cachée à la vue. Brunhilde la contourne et découvre au-dessus, posée comme une évidence, une Vierge gigantesque.

Brunhilde, été 1977

Ou le temps qu'il faudra
pour avoir de nouveau le droit d'être allemande
aux yeux du monde

Un escalier sculpté dans la roche permet d'atteindre le sommet. Brunhilde décide d'entrer, l'endroit ressemble à n'importe quelle petite chapelle de montagne. Quelques bancs en bois, des images saintes fanées sur les murs recouverts de chaux, un autel minimaliste, une croix austère et, sur les côtés, des cierges, tous éteints. Le tout coiffé d'un lustre trop grand donnant au lieu des allures de décor de théâtre.

Elle déambule entre les bancs, hume l'air chargé d'humidité et d'effluves de bougies. Elle a beau ne plus rien avoir à dire au Seigneur, demeure de son enfance un sentiment de réconfort lorsqu'elle entre dans un lieu saint. La sensation que rien ne peut lui arriver.

Elle s'assied sur le banc et feuillette le carnet de doléances laissé à la disposition des paroissiens.

Elle déchiffre, comprend certains mots griffonnés sur le papier. À leur forme, leur sonorité lorsqu'elle tente de les prononcer à voix haute, elle reconnaît *maladie*, *force* et *courage*. *Deuil* et *amour* aussi.

Elle lève la tête, cherche la lumière et se perd dans la

contemplation du vitrail au-dessus de la porte en fer forgé. Un vitrail solide, du bel artisanat.

Son père aurait fait les choses différemment. Les couleurs auraient été plus vives, les formes plus naïves auraient offert à l'ensemble plus d'intensité, de la mélancolie aussi, presque toujours dramatique, comme tout ce qu'il façonnait. Y compris elle.

Cet homme né à Unna au début des années vingt, devenu étudiant des Beaux-Arts de Munich. Jusqu'à la guerre. En 1942, il lui avait fallu abandonner un temps ses études pour y aller, comme les autres. Jusque-là on les avait laissés tranquilles, elle pouvait se faire sans eux, puis les difficultés avaient crû côté Reich et avec elles le nombre d'hommes nécessaires pour ne pas s'enliser. Dès lors, tous étaient appelés sur le front, les artistes aussi. Là-bas, ils avaient vu le pire.

Le mot d'ordre : *l'anéantissement*. Les Russes étaient maîtres en l'art du chaos. Systématiquement ils pillaient, violaient, tuaient. Tous codes étaient abolis. C'est ce qu'on lui avait dit.

Tout au long de sa lecture du roman d'Heinrich Böll, *Le train était à l'heure*, Brunhilde n'imaginait que le visage de son père jeune en lieu et place de celui d'Andreas, le héros du livre, envoyé à l'Est. Elle avait lu et relu le petit roman jusqu'à saturation. Jusqu'à être sûre de ressentir ce qu'il avait pu ressentir lui. Elle relisait ce passage qu'elle avait recopié dans son carnet :

C'en est fait de l'Allemagne. Le train a quitté l'Allemagne pendant que je dormais. Il y avait quelque part une ligne, une ligne invisible au travers d'un champ ou d'un village, et c'était la frontière, et le train l'a froidement franchie et je n'ai plus été en Allemagne, et personne ne m'a réveillé pour que je puisse une fois encore ouvrir les yeux sur la nuit, et voir au moins un morceau de la nuit qui couvrait l'Allemagne. Personne ne sait que je ne verrai plus l'Allemagne, personne ne sait que je vais mourir, personne dans ce train.

Ces mots-là, les avait-il pensés lui aussi ?

Il avait eu de la chance dans son malheur. Tandis que les autres luttaient à la fois pour et contre l'anéantissement, lui avait pu rentrer chez lui. Le pied infecté à cause d'une mauvaise ampoule, une septicémie l'avait durablement tenu éloigné du conflit. Puis il était retourné à son atelier. Pour de bon cette fois. Il avait reçu des dizaines de prix honorant son travail et il avait épousé Ursula, qui elle aussi peignait, fut un temps.

Son père, cet artiste reconnu, fait chevalier de l'ordre de Saint-Sylvestre, remercié par le pape en personne pour son travail sur les vitraux des églises, cathédrales et chapelles du monde entier. Les plus belles de toutes. Toute sa vie jusque-là, elle avait vécu avec, devant ou derrière les yeux, les vitraux de son père.

À quoi voudrait-il la voir ressembler aujourd'hui ?

Maintenant elle est ailleurs. Loin. Perdue ce qu'il faut, dans une autre époque, sur une autre terre. Ils pourraient bien lui dire de revenir. Pour quoi faire ? À quoi ressemble leur avenir à eux, lesté de souvenirs empoisonnés qu'ils devront tenir sous scellés pour le restant de leur vie, d'un repentir sans fin, de tout ce qu'il lui faudra faire pour avoir de nouveau le droit d'être allemande aux yeux du monde et vivre libre, débarrassée de sa croix, enfin neuve ?

Elle prend le stylo enchaîné au petit guéridon de bois, le gratte sous sa semelle, se penche sur le carnet dans lequel elle écrit avec soin : *Danke für Wunderland.*

Lieu-dit, été 2022

Après des années passées loin d'ici, l'été dernier, je suis revenue dans le Cantal. Je goûtais à nouveau au plaisir de me trouver au milieu de cette nature, toujours verte tandis que le reste du pays brûlait. Dissimulée entre la rivière et l'horizon, perchée sur la colline, la grange retapée par mon oncle et ma tante est un refuge.

Un matin, après une soirée passée à rire en écoutant ma tante nous conter ses histoires rocambolesques et une nuit lumineuse comme elles peuvent l'être l'été dans cette partie du monde débarrassée des lumières électriques, nous nous sommes rendus à la chapelle monolithe du village voisin. Celle de *Narnia* comme ils l'ont surnommée, entièrement lovée dans la roche recouverte de lierre et surplombée de sa Vierge monumentale. C'est là que je suis tombée sur les mots en allemand. Les seuls du cahier de doléances.

Danke für Wunderland.

Ce ne pouvait pas être un hasard. La veille au soir, il s'était passé quelque chose d'étrange. Une chose à laquelle les mots sur le carnet faisaient écho.

Les premiers signes étaient apparus vers la fin de la soirée, alors que les verres étaient vides et que les gilets ne suffisaient plus à ignorer la fraîcheur de la nuit qui s'installait. Tandis que tous s'affairaient à débarrasser et débattaient à propos de je ne sais quel sujet, je m'étais désignée de corvée de poubelle. Pour atteindre les containers, on doit longer la route sur quelques dizaines de mètres. Je me sentais d'humeur joueuse après cette soirée tout à fait gaie et tenais à ressentir, de nouveau, le frisson de mon enfance. Me retrouver seule dans l'obscurité progressant à l'aveugle, la maison de Boris et Gisèle, les plus proches voisins, parfaitement opaque dans la nuit, les prés sombres avec, au-dessus, le ciel bardé d'étoiles.

Les containers se trouvent, précisément, juste après la maison de Brunhilde, celle où sur le panneau de l'entrée est écrit en lettres capitales KERAMIK. J'ai essayé de la deviner dans la nuit et il m'a semblé, un instant comme un mirage, que je n'étais pas seule. Qu'elle était là tout près. Elle et le passé, endormis sous ce toit de lauzes décati qui inquiète tant mon oncle. J'ai attendu sans bouger, ma poubelle à mes pieds, que la magie opère, que quelque chose se passe. Qu'à travers les murs, elle se manifeste. Rien. Juste le murmure de la rivière en contrebas et le rire de ma mère au loin retentissant comme un gong.

L'éclat de son rire, à cet instant précis : un nouveau signe. Elle était là sans me voir sur le bord de cette route qui m'accompagnait, sans en avoir l'air, encore. C'est ainsi que nous vivons, selon une télépathie ancestrale. Elle m'a dit *Sens !* tant de fois.

La vie a plus d'imagination que nous. Sens !

Partout son regard posé sur des matériaux a priori opaques, choses ou gens, finissait par en extraire une substance, qu'elle disséquait pour elle-même, dans son coin de canapé ou accoudée sur le rebord de la fenêtre le soir, une fois assurée que la maison et ses habitants n'avaient plus besoin de rien. Je m'imaginais alors, cachée sous le cerisier de notre jardin, affrontant ma peur du noir, l'observer faire son tour de la terre, qui lui prendrait toute la nuit. Une nuit entière cramponnée à sa fenêtre et à sa cigarette tournant au rythme du cosmos, tandis que le reste du monde dormait.

Il arrivait qu'elle nous invite ma sœur et moi à l'une de ses dissections. Il fallait alors convoquer nos souvenirs. La plupart du temps, quand elle s'offrait ces instants d'observation, la vie était sur pause. Nous attendions que sa conversation secrète avec l'*événement* en question s'achève pour qu'enfin ses yeux et son attention nous reviennent. Nous savions qu'il fallait être patientes et que peut-être nous aurions le droit, plus tard, de l'assister dans la confection de son *histoire*. Nous œuvrerions ensemble à deviner, imaginer. Toujours imaginer comme si nos vies en dépendaient.

Elle est la seule à nous transmettre ce pouvoir. Il s'agit d'être attentive, concentrée sur sa tâche, qu'importe ce que les autres pensent de nous dans ces moments-là. Il faut être à la hauteur de son rôle. Il ne s'agit pas de faire la fine bouche devant un sujet ou une personnalité qui nous paraîtrait hermétique. Rechigner à développer une de ses intuitions équivaut à une mise sur la touche. *La nature est un temple où de vivants piliers laissent parfois sortir de confuses paroles*, elle répète comme un psaume. À nous d'en être les déchiffreuses, d'honorer le don coûte que coûte. C'est à ce prix que l'on fait des sorcières.

Tout à la fois consciente de ma chance et accablée par elle, je me postais derrière Lili, les yeux rivés sur l'objet de son attention, en attente de la révélation.

Rien n'a changé.

Qu'est-ce que je fous là ? Plantée au milieu de la route, sac poubelle à mes pieds. Qui passerait par-là me prendrait à coup sûr pour une paumée ou, moins probable, pour une romancière en attente de son souffle.

J'ai empoigné mon sac, balancé mon paquetage dans le bac et jeté un dernier coup d'œil à la maison. Au fond de moi, déjà, j'attendais l'invitation. Ces mots en allemand sur lesquels je tombais dans le cahier le lendemain matin n'étaient pas un hasard, ils étaient sa réponse.

Maison de Lucien Carette, décembre 2022

Où le pire se glisse communément dans le sillon du merveilleux

Cinq mois plus tard, me voilà face à Lucien Carette dans sa maison sur le plateau, en compagnie des portraits de ses parents et de ma mère. À cet instant, tous me dévisagent, attendant que je relance la conversation. Antoine surtout, du haut de son mur.

C'est tout de même dingue que ton père ait été fait prisonnier dans la ville d'où est originaire Brunhilde, je dis sans détour.

C'est vrai.

Je sens que Lucien hésite.

Ton père, Lucien, il t'a déjà raconté ce qui s'était passé pour lui à Dortmund ? Tu m'as dit qu'il avait été fait prisonnier ?

Lucien m'en dira finalement un peu plus sur cette famille allemande qui a si bien accueilli son père dans son exploitation, après son court passage au stalag de Dortmund. Ce camp géant où les prisonniers de guerre travaillaient pour le compte de l'État allemand. Il me dira ce qu'il sait, ce qu'Antoine avait bien voulu, ou pu, leur rapporter de ses souvenirs. Les machines modernes dont disposait déjà cette ferme et que, pour certaines, il avait pu conduire. Les pommes de terre à la peau plus ferme et claire que les nôtres, la manière qu'ils avaient d'appeler leurs bêtes, les noms amusants qu'ils leur donnaient, le cochon par exemple se dit *Schwein*, la marmotte *Murmeltier,* ce qui littéralement signifie *animal qui marmonne*, et le plus marrant de tous, le dindon, *Truthahn*, traduction *poulet menaçant*. Ce qu'ils avaient pu rire avec ça. Ils avaient même donné ce surnom à l'un des garçons de ferme au caractère ombrageux. Il leur avait aussi parlé de ces curieuses étiquettes à l'oreille de leurs vaches, les trop nombreuses façons de cuisiner la saucisse, grillée, pochée, tranchée, chaude ou froide, qui toutes se terminaient par *wurst*. Ce genre de choses du quotidien. Les anodines. Même s'il faut s'en méfier a priori. Leur évocation suffit à tirer le chapelet de détails qui les entourent de la poche où ils étaient enfouis, dévoilant des souvenirs plus profonds, que l'on aurait préféré laisser où ils étaient.

J'imagine qu'Antoine, en consentant à en dire un peu plus à son fils trépignant d'en apprendre davantage sur son expérience gastronomique allemande, savait dans le même temps ce qu'il lui en coûterait. Qu'avec l'odeur relevée des saucisses fumantes, leur saveur si particulière, viendraient irrémédiablement celles du désastre et de la mort.

Sans doute par pudeur, pour protéger son fils et son épouse, mais aussi parce qu'il était exigé de passer à autre chose et donc, de taire les récits les plus difficiles, Antoine avait fait comme beaucoup dans sa *communauté de destin*, il s'était tu. Il n'était pas résistant, ses récits n'alimenteraient pas les colonnes patriotiques. Par conséquent ils seraient sacrifiés comme tant d'autres sur l'autel du roman national. Il avait pu rentrer chez lui et c'était déjà une bonne chose, compte tenu du nombre de ceux qui y avaient laissé leur peau.

C'est en me plongeant dans les archives concernant le Stalag VI D de Dortmund que j'ai pu retracer un peu mieux l'itinéraire de notre prisonnier. Notamment grâce au site de l'association des descendants des prisonniers de guerre des Stalags VI A et D. J'ai découvert le sort peu enviable de ceux que l'on disait *humiliés par deux fois*. La première pour n'avoir pas été des résistants. La seconde pour avoir servi l'effort de guerre ennemi. À la Libération, la France célèbre ses résistants, ses héros, et ignore ces visages de la débâcle *des captifs de l'an quarante*. Ils sont au mieux les victimes de la défaite, au pire, les responsables, compromis par Vichy. Les enfants chéris du Maréchal, dont il a négocié le retour.

Un million de faces de débâcle, ça fait du monde. Que faire de ces tristes sires ? Nul ne sait.

Il suffit de s'attarder quelques secondes sur les visages émaciés, souvent édentés, sur les regards inquiets de ces hommes, pour comprendre que, hormis l'impuissance au combat, ils ont eu à endurer pour la plupart l'indifférence du retour. La France ne les attend plus, pas plus que leurs enfants qui, pour certains, ont grandi cinq ans sans leurs pères. Cinq ans, c'est long pour une jeune vie. Les femmes ont appris à fonctionner sans leurs époux. Et même s'il est certain que la majorité d'entre eux ont manqué à leurs familles, l'évidence est là sous leurs yeux. La vie a continué sans eux. Dans l'année qui suit, les demandes de divorce explosent.

Un constat. Avoir été prisonnier d'honneur conduit tout droit au déshonneur.

Sur quelques-unes des vidéos que j'ai vues et revues, on en aperçoit certains qui hésitent à sortir des camions les reconduisant dans leurs villages. Comme s'ils sentaient le désaveu, le sort d'indéterminés qui les attend. Ils restent prostrés, craintifs.

Les fermiers comme Antoine ont eu moins de mal à retrouver leur place au sein de l'exploitation familiale. La situation a été autrement plus difficile pour les ouvriers, les artisans, les artistes entre autres. Antoine, lui, a reçu de nombreux courriers de Juliette dans la ferme où il était retenu, elle l'a attendu et, avec lui, son désir d'enfant. Tous n'ont pas eu cette *chance*.

Après l'invasion de la Pologne par l'Allemagne, le 1er septembre 1939, la France et le Royaume-Uni déclarent la guerre à l'Allemagne le 3 septembre 1939 à dix-sept heures pétantes.

À cette heure-là, Antoine Carette est à l'étable pour la traite, il n'apprendra la nouvelle que le lendemain matin en se rendant chez Marguerite, au bistrot du village. Dans les jours qui suivent, cinq cent vingt mille Français sont évacués des zones frontalières comprises entre la ligne Maginot et l'Allemagne. Il sera informé par *Le Réveil du Cantal,* journal local de tendance radicale-socialiste, qu'il est mobilisé, comme cinq millions d'autres. Ce jour-là le titre du journal donne à son café un goût amer. Il est écrit en lettres majuscules : *Haut les cœurs !* Bientôt Marguerite aura le plus grand mal à se procurer le quotidien qui ne paraîtra plus qu'une fois par semaine, à la suite de la mobilisation d'une partie de son personnel.

Ce fauteuil-là, il appartenait à papa, dit Lucien en suivant des yeux le chien qui se contorsionne dessus, peinant à trouver une position confortable. Il était en très bon état, alors ma foi, ça aurait été dommage de le jeter, non ?

Nous acquiesçons de concert comme deux enfants de chœur pris à partie durant la messe.

Antoine Carette, après avoir été constitué prisonnier, fait son entrée dans le Stalag VI D un après-midi de septembre 1940.

Du haut de son mur, son œil clair scrute avec attention l'encre bleue qui recouvre à présent une partie de mon carnet.

Antoine Carette, Stalag VI D, Dortmund, Allemagne, 1940

Où l'expérience ultime se confond avec l'image floue du visage aimé

C'est sans doute la chose la plus difficile ici, entendre les autres geindre, réclamer. Déjà deux mois qu'ils ont atterri dans ce hangar depuis leur capture. Les premiers jours, la nourriture et l'eau manquaient cruellement et la chaleur sous la tôle devenait insoutenable. Antoine ne parle pas aux autres ; ici, dans sa position, on ne parle pas. Ceux qui ont essayé ont vite perdu l'usage de la parole. D'une manière ou d'une autre, on ne les entend plus.

Ce matin ils ont eu droit à une soupe et à un morceau de pain.

Depuis la mobilisation en septembre dernier, Antoine et ses camarades ont fait cette *drôle de guerre*, devenue depuis le titre du chapitre introductif à la Seconde Guerre mondiale dans nos livres d'histoire. Ils faisaient partie de la masse de ces soldats mobilisés attendant derrière la ligne Maginot qu'il se passe quelque chose. Une guerre sans combats. Retranchés. La rupture se fait sans sommation du côté allemand, à l'ouest de l'Europe d'abord puis partout en France.

L'assaut des Allemands à l'aube, dans la petite ville où

ils étaient postés à l'est, a laissé Antoine dans un état de sidération qui ne l'a pas quitté depuis des semaines. Il dormait quand c'est arrivé, seul dans un coin de ce qu'il restait d'une chambre d'enfant, dans une maison bourgeoise saccagée par un premier passage des soldats ennemis, au milieu de débris de meubles et de pierres. Ils s'étaient planqués là pour ne pas aller se livrer. La veille, des tracts étaient tombés du ciel les exhortant à se rendre, ils seraient *des prisonniers d'honneur.* De ceux pris en charge par la Wehrmacht, pas par les SS. Ils n'ont rien voulu savoir et ont choisi de rester là. La résistance n'aura duré que quelques heures. Dès le lendemain matin, les autres se sont mis à hurler dans leur langue en distribuant de grands coups de pied dans tout ce qui se présentait. Quelques jours auparavant, le maréchal Pétain avait signé une convention d'armistice stipulant que *toutes les troupes encerclées, considérées comme prisonniers d'honneur, seraient déportées en Allemagne.*

Tous l'ignoraient. L'honneur est une vanité sans attaches qui sait se montrer cruellement opportuniste.

Tout est allé si vite. La seule chose à laquelle ait pensé Antoine, la seule dont il se souvienne vraiment aujourd'hui encore, c'est le visage de Juliette. Tel qu'il était le jour où il l'avait quittée sur le quai de la gare, au milieu des autres jeunes gens, presque tous semblables avec leurs uniformes et leurs regards tristes. Son visage à elle, blanc et lisse.

Son visage puis tout de suite, presque dans le même temps, la mort. Le constat était le suivant : il allait mourir. Mourir comme on tousse, comme on respire, comme on tombe.

Mourir.

Puis la route s'était mise à défiler sous ses yeux à travers le hublot grillagé d'un wagon à bestiaux. Deux jours et demi de voyage avec pour seule nourriture un seau de marmelade et une boule de pain pour dix. Son nez s'était mis à saigner, formant des cercles rouges sur le sol. L'un des soldats allemands lui avait jeté au visage un mouchoir usagé qui était retombé dans la flaque rosâtre à ses pieds. C'est alors que l'image du cochon l'avait ramené à la ferme, chez lui, auprès de ses parents. La mère en train de nettoyer les abats et le père occupé à faire le tri sur l'animal. Quand les gars se mettaient à geindre la nuit, à cauchemarder en poussant des cris d'outre-tombe, Antoine s'obligeait à revenir là, à affronter les gémissements du cochon que les hommes du village étaient en train de tuer. Le pire de tous les cris. C'est ce qu'il pensait à l'époque. Puis la guerre était arrivée. Aujourd'hui ce cri lui apporte du réconfort. Il est la preuve par le souvenir, aussi difficile soit-il à revivre, que ce lieu existe.

Ils ont fini par arriver et ont été débarqués dans ce hangar de cent dix mètres par quatre-vingt-six, d'une hauteur de vingt-quatre mètres, construit en 1925, situé à peu près au même endroit que l'actuel parc de Dortmund. En 1935, on y avait construit un vélodrome où avaient eu lieu des courses de *six jours*. La Halle comprenait différentes salles, le fameux vélodrome, ainsi que des écuries permettant d'héberger des centaines de chevaux. Après la campagne de Pologne et celle contre la France, la Wehrmacht avait réquisitionné le bâtiment pour en faire un centre de prisonniers avec l'objectif de conduire la main-d'œuvre au plus près du bassin industriel de la Ruhr. Seule la Grande

Halle fut d'abord occupée par les prisonniers, puis le nombre de ces derniers augmentant, on édifia tout autour en face du stade Rote Erde, des baraquements en bois pour les loger. Les archives ayant été détruites en 1944, on peut cependant estimer le nombre de prisonniers passés par le Stalag VI D à sept mille, ce chiffre recouvrant les Kommandos de travail, hors du camp ; et les hommes restés au camp, dans la partie ovale à l'intérieur du parc des Expositions, aux environs de dix mille. Les prisonniers dormaient sur des lits superposés à trois places, comme l'ont rapporté des évadés dès 1940. C'est dans l'un d'eux qu'Antoine Carette s'est retrouvé.

Environ deux mois après son arrivée dans le stalag, un paysan cultivateur possédant une grande ferme à quelques kilomètres de là est venu faire son marché. Il cherchait un homme rompu au travail de la ferme.

C'est ainsi qu'Antoine passera trois ans au sein d'une famille allemande où il sera bien traité, comme nous l'a fait savoir Lucien. Il insistera là-dessus. J'imagine qu'étant donné le peu d'informations dont il disposait, cette version servait de point de départ à de nombreux scénarios rassurants. À partir de là, il lui était plus facile de se représenter les fameuses *Würste*, les jeux avec les enfants, les drôles de manières qui étaient les leurs et tout ce qui avait pu occuper la vie de son père, là-bas, en un temps où lui ne disposait pas encore de la sienne. Et à l'écouter, je reconnais que son tableau est nuancé. Je devine qu'au fil des ans, de ses lectures, il a enrichi l'expérience paternelle de nombreux détails.

La sympathie d'Antoine pour le propriétaire se transformera en une forme d'amitié, il appréciera la compagnie de sa femme et de ses enfants, qui le lui rendront. Entre le travail du champ et le soin aux bêtes, il renouera même avec des sensations familières, jusqu'à oublier, aidé par les bières que partagera volontiers son hôte avec lui après ses journées de travail, qu'il est son prisonnier.

Trois ans plus tard, quand la Wehrmacht sous pression l'aura exigé en renfort, avec d'autres il sera renvoyé ici, dans le Stalag VI D, et les conditions de vie auront empiré.

Brunhilde, lieu-dit, 14 juillet 1977

Allez ! Monte ! Je te ramène !

Non merci.

T'es allée voir la chapelle ? Elle en jette, hein ? Moi c'est pas mon truc les bondieuseries, mais je reconnais que celle-là, elle fait son petit effet. Tu sais qu'ils l'ont faite tout à l'explosif ? Pouf ! Ils ont fait péter la roche et hop ils ont mis quatre bancs, une croix ! L'affaire était dans le sac !

Brunhilde poursuit sa route tête baissée, accélère légèrement sa cadence.

Il reste un bon kilomètre, je t'avance, regarde si elle est belle ma voiture. Quoi, elle ne te plaît pas ? Il fait trop chaud ? Regarde la côte qu'il te reste à monter, ne fais pas ta tête de mule !

Il a beau sourire et agiter ses grands bras, elle décèle son caractère obstiné sous ses yeux comme des noisettes trop vertes. Elle les connaît, les hommes, les dragueurs plus encore, tous les mêmes manières pataudes. Ça ne lui a pas suffi, la petite leçon de tout à l'heure devant ses copains.

Puis qu'est-ce que c'est que cette voiture dont il a l'air si fier avec ses affiches collées à l'intérieur ?

Tu le connais lui ? On était à ça de gagner, mais voilà que ces enfoirés de cagoulards ont fini par emporter la partie ! Je te jure *miladiou*, la prochaine fois on les aura ! Déjà les cantonales l'an dernier, là les municipales ! On gagne du terrain !

Elle ne comprend pas un traître mot de ce qu'il lui raconte, mais ça lui a tout l'air d'un monologue politique à la façon qu'il a de s'animer en montrant du doigt ses affiches avec ce type quasi chauve aux yeux de rongeur dessus. Des petits yeux qui brillent.

Tu t'intéresses un peu à la politique ?

Politik, c'est bien ce qu'elle pensait.

Nein. Nein Politik, elle fait en regardant l'homme dans les yeux.

Bon ça va. Ça va. Allez viens je te dis, je remonte au village apporter le fromage pour ce soir et voir mes filles !

Mädchen ? Pourquoi il lui parle de ses filles ?

Vaincue, Brunhilde contourne l'arrière de la voiture et s'installe à côté de l'homme. Ses mains sont immenses et il sent l'eau de Cologne. Sous sa casquette de paysan, ses cheveux en bataille, gris pour partie, cherchent une issue favorable.

Ah je suis mal peigné ! C'est ça que tu regardes ! T'as bien raison remarque !

Il ôte sa casquette en conduisant d'une main et tente d'aplatir les épis dans le rétroviseur. Un coup de klaxon prolongé, un grand braquet et la 2 CV se retrouve penchée au-dessus du fossé. Le moteur broute et repart de plus belle.

Enfoiré de Blaise ! Je te jure ! Toujours au milieu de la route celui-là ! Il conduit sa fourgonnette comme un tank !

Il rit seul et très fort, s'amuse d'un rien. Les culottes comme des draps-housses de la Marie qui pendent sur un fil, la tête de ce benêt de Piou qui n'a pas le nez au bon endroit, la Bernadette dont les cheveux ont migré sur le menton, les frères Mérieux plus roses que leurs cochons – tout y passe. Sans entendre un mot à toutes les sottises qu'il déploie pour la faire rire, Brunhilde commence à se détendre. La présence de cet homme la distrait. Longtemps que personne n'a dépensé autant d'énergie pour l'amuser.

La remontée vers le village a des allures de safari. Le soleil de l'après-midi et l'enthousiasme débordant de ce drôle de spécimen chassent les pensées sombres de la chapelle. Elle ferme les yeux et les odeurs de fromage lui parviennent depuis la banquette arrière.

Tu as faim ? C'est que vous autres les hippies vous ne mangez pas ! C'est sûr que ce n'est pas votre herbe, vos graines et vos chansons qui vont vous remplir l'estomac, hein ?

Cet accent qui traîne à la fin de ses phrases. Il s'est garé à l'entrée du village, a saisi un sachet posé à l'arrière, l'a ouvert, a coupé un bout de la miche posée là et le lui a tendu avec un morceau de salers. Brunhilde s'est empressée de le goûter. Une légère sensation de picotement est venue faire danser la peau de ses joues, comme avant un éternuement.

Si ça pique, c'est que c'est du bon ! il fait en tapotant le bout de son nez avec son doigt aussi gros que les andouillettes déposées sur la grille au centre du village quelques heures plus tôt.

Sous sa chemise à carreaux elle devine un marcel blanc, impeccable. L'homme est soigné pour un fermier.

Alors ça te plaît ?

Brunhilde fait oui de la tête. Il la fixe comme un père son enfant avant de se ressaisir. Quelque chose a traversé ses yeux qui en a chassé la lumière.

Allez, tu peux le prendre avec toi celui-là. Moi je m'arrête là. Propose à tes amis si tu veux. Ta copine, elle ne m'a pas l'air bien nourrie non plus. Faut manger hein ! il assure, dévorant une bouchée. Et au fait ? Tu ne m'as pas dit comment tu t'appelles.

Brunhilde le regarde, interloquée.

Ton nom !

Ahhh ! Brunhilde.

Elle sourit pour la première fois en direction de l'homme, amusé à la vue de ses petites dents.

Und du ?

Jean ! Tu peux m'appeler Jeannot, va ! Il vous a montré sa baraque le père Carette ou pas encore ?

Elle le dévisage.

Je vais m'en occuper. Je vais parler à l'Antoine, vous n'allez pas continuer à pioncer dans cette roulotte !

Brunhilde a vu son grand dos et sa casquette dévaler le pré jusqu'à son troupeau un peu plus bas. Elle l'a entendu siffler, causer à ses vaches comme à elle quelques secondes plus tôt, de la même voix ferme et enjouée, en leur assénant de petites claques sur la croupe.

On dirait qu'elles dansent autour de lui.

Allez mes fifilles, on y va ! Allez Charmante ! Mistinguette, par ici !

Danke schön ! elle crie dans sa direction en lui faisant de grands signes de la main.

Il lui rend son salut et s'enfonce au milieu des arbres en direction de la rivière, suivant son troupeau. Les cloches font un bruit d'orchestre ivre, dirigé par un chef qui le serait tout autant.

Un grésillement lointain la fait sursauter.

Un deux, un deux. Test. Test.

Rendez-vous ce soir à dix-sept heures pour le radio-crochet. Pour les derniers arrivants, n'oubliez pas de venir vous inscrire. À tout à l'heure !

Antoine Carette, 14 juillet 1977

Antoine Carette est rentré chez lui pour le déjeuner. Il s'est coupé quelques tranches de jambon, un morceau de cantal et a fait réchauffer un peu de café. Il entend les haut-parleurs grésiller depuis le fauteuil où il s'est installé pour la sieste. Ses pensées le ramènent en arrière, en ces temps où le sommeil était une menace. Avant de le chercher, il a lutté contre.

Là-bas, il fallait rester éveillé. Combattre l'épuisement aussitôt synonyme de déclassement. Cet après-midi, chez lui, l'odeur d'excréments, l'aboiement des chiens et le bruit du métal qui claque reviennent le persécuter. Il a beau savoir, tenter par tous les moyens de convaincre son esprit que tout cela appartient au passé, rien ne cède. Sa vigilance demeure intacte, accablante. Les grésillements et le brouhaha de la fête lui parviennent comme preuve manifeste de la réalité de sa présence ici en 1977 dans sa grange baignée de soleil. Il peine à s'y fier.

Antoine fixe du regard sa montagne à travers la porte restée ouverte. Les mouches tentent de se frayer un chemin entre les miettes et les morceaux de charcuterie laissés sur la table. Certaines, les plus téméraires, ne tarderont pas à engluer leurs ailes sur les bandes collantes pendues au-dessus de la table. Le son des cloches de ses bêtes lui arrive depuis le pré derrière la maison. *Son paysage*. Et pourtant.

Un autre paysage, enfoui celui-là, lutte contre l'oubli sous les eaux sombres qui l'abritent. Il est là qui résiste pour garder sa place au présent. À mesure qu'il sent le sommeil le gagner, l'image se fait plus précise, eux, les enfants, le hangar. Le soleil a beau percer à travers les rideaux jusque sur l'extrémité de ses pieds nus, débarrassés de ses bottes de fermier, il frissonne. L'obscurité reprend ses droits en même temps qu'elle annexe son cerveau basculant dans le sommeil. Bientôt il quitte sa grange en songe et se retrouve projeté de nouveau dans ce hangar. Une semaine après avoir quitté la ferme de la famille allemande qui était presque devenue la sienne. Le voilà de retour sous la taule grise, fixant son esprit sur la longue route qui remonte depuis la chapelle monolithe jusqu'à sa grange, il se figure qu'il fait chaud. Un court instant, l'odeur de l'herbe et des vaches qu'il synthétise en pensée lui rend sa liberté. Sa mémoire se transforme en un maelström de sensations, d'époques, qui l'entraîne lentement vers le sommeil. Les longs cheveux blonds, l'accent qu'il connaît trop bien, survenus comme un songe lointain quelques heures plus tôt, n'y sont sans doute pas étrangers.

Antoine Carette,
Stalag VI D, 1943

Où, en cette aube noire de décembre,
sans doute les hommes sont-ils trop nombreux à prier

Ici, pas de chapelle monolithe où se recueillir. Restent à Antoine l'espace glacé au-dessus de sa tête et le toit métallique qui lui coupe la vue des étoiles. Ce froid est une chose nouvelle. Bien sûr, il avait déjà eu froid en descendant au pré les aubes d'hiver, mais très vite ce froid s'inclinait devant la chaleur des bêtes dans l'étable, celle du foyer. Ici, rien ne lui fait obstacle. Il règne en tyran sur l'extrémité des membres, la peau, la chair et les os de ces milliers de gens qui comme lui en sont les otages. Privé du métronome quotidien de la ferme et de ses montagnes immobiles sur lesquelles ses pensées allaient et venaient en lieu sûr, il perd pied. Ici tout est instable. D'une seconde à l'autre l'esprit lévite puis tombe dans un vide sans fond.

Il croit avoir rêvé, que ces trois années passées chez Hermann et Ursula n'étaient qu'une parenthèse inventée. Deux semaines qu'il est de retour au stalag et déjà il sent ses forces le quitter. Il s'imagine avec eux, discuter, rire, dormir dans un vrai lit et profiter de l'odeur des vaches dans l'étable, de celle des pommes de terre dans la marmite d'Ursula, les gamins sur ses genoux, leur parler de sa ferme, de Juliette, de leurs petits veaux qui ont dû bien grandir.

Pour l'heure, les SS passent en revue les allées et, comme avant, il est au garde-à-vous, avec la conscience aiguë que n'importe quoi peut arriver. Le traducteur annonce la sélection d'hommes pour les fermes et Kommandos alentour, Antoine prie. Longtemps qu'il ne l'a pas fait. Il a un peu honte mais se dit que si c'est un moyen de sortir d'ici alors il le fera. Le pauvre ignore ce qui se passe dans les Kommandos. Il ferait n'importe quoi pour retourner là-bas, à la ferme, auprès d'eux. Quant à savoir pourquoi certaines prières sont entendues et d'autres non, voilà un mystère plus grand qu'un homme ne peut supporter. Parmi toutes ces suppliques qui encombrent le ciel, celle d'Antoine Carette ne trouve pas d'écho, juste le vide froid du hangar au-dessus de sa tête. Il ignore que, dans quelques minutes, son destin se désolidarisera, une nouvelle fois, de celui de ces hommes qui se dressent autour de lui comme un seul.

Deux mille prisonniers, soldats et sous-officiers, au garde-à-vous à cinq heures du matin dans un hangar, attendant d'être affectés aux Kommandos et fermes. Ils sont polonais, russes, serbes, tziganes, français. Deux mille, moins ceux qui ne réussissent pas à se lever, de plus en plus nombreux cette année-là, à cause de la dysenterie.

La fouille est violente. Ceux pris avec des cigarettes ou des morceaux de pain sont immédiatement roués de coups. Antoine fixe un point en face de lui. Le cochon est là dans son esprit qui se débat, le père s'est saisi de sa lame et tranche. Le sang coule dans le seau en métal posé sous la table. Le SS se tient devant lui.

Ihm ! Unnas Kommando !

Il fait nuit noire. On le jette dans un camion où se trouvent deux autres types. Le véhicule démarre et les lumières du stalag se font toujours plus discrètes, jusqu'à disparaître totalement dans la nuit.

Ce matin de décembre, Antoine Carette quitte le Stalag VI D pour le Kommando d'Unna. Il n'y remettra jamais les pieds. Le destin s'est-il porté à son secours ce jour-là ? Contrairement à ce qu'il pense au moment où le camion l'entraîne dans la nuit, j'aime à le penser.

Maison de Lucien Carette,
19 décembre 2022

Où Lili n'est pas du genre à faire de cadeau

Les derniers rayons de soleil pointent à travers la porte vitrée. La fumée de la cigarette de ma mère m'arrive en pleine face, elle la dissipe d'un mouvement de la main sans interrompre Lucien pris dans son récit. Je ne quitte mon carnet des yeux que pour vérifier de temps en temps qu'Antoine et sa femme Juliette ne bronchent pas. Lucien lui aussi veille ses parents. De plus en plus, j'ai le sentiment qu'ils vont surgir de leurs cadres, se servir deux verres de gentiane et se joindre à nous, le plus naturellement du monde. Parfois, Lucien stoppe son propos. On dirait qu'il prend un avis, vérifie en silence le souvenir qu'il rapporte. Tout se passe comme si Antoine et lui discutaient en permanence le contenu exact des événements qu'il détaille. Je note aussi vite que possible, tout ce que je peux.

Je me souviens de cette soirée. Qu'est-ce qu'on avait ri ! intervient Lili tout en caressant le chien des yeux.

Elle aussi s'est absentée. A-t-elle été conviée à leur conversation parallèle ? Vexée, je dessine des flèches, points d'exclamation et toutes sortes de signes occultes sur mon carnet qui me serviront plus tard de codes dans mes recherches. Histoire de leur signifier que j'ai, moi aussi, mes conversations secrètes. Avec moi-même, certes.

Lorsque je lève les yeux, les deux scrutent mes écrits. J'ai le sentiment d'être une de ces enfants *à la communication compliquée* que l'on conduit chez l'orthophoniste pour voir ce qui cloche.

Tu chantes, Lucien ? je lance, presque autoritaire, pour reprendre ma position de leader dans cet échange qui, je le sens, m'échappe.

Oh ! Chanter c'est beaucoup dire, mais disons que…

Il lance un regard plein de paillettes à ma mère.

Disons qu'avec Lili on aimait bien faire le show.

C'est-à-dire ? Vous me faites peur.

Eh bien disons que ta mère, y a des choses avec lesquelles elle ne plaisante pas.

Je suis au courant.

Lili attend la suite, amusée.

Et dont le chant et les dictées font partie.

Je pense même que l'on peut ajouter tout ce qui consiste à gagner un truc, non ?

Nous rions, sous le regard navré de ma mère.

Eh bien, ce jour où les filles sont arrivées au village, elle ne m'a pas fait de cadeau au radio-crochet.

Lili affiche cet air plein de fierté que je connais si bien et qu'elle ne cherche même pas à dissimuler.

C'est vrai que je chante bien. J'ai toujours eu une jolie voix.

Mais qu'est-ce que tu fichais là-bas à l'été soixante-dix-sept toi ? Tu n'étais pas déjà partie pour Montpellier ?

Si, si, bien sûr, je ne vivais déjà plus au village, mais je revenais pendant les vacances, quelques jours, pour aider papa aux foins. Mes frères, eux, étaient mariés, ils bossaient déjà ailleurs.

Toujours est-il que, au fond de moi, j'espérais cet après-midi-là, qu'elle me laisserait…

Lucien, tu me connais un peu. Tu pensais sérieusement que j'allais te laisser quoi que ce soit ?

Lili n'est pas du genre à faire de cadeau, en effet. Peut-être Antoine l'avait-il déjà décelé. Il comprenait presque tout, de ce que j'en devine.

Et alors à vingt ans ! Tu rêves ! Je la voulais, ma première place. D'autant que le fils Deloffre venait de m'offrir sa médaille de Johnny quelques jours plus tôt en me déclarant sa flamme. Il était descendu à mobylette jusqu'à la maison pour me la donner. Il avait peur que le père le voie. Ça me faisait rire. Depuis que j'avais sept ans il voulait m'épouser celui-là. C'est même à cause de lui que j'ai décidé que je ne me marierais jamais. Tu parles d'un vaccin. Comme on dit, *heureusement qu'il était gentil*, elle balance, et nous rions de nouveau. Toujours est-il que ce jour-là, je me souviens très bien, j'avais chanté « Porque te vas » de Jeanette.

Elle chantonne.

Hoy en mi ventana brilla el sol
Y el corazón,
Se pone triste contemplando la ciudad
Porque te vas

Nos yeux écarquillés ne l'arrêtent pas.

C'est vrai que j'avais mis le feu. Et je me souviens encore mieux… Je ne sais pas si… Tu ne m'en voudras pas, promis Lucien ? Tu n'as pas une photo ? Comme j'aurais aimé que tu voies ça, elle me dit le plus sérieusement du monde.

Lucien rougit, à moins que ce ne soit le Lucien de cet été soixante-dix-sept qui crame de gêne en dessous à l'évocation de ce moment. Il pince ses lèvres comme le font les enfants pris la main dans le sac. Ma mère ne lâche pas pour autant, au contraire :

Mon Dieu. Cette tenue. Tu es arrivé sur la place, je m'en souviendrai toute ma vie.

Des larmes de rire jaillissent soudain de ses yeux plissés, elle rit seule, parfaitement décomplexée devant Lucien et moi-même, qui restons cois, et ses parents impuissants dans leurs cadres, face aux moqueries de cette invitée sans manières.

Y a prescription, elle s'esclaffe. Avant de porter le coup fatal.

M'enfin, si tu avais vu ça.

Lucien Carette, lieu-dit,
14 juillet 1977

Où le soir venu danse un peu du désastre
et de la magie du monde

Le tissu colle à sa peau, il sue. Qu'est-ce qui lui a pris de s'inscrire à ce radio-crochet ?

On lui a souvent dit qu'il chantait juste, de là à s'y produire… Et le premier à passer qui plus est. Lili est là qui le dévisage, sûre d'elle. Depuis qu'elle est en âge de chanter, c'est elle qui remporte le prix chaque année. Elle s'est allumé une cigarette et de son perchoir il peine à distinguer la fraise incandescente du feu dans ses yeux. Elle va le pulvériser.

Qu'est-ce qu'il fiche ce satané orchestre ? Lucien a l'impression d'être sur cette scène depuis des lustres à attendre que les musiciens soient enfin prêts. Lui il l'est, prêt. Depuis plusieurs heures déjà. Après le déjeuner, il s'est précipité dans son armoire pour en exhumer la tenue qu'il porte à cet instant et que tous détaillent comme s'il s'agissait d'une pièce de musée.

Tous des ploucs, connaissent rien à la mode. Après tout, il est l'un des seuls à avoir un poste de télévision en couleur chez lui. À part les Murat et les Delfrey. Les autres, pour certains, n'ont jamais vu une image télévisée couleur de leur vie. Pour l'élection présidentielle, il y a trois ans, ils étaient plus de vingt regroupés dans la cuisine de la mère à essayer de se faire une place devant. Quand le visage de Giscard était apparu à l'écran, ils s'étaient mis à gueuler comme pas possible que c'était qu'un cagoulard, qu'on en avait assez, qu'il fallait le pouvoir au peuple, au vrai. Enfin ce genre de choses que Lucien entendait de la bouche de son père depuis sa plus petite enfance mais avec des mots, disons, plus distingués.

Les mêmes étaient là devant lui, leurs verres, leurs pipes, leurs cannes, leur gris à la main, à le dévisager comme son poste trois ans auparavant. Les vieux surtout se marrent en montrant de leurs doigts cornus ses Clarks à franges. Ces cons gloussent, *il a tondu la queue de la Charmante pour coller les poils sur ses godillots*, et l'assemblée rit de plus belle, tandis que le guitariste derrière lui n'en finit plus d'accorder sa guitare électrique.

Les plus jeunes jouissent du spectacle du fils du grand Antoine Carette, l'éclairé, dégoulinant sous sa chemise au col pelle à tarte et sa veste à paillettes, ses jambes moulées dans un pantalon pattes d'éléphant. Antoine a ramené la panoplie d'un voyage à Paris, et Lucien n'a pas encore eu l'occasion de la porter.

Elle s'est finalement présentée ce soir de juillet, avec la fête et surtout l'arrivée dans le village des deux étrangères. Une en particulier, que Lucien ne voit toujours pas sur la place. Tiraillé entre l'urgence de mettre fin à cette situation grotesque qui le tient droit comme un I, en nage, devant l'orchestre, patientant pendant que les musiciens terminent leurs arrangements, et celle d'attendre que les Allemandes apparaissent pour entamer son premier couplet, il doute. Le choix de sa tenue n'est-il pas exagéré ? Et en même temps, elles sont des filles de goût, elles connaissent la ville à coup sûr et la mode et les chansons modernes.

Sa chanson, mon Dieu. Est-ce qu'elles connaissent Johnny ? Bien sûr que non. Pourquoi n'y a-t-il pas songé avant ? Une chanson en français, même si elle date de l'an dernier, peu de chances qu'elles l'aient déjà entendue. Elles ne comprendront pas un mot de ce qu'il va chanter. Comment a-t-il pu se planter à ce point ?

Le silence se fait. L'orchestre est prêt. Les copains le regardent, sceptiques, d'autres déjà hilares, tous attendent. Les mères l'envisagent avec tendresse, tandis que les bambins, les mains crochetées à la scène, le dévisagent. Lucien prend une grande inspiration, il connaît la chanson par cœur, il a répété tout l'après-midi. Il capte la moindre intonation mieux encore que le *Notre Père*. Il ferme les yeux, puise au fond de lui l'image de son idole, referme son poing autour du micro. Il convoque le visage de son Allemande, ses yeux clairs. Les premières notes résonnent sur la place. Il se lance.

Je vous préviens, n'approchez pas…

Whoooo, des cris de loup s'échappent du petit groupe au comptoir. Lucien les ignore.

Que vous soyez flics ou badauds…

Il ouvre les yeux en pointant l'assemblée du doigt, presque menaçant.

Je tue celui qui fait un pas
Je ne ferai pas de cadeau

L'imitation du loup se poursuit, il ne bronche pas, tout entier à sa prestation, quand il devine la longue robe à côté de la fontaine, à l'extrémité de la place. La petite brune à son bras, escortée par le grand. Elle est venue. Lucien redouble d'énergie, il ne sent presque plus le bout de ses chaussures à franges lui comprimer les pieds, pas plus que les paillettes de sa veste ne le démangent. Il est là, parfaitement à sa place, chantant pour elle.

Tout le temps que dure sa performance, il ne la quitte pas des yeux. Elle ne se démonte pas, semble s'amuser de ce grand costaud qui donne de la voix en costume à paillettes entre les grillades et le stand de pêche aux canards. Les baffles décrochent de temps en temps mais lui n'y prête pas attention, il tape du pied de plus belle, ferme les yeux, sans doute imite-t-il un chanteur qu'il apprécie, qui doit beaucoup compter pour lui étant donné l'intensité avec laquelle il livre son spectacle. Les hurlements des uns, les moqueries des autres, y compris celles de Mariella et Louis, passent au second plan.

Reste ce petit Français possédé par sa chanson. Il doit bien se douter qu'elle ne comprend pas un traître mot de ceux qu'il fait sonner pour elle à s'en casser la voix, et pourtant il persiste, s'abandonne complètement. Le public a finalement dû se ranger à son avis car lorsque la chanson se termine, Lucien est remercié par un tonnerre d'applaudissements. Les gars du bar sifflent de plus belle en faisant tourner leurs casquettes, les gamins sautent devant la scène tandis qu'une des femmes lui apporte de l'eau et ce qui ressemble à un sandwich de terrine. Il descend de la scène en vedette, souriant aux uns et aux autres, serrant des mains qui le congratulent. La sueur continue de perler sur son front quand il se présente devant elles.

Super que vous soyez venues ! Finalement, comme les

gars ont un peu insisté, j'ai pas osé dire non. Ils aiment bien Johnny, donc je me suis dit que pour lancer la soirée, c'était bien de mettre un peu d'ambiance.

Tu as une très jolie voix ! le félicite Mariella.

Ouais, franchement mon gars, c'est un sacré morceau et tu as bien négocié, bravo ! renchérit Louis.

Brunhilde, elle, reste silencieuse. Elle soulève son chapeau de paille et lui offre, en guise de validation, une roulée qu'il accepte, au bord de l'évanouissement.

Merci, merci beaucoup !

Il ne fume pas Lucien, mademoiselle, il ne vous le dira pas, mais moi oui, je prends !

Thierry Blaise vient de lui piquer sa cigarette, sous le nez amusé de Brunhilde. La première fois qu'il la voit sourire comme ça. Savoir qu'il doit ce sourire à ce pirate de Thierry Blaise lui fait l'effet d'un poing dans l'estomac.

Ne fais pas la tronche, Lucien ! Mademoiselle, s'incline Thierry, avant de repartir en direction de la meute au comptoir.

Thierry parle peu mais plaît aux femmes.

Lili remporte finalement le premier prix, Lucien le second. Ils chantent ensemble sur l'estrade *Rock-Collection* de Laurent Voulzy et c'est toute la jeunesse du village qui se retrouve au milieu de la place à chanter avec eux :

On a tous dans le cœur une petite fille oubliée,
Jupe plissée, queue-de-cheval à la sortie du lycée…

La soirée s'étire entre slows langoureux, rock'n'roll endiablés, guinguettes réjouissantes, Mariella et Louis mènent le bal. Brunhilde ne danse pas, elle observe, accorde quelques mots aux plus téméraires venus tenter leur chance. Elle fume, beaucoup. Les yeux ne se détournent que rarement d'elle, elle le sait et tient sa position d'étrangère.

Bien que certain la devinent plus âgée, la faute à ses yeux durs et à cette bouche qu'elle garde close, la plupart lui trouvent de l'allure. Il faut bien reconnaître que son mètre soixante-quinze, sa taille fine, ses longs cheveux blonds et son air de fauve forment un tableau rare par ici.

La nuit défile et avec elle une farandole d'hommes ivres. Brunhilde les éconduit aussi poliment que son mutisme le lui permet. En souriant, soulevant les sourcils en guise d'excuse, écartant les mains, elle redouble de gestes improbables pour ne pas paraître incorrecte quand arrive le dernier des leurs. Le plus robuste, le plus redoutable négociateur aussi.

Oh Jeannot.

Tu danses ?

En bout de course, épuisée d'avoir tant résisté, elle accepte.

L'orchestre entame un morceau nouveau, un que Jeannot ne connaît pas. Il râle. Elle l'adore. *Yes Sir, I Can Boogie*, de Baccara, sorti quelques mois plus tôt. Brunhilde se sent pousser des ailes. Elle s'autorise à prendre plus de place, tourne, balance, et tous les yeux convergent vers elle comme vers un phénomène extraordinaire. Mariella s'est approchée, elles s'attrapent par le bras, se font virevolter, croisent le tissu de leurs robes et dessinent dans l'air des figures imaginaires de l'extrémité de leurs doigts. Il semble que ce soient elles qui sont à la manœuvre, tant les notes se calent sur leurs gestes. De ses longues mains, Brunhilde contourne les volutes de fumée. Elle a cessé de tenir sa cigarette, suspendue désormais à ses lèvres. Les jeunes gens se rapprochent et forment autour d'elles une masse compacte, si bien que bientôt on ne discerne plus que des ombres dans la lumière des stroboscopes. Les visages ont disparu, se fondant les uns dans les autres en un gigantesque patchwork d'expressions de joie.

Yes sir, I can boogie
But I need a certain song
I can boogie, boogie woogie all night long

Les plus vieux regardent la scène comme on assiste au décollage d'une fusée, le cœur en étau, entre peur et fascination, otages de ce son tout droit venu du futur et qui glisse sur la façade de leur église à la façon d'un mauvais esprit. Cette musique leur parle une langue qu'ils ne connaissent pas et qui, à voir le corps des jeunes se contorsionner, n'est pas sans lien avec l'apocalypse.

Ils s'endormiront avec le sentiment que ces visiteuses, en entrant dans leur village, ont apporté avec elles un peu du désastre et de la magie du monde.

Juliette ou « la femme au portrait », lieu-dit, novembre 1942

Où il ne faut pas tirer de conclusions trop hâtives

La dernière fois que les habitants du hameau ont vu s'arrêter chez eux des étrangers, allemands qui plus est, remonte à la fin du mois de novembre 1942. Juliette rentrait de l'étable surprise par une pluie battante. Son père mobilisé, elle restait seule avec sa mère. Malgré le froid et la pluie fouettant ses joues, en balayant du regard la vallée, le premier mirage qui surgit dans la brume épaisse avait été celui de la silhouette d'Antoine. Son Antoine, fait prisonnier depuis plus de deux ans maintenant et dont la dernière lettre remontait à treize jours.

La toute première lettre qu'elle avait reçue après l'arrivée d'Antoine au stalag, quelques mois auparavant, avait été un soulagement inouï. Antoine y racontait qu'après sa détention dans un stalag du côté de Dortmund, où il avait été relativement bien traité malgré les conditions difficiles, il avait rejoint une famille allemande qui, elle, le considérait en égal. Juliette avait gardé la lettre contre sa poitrine un long moment, imaginant la chaleur de la main d'Antoine tenant la plume et ses yeux clairs et vifs comme le fond de la rivière, choisissant les mots pour lui raconter. Le tampon était toujours le même, en provenance d'Unna. À quoi pouvait bien ressembler un village allemand ? À ceux d'ici ? Et les gens ?

En l'absence des hommes, c'est elle qui avait la charge de la traite et d'une partie des activités de la ferme. Sa mère et elle n'avaient plus une minute. Cet après-midi de novembre 1942, quand elle aperçut au loin des camions militaires, elle imagina un instant qu'il s'agissait de son Antoine, que peut-être, par l'un de ces heureux hasards, il lui revenait. Mais l'imagination est une matière impétueuse, dont il faut se méfier, surtout en temps troublés. À ce stade des hostilités, leurs vies consistaient à attendre, oreilles pendues aux nouvelles à la radio. Depuis quelques jours, elles le savaient pourtant, depuis le 11 novembre dernier exactement, les troupes allemandes avaient envahi le Cantal et le sud de la France. Ils approchaient. Pourtant, à aucun moment, Juliette ne s'imagina que ce camion qui se dirigeait droit vers elle sur la route, entre les maisons du hameau, pouvait être l'ennemi. La pluie redoubla. Elle pressa le pas à travers le pré où l'eau formait déjà de larges flaques. Les pieds trempés, elle recouvrit ses cheveux d'une veste de son père dédiée au travail à l'étable. Quand elle parvint au niveau de la route, le camion ralentit. Un homme l'interpella avec un fort accent allemand :

Vous habitez là, mademoiselle ?

Juliette fit oui de la tête.

Combien maisons ici ?

Elle montra trois, puis cinq avec ses doigts.

La pluie tombait maintenant si fort qu'elle l'empêchait de voir. Les autres soldats jetèrent un œil autour d'eux et sans doute jugèrent-ils fort mal notre lieu-dit car après quelques échanges dans leur langue, incompréhensibles pour Juliette, ils poursuivirent leur chemin, l'abandonnant à son bord de route, le cœur et les pieds inondés. Elle courut jusqu'à la grange, s'effondra dans les bras de sa mère qui la frictionna de toutes ses forces au coin du cantou.

Les Allemands ne s'installèrent jamais dans le hameau. Juste à côté, oui, dans l'un des villages voisins, quelques semaines seulement. De temps à autre, les habitants de lieu-dit voyaient filer des voitures ennemies sur leur route. Certains durent leur fournir des outils, ou des indications, d'autres cuisinèrent pour eux comme ce fut le cas une fois pour la mère Blaise. Mais toujours ils finissaient par quitter les lieux, quelques heures tout au plus après y être entrés.

Depuis quelques mois, le hameau avait beau vivre isolé du reste de la région, les rumeurs commençaient à circuler. Des citoyens seraient bientôt désignés afin d'être livrés aux Allemands. La plupart des habitants ne se figuraient pas une seconde que le préfet du Cantal depuis septembre 1941 avait transmis son recensement à Vichy : deux cent quarante-huit Juifs français et deux cent quarante Juifs étrangers. Juliette apprendrait par un journal local, qui désormais œuvrait sous le manteau et que seule Marguerite arrivait encore à se procurer, que tous ces pauvres gens de confession israélite avaient été regroupés à Chaudes-Aigues, petite station thermale.

Juliette eut vent de toutes ces histoires sordides et craignait qu'une telle situation ne se reproduise ici. Elle avait même écrit à Antoine que toutes ces manœuvres l'inquiétaient et qu'à ce qu'elle avait entendu, des enfants aussi étaient retenus. Il lui avait répondu quelques semaines plus tard que les Allemands n'étaient pas tous aussi méchants qu'on voulait bien le penser et que les choses rentreraient dans l'ordre rapidement, *à n'en pas douter*. Cette dernière formulation avait réconforté Juliette. Le monde retrouverait sa raison et son calme.

Moins de trois mois plus tard, de grandes rafles furent déclenchées dans le département.

Marguerite, la propriétaire de l'unique bistrot-kiosque à journaux, ne reçut bientôt plus *Le Réveil du Cantal*, dont les journalistes avaient été mobilisés. Après la visite d'un représentant de Vichy, un fonctionnaire zélé dont elle ne sut jamais vraiment quel était son lien avec le pouvoir en place, elle céda tout de même, non sans une certaine nausée, à l'affichage de *L'Auvergne* ou encore de *La Croix du Cantal*, jusqu'à ce qu'un matin, elle décide de stopper la vente du premier. Nous étions le 8 octobre 1942 et George Cazalis, sous le pseudonyme de Guy de Veyre, écrivait dans *L'Auvergne* : « Les rois très chrétiens avaient adopté au sujet des Juifs une sage méthode : tous les quarante ou cinquante ans une petite purge. » À la suite de quoi Marguerite alluma le poêle en cet automne humide et y laissa se consumer les quinze exemplaires du journal qu'elle avait reçus.

Dès lors, Marguerite n'eut de cesse de se rendre à l'église pour demander conseil au curé et prier plus encore, confiant au prêtre, un homme ouvert d'esprit, mort quelques mois avant l'arrivée des filles dans le hameau, son désarroi et ses craintes.

Après les déportations massives des Juifs pendant l'été 1942, le mécontentement des catholiques grandit dans la région.

La lettre pastorale de Mgr Jules-Géraud Saliège, archevêque de Toulouse et ancien élève du petit séminaire de Pleaux, tout proche du hameau, parvint à Juliette, à sa mère et aux autres habitants des villages alentour, le 23 août 1942. En voici un extrait : « Dans notre diocèse, des scènes d'épouvante ont eu lieu dans les camps de Noé et du Récébédou. Les Juifs sont des hommes, les Juives sont des femmes. Les étrangers sont des hommes, les étrangères sont des femmes. Tout n'est pas permis contre eux, contre ces hommes, contre ces femmes, contre ces pères et mères de famille. Ils sont nos frères comme tant d'autres. » Il sera fait, pour cela, compagnon de la Libération en août 1945 et Juste parmi les Nations en 1969. La résistance s'organisa et Juliette eut vent qu'un peintre allemand antinazi avait trouvé refuge tout près d'ici.

Antoine ignorait ce qui se tramait. Il restait un prisonnier, sans accès direct aux informations. Les seuls éléments extérieurs dont il disposait lui étaient dispensés avec enthousiasme par son logeur, Hermann, qui à ce stade ne jugeait pas nécessaire de *tirer des conclusions trop hâtives*. C'est ce qu'Antoine écrivait à Juliette, *il ne faut pas tirer de conclusions trop hâtives*. Nul doute qu'il serait bientôt de retour et alors, ils pourraient penser sérieusement à avoir un enfant. Il savait à présent qu'il adorerait être père, *la guerre aura au moins permis cela*, concluait-il, confiant en l'avenir. Et cette confiance brûlante apaisa un temps le cœur inquiet de Juliette. La dernière phrase, une question, désamorça ses craintes et fit s'écraser sur le papier une larme lourde :

Que dirais-tu de Lucien ?

Comme Lucien de Rubempré ? lui répondit-elle en pensée.

Maison de Lucien,
19 décembre 2022

Qui, bien qu'il ne soit pas un héros de Balzac, n'en demeure pas moins un sacré interprète

Je ne sais pas si tu es entrée en contact avec Gisèle ? m'interroge Lucien.

Je fronce les sourcils en direction de ma mère, qui me renvoie vers Lucien. Il reprend :

C'est que… maintenant la pauvre, on ne la voit plus trop. Boris est malade. Un Alzheimer coriace qui ne les laisse pas tranquilles. Le pauvre a de sérieux moments d'égarement. On l'a retrouvé l'autre matin à des kilomètres d'ici, il avait tracé à travers champs, impossible de mettre la main sur lui. Gisèle a appelé les cantonniers et les gendarmes, mais il restait introuvable. C'est qu'elle ne bouge plus trop de chez elle aussi. On a bien prévenu Frédéric, leur fils tu sais, mais il vit au Canada maintenant, alors le temps qu'il revienne… Il a dit qu'il serait là dans deux semaines, mais sa mère l'a fait rappeler par sa soignante pour lui dire que tout était rentré dans l'ordre. Elle ne veut jamais le déranger. Tu sais comment sont les mères par chez nous, il lance à la mienne.

L'image de l'été dernier me revient. Nous suivons mon oncle dans une balade matinale avec les garçons, tandis que ma mère et ma tante veillent le bébé. La matinée est baignée d'une de ces lumières qui laissent à penser que Dieu lui-même a séjourné ici à l'origine du monde pour y trouver l'inspiration. Quelques vaches paissent en contrebas, dont le chant des cloches remonte à nos oreilles, *elles meuglent toujours leurs sombres poèmes*, peut-être même répondent-elles à celles des fjords islandais de mon cher Jón Kalman Stefánsson. Nous marchons comme cela, en file indienne, longeant la route déserte de longues minutes sans jamais croiser une voiture. Sur le chemin du retour, un tracteur klaxonne, mon oncle le salue et nous retrouvons les premières maisons du hameau dans un silence d'église. Nulle envie de parler, nulle autre envie que celle de suivre la petite route que bordent ces étendues lisses et lumineuses. Jamais la nature ne m'a autant apaisée. Tout concorde à nous fondre dans le décor, des santons dans une crèche grandeur nature. Nous apercevons déjà la grange et la voix de ma mère résonne jusqu'à nous. Sur la gauche, nous passons devant la maison de Boris et Gisèle, la porte est ouverte. Dans l'obscurité, comme oubliée à l'intérieur, je devine la silhouette avachie de Boris sur la table en bois, sans expression, sans mouvement, on pourrait croire qu'une coulée de cire l'a figé là. Mon oncle le salue, il ne réagit pas. Mes yeux balaient la façade jusqu'à la fenêtre de l'étage où Gisèle apparaît derrière la vitre close, elle nous fait un geste de la main, comme muette, irréelle.

La scène a surgi dans toute sa simplicité. Dans ce décor dépouillé, une maison dont la porte ouverte laisse deviner dans la pénombre une silhouette immobile. L'étage au-dessus, l'ombre mécanique de Gisèle. Qui passerait là par hasard pourrait s'imaginer piégé dans l'une de ces attractions foraines de maison hantée. En face, incontournable dans sa beauté primitive, la maison de Brunhilde et son panneau KERAMIK.

L'horloge a retenti et Lili a sursauté. Je suis revenue au récit de Lucien.

Oui, elle est réglée un peu fort, s'excuse-t-il.

Un peu oui, je valide.

C'est qu'on a dû passer trois bonnes heures à le chercher. Avec sa maladie tu comprends, on savait qu'il fallait faire vite, qu'il risquait de se faire mal. La Gisèle, elle restait dans sa maison avec son infirmière, à moitié abasourdie. La pauvre peine tellement à marcher, si tu voyais ça, ce n'est pas drôle d'être vieux. Parfois, c'est vrai, on a l'impression que ce ne sont plus les mêmes personnes qu'on a connues. Et alors avec ce fichu Alzheimer, c'est pire. Ça vous change un homme. J'étais parti avec deux des gars en direction de la grange à Dédé, tu sais Lili, un peu avant Frejac ?

Ma mère hoche la tête.

Et là, sur qui on tombe, assis en tailleur comme un môme, presque au milieu du pré à quelques mètres seulement de la rivière ?

Boris, je lâche pour mettre fin au suspense.

Eh oui, ce grand fou avait marché jusque-là. Tu sais ce que c'est ce pré ? Boris n'était pas venu là par hasard, ou alors c'est que la vie est sacrément joueuse et cette maladie bien perfide. Ce pré, c'est celui où il a gardé ses premières bêtes, je ne sais pas si tu te souviens mais il appartenait à son père avant. C'est l'un des derniers qu'ils ont dû vendre. Le père n'arrivait pas à tout assumer. Ce n'était pas sa faute, il avait hérité de son père une affaire pas très saine déjà et tout le monde savait que c'était trop pour eux. Alors quand le père a vendu, ça n'a pas étonné. Sauf que le gamin devait avoir dans les quatorze ans, et avec ce pré c'est une partie de son enfance, sans doute aussi le rêve de son père de rester propriétaire, qui s'envolait. À vrai dire, le vieux ne s'en est jamais remis d'avoir vendu ce pré au Murat. Après ça il s'est, pour ainsi dire, laissé mourir.

Ça alors, je ne l'avais jamais entendue, celle-là, ponctue Lili. C'est que quand Boris avait quatorze ans je devais en avoir dix de moins, donc on ne devait pas trop me tenir au courant des actes notariés du coin.

C'est triste, je laisse échapper.

C'est triste et en même temps non, me reprend Lili. Il avait envie de revoir son pré, ça lui a pris, et hop il y est allé, c'est aussi simple que ça. Et si ça se trouve, avec cette maudite maladie il s'est même dit qu'il était l'heure pour lui d'aller garder son troupeau ou traire. Qu'est-ce qu'on en sait de ce qui reste des horloges de l'enfance, de nos anciennes vies, dans celle-ci ?

Elle pose ça dans la conversation en suivant de son index les fentes du bois dans la table.

Lucien et moi-même sommes restés cois, mais il m'a semblé que depuis son perchoir Antoine échangeait un regard complice avec ma mère.

Gisèle, Cantal, été 1977

Où éviscérer des horloges
déclenche des rires salutaires

Qu'est-ce qu'elles sont venues se perdre ici ? Sûr qu'elles n'ont pas l'air comme les autres, mais tout de même, à leur âge, décider de soi-même de venir se terrer dans ce trou ? Pourtant, elles n'ont pas l'air folles.

Pourquoi ici ?

Gisèle s'est réveillée avec dans la tête ces questions aussi obstinées qu'un marteau-piqueur. Elles ne la lâchaient plus depuis l'aurore. Elle a pris son café avec Boris sans dire un mot, comme à leur habitude, l'un respectant pudiquement le réveil de l'autre selon l'accord tacite qui s'était tissé entre eux durant leurs quatre ans de mariage.

Tant que Boris n'était pas revenu de la traite, ces deux-là pouvaient bien se croiser, se rentrer dedans par mégarde, saluer d'un geste de la main le facteur, se regarder droit dans les yeux en buvant leur café, même faire accoucher une génisse, pas un mot ne sortait de leurs bouches closes. Tous deux entretenaient avec zèle la morale dispensée par le curé presque à chaque office, selon laquelle le silence est, souvent, la plus sûre des alliances. Ce jour-là, l'homme de Dieu livrait un sermon interminable sur les méfaits des ragots et racontars dans le hameau. Sermon qui, personne n'était dupe, faisait suite au climat de champ de foire né de la venue de la mère Delpierre à son confessionnal trois fois par semaine. La mère avait beau entretenir une réputation de femme pieuse, ces visites trop assidues avaient fait plus qu'éveiller les soupçons et délié les langues des paroissiens. Quel péché pouvait nécessiter que la pauvre femme se rende à confesse aussi souvent ? Un passé ? Un bien présent ? Durant plusieurs semaines les pronostics allèrent bon train.

Toujours est-il que jamais il ne serait venu à l'esprit de Gisèle ou de Boris de briser ce pacte sacré du silence d'aurore, qui pouvait aisément s'étirer jusqu'à la fin de la matinée. Mais pour la première fois en quatre ans de mariage, ce matin-là, Gisèle sent que les mots se bousculent derrière ses lèvres, impatients. Boris a beau voir sa femme taper du pied sous sa chaise en buvant son café, s'affairer dans la cuisine avec plus d'énergie que d'habitude, il ne dit rien. Gisèle s'impose de contenir ses mots qui maintenant lui brûlent presque la langue. Comment se peut-il que les idées se transforment à ce point en douleur ? Pour la première fois, cette curiosité, qu'elle a si grande depuis l'enfance et qui est connue de tous au village, la tient dans un état proche de la nausée.

Pourquoi ? Pourquoi ici plutôt qu'ailleurs ? Elles sont belles ces filles, cela personne ne peut dire le contraire et surtout pas son Boris qui a bien failli oublier ses yeux entre les grillades et le comptoir l'autre soir à la fête. Gisèle s'en moque, tout vaut mieux que de rester comme les autres, enfermée chez elle dans sa cuisine à attendre que son mari rentre. Elle aime danser et boire et rire et n'envisage pas un instant de ne pas profiter de ces moments merveilleux qui n'arrivent qu'une fois l'an. Cette année la fête a été particulièrement réussie avec l'orchestre qui a joué tous les derniers tubes à la mode. Lili a fait le spectacle. Le fils Carette les a amusés avec son déguisement de vedette, et émus aussi, il faut bien le reconnaître. Mais quand même. Pourquoi ? La question infuse dans son corps comme un sachet de thé dans une bouilloire. Ce ne sont pourtant pas les destinations qui manquent. Pourquoi ne pas avoir suivi les autres, les hippies qui se dirigent en meutes compactes vers le plateau du Larzac ou, pour les plus aventuriers, en Inde ? Choisir de s'exiler, certes, mais *ici* ?

Elle les a vues à la télé, ces plages immenses du bout du monde, ces océans sans fin avec les bateaux qui voguent dessus. C'est qu'il y en a des choses à découvrir partout. Et des sacrément belles, de ce qu'elle a pu en apercevoir. Elle qui aurait tant aimé… Mieux vaut ne pas y penser. Puis pour aller où, pauvre folle ? Le monde autour ne parle pas la même langue que toi. Et sans soutien-gorge, avec tes seins comme les pis de tes vaches, tu ressemblerais à quoi ? La question originelle a fait des petits dans la tête et le corps de Gisèle jusqu'à la rendre étrange. Étrangère à elle-même. Pourtant *ce sont bien elles les étrangères, et elles auraient fait tout ce chemin jusqu'ici pour venir voir les grosses faces rouges de leurs maris et bouffer leur fromage ?*

Bien sûr qu'elle l'aime son pays, mais faut pas rigoler. Ne pas essayer de lui faire croire que ça vaut plus le coup d'être ici que nulle part ailleurs. À part peut-être dans ces grandes tours des grandes villes. *Et encore ? On doit avoir une vue qui vaut le détour, peut-être plus encore que celle que l'on a depuis la Grande Prairie.* Elle les a regardées danser, rire, parler entre elles en allemand, s'amuser dans leurs longues robes aux jolis tissus. Savoir que le soir elles rentrent à l'heure qu'elles souhaitent, sans mari, père ou frère pour leur donner des ordres, qu'elles s'endorment d'un vrai sommeil. Gisèle imagine tout cela. Les deux sylphides allongées à l'arrière de leur van, et ce grand type qui les accompagne avec sa belle bouche, peut-être même qu'ils dorment ensemble tous les trois, qui sait ? Peut-être même qu'ils ne dorment pas tout de suite, qu'ils se caressent, qu'ils fument cette herbe dont ils ont empesté le village sans qu'aucun des hommes dise rien et dont elle s'est débrouillée pour humer les effluves discrètement. Cette herbe qui parfume l'air d'une odeur lointaine, et l'a fait voyager un peu.

L'horloge que lui a léguée sa mère avant sa mort affiche six heures dix du matin. Quelle drôle de chose d'offrir une horloge avant de mourir. L'idée a sauté à pieds joints sur les questions de Gisèle, les clouant un instant au seuil de sa mémoire. Elle est là. Une intuition terrible. Du temps qui s'écoule et des heures qui sonnent jusqu'à ce qu'elle ne soit plus là pour les entendre. Sa mère ne les entend plus. De cela elle ne doute pas. Elle non plus, un jour, elle ne les entendra plus sonner, les heures. Et en attendant, cette horloge imbécile qu'elles se lèguent de mère en fille. Énorme et inutile. Boris et elle ont toutes les heures dans la tête déjà. Celles de la traite des vaches, des poules, des champs, du souper, à quoi bon ajouter cette énorme pendule ? Comme si en mourant sa mère avait voulu lui confier un secret. Aussi colossal que l'horloge au milieu de sa ridicule cuisine. Un murmure qu'elle avait tu toute sa vie et qui l'a accompagnée jusque dans la mort, un mystère qui aurait à voir avec les heures qui sonnent, qu'un jour on n'entend plus, et tout ce temps qui traîne au milieu.

Quand Boris franchit le seuil de la grange, de retour de la traite, il est déjà trop tard. Gisèle a ouvert la porte vitrée de la grande horloge, comme on éventre une bête pour la vider. Elle a plongé sa main dans ses entrailles métalliques et a désossé la pendule. Sans bien comprendre pourquoi, l'image de sa femme, la tête dans l'abdomen de la grande horloge, l'a saisi. Gisèle s'est finalement extirpée de la carcasse de bois et ils ont ri de longues minutes, comme cela ne s'était encore jamais produit. La crise de rire passée, Gisèle a proposé de se servir de la caisse de bois pour le feu, Boris a acquiescé. Elle y repensera souvent, dans le courant de la journée, à ce moment où, au petit matin, après avoir sur un coup de tête éviscéré l'horloge au milieu de sa cuisine, Boris et elle avaient ri à gorge déployée. Elle repensera à ses petits yeux à lui, des yeux de gentil toujours disposé à s'amuser avec elle, pourvu qu'elle le veuille et à l'instant précis où, en prise avec un sentiment inédit, elle a failli lui poser la question.

Tu sais toi, pourquoi les filles sont venues ici ?

Avant de se raviser et de servir le café.

Hôtel du Bout du monde,
19 décembre 2022

Où toute sorcière qu'elle soit, non,
je n'ai pas peur que Brunhilde me mange

Nous avons quitté Lucien, les portraits de ses parents, et sommes rentrés à l'hôtel. Il faisait nuit noire. Les routes dans le Cantal sont peu éclairées et il arrive que l'on roule plusieurs kilomètres sans apercevoir la lueur électrique d'un foyer ou d'un éclairage public. C'est ce qui rend l'expérience de la nuit dans la région si singulière. De part et d'autre de la large route au goudron impeccable, car il faut le reconnaître peu empruntée, des prés. Un en particulier qui me sert de phare depuis l'enfance, celui qui annonce la proximité avec le hameau, quelques kilomètres après la croix, sur la droite. Ce pré a toujours eu ma préférence. Depuis la route il fait l'effet d'un dos bombé, celui d'un bossu qui se serait allongé là, au milieu du plateau, foudroyé par un sommeil millénaire. Tant et si bien qu'un arbre, un seul, a pris racine au milieu.

Nous bifurquons, nous ne dormirons pas au hameau cette nuit, mais à l'hôtel du Bout du monde.

Ça ne s'invente pas un nom pareil ! claque ma mère en même temps que la portière de la voiture.

L'humidité et le froid me saisissent. J'avais oublié comme les hivers sont rudes ici, l'eau s'infiltre partout.

Il fait un froid à décorner les bœufs, je dis, distraite.

Un vent !

Quoi ?

Un vent à décorner les bœufs, et un froid de canard.

Et nous rions. Encore un peu sonnées par les heures passées à discuter avec Lucien et ses portraits. À l'accueil, nous nous présentons auprès d'un homme courtois quoique peu souriant, puis nous nous empressons de monter à la chambre nous délester de nos bagages pour redescendre prendre un verre et dîner.

Le lieu est simple, quelques représentants de commerce et ouvriers d'un chantier croisé sur la route occupent trois des trop nombreuses tables. Dans le fond, une radio minuscule où grésillent les Beatles. Au mur, des tableaux de fleurs aux couleurs trop vives.

Deux demis s'il vous plaît !

J'ai tourné la tête et Lili a déjà commandé, elle me fait signe de la suivre sous une véranda.

Je peux fumer ici ? elle lance au patron.

Normalement non, résiste l'homme, mais allez-y.

Merci.

Nous nous installons derrière deux bières et un bol de cacahuètes. De l'autre côté de la porte vitrée qui nous sépare du bar, une bande de jeunes hommes fait son entrée. Lili ne les regarde pas, elle est perdue dans ses pensées. Moi, je ne peux m'empêcher de passer en revue l'arrivage.

Chelou, je lâche.

Arrête de penser que tout le monde est chelou. T'es pas chelou toi ?

Touchée.

Bon, tu vas l'appeler, Brunhilde ?

Je vais l'appeler. Mais…

Arrête avec tes mais. Tu as peur de quoi ?

Je ne sais pas.

Elle ne va pas te manger. Si elle ne veut pas, elle te le fera savoir, et si elle veut…

Je me tais mais cette expression m'exaspère. Elle ne va pas te manger ? Sans rire ? En revanche, elle peut, je ne sais pas, au hasard, m'envoyer balader, me reprocher de vouloir écrire cette histoire qui ressemble beaucoup trop à la sienne, me dire que toute ma famille aurait dû être brûlée sur un bûcher, qu'ils ont été cruels ou juste très cons ou mauvais ou même monstrueux avec elles. Que mon grand-père ne s'est pas bien comporté, que lui et d'autres hommes lui ont fait du mal ou tout simplement qu'ils les ont rejetées, insultées, discréditées. Qu'ils n'ont pas été à la hauteur de mon souvenir. Juste cela. Ce serait terrible. Terrible, mais je suis prête et je sais que Lili l'est aussi.

T'as raison, je vais appeler.

J'ai son numéro de fixe, trouvé sur Google. Déjà, c'est la bonne adresse. C'est celle du hameau. Mais sur la page de son activité de céramique, en dessous, il est écrit *Fermé définitivement,* je lui mets le portable sous les yeux.

C'est des conneries ça, sur Google tu trouveras aussi la preuve que la Terre est plate. Elle est fermée de rien du tout, essaie tu sauras. T'as eu des nouvelles de bébé ?

Oui, tout va bien. Je les ai eus tout à l'heure par texto.

Elle expire la fumée de sa cigarette, pensive.

Au-dehors, l'unique guirlande de Noël est frappée d'une crise d'épilepsie.

Sa maman ne lui manque pas trop ?

Le petit visage et les mains potelées s'invitent sous la véranda moche en même temps qu'une pensée floue, qui a à voir avec le doute et le remords. Qu'est-ce que je fous là, à quelques jours de Noël, loin des miens, dans ce trou, dans cet hôtel où jamais je n'aurais mis les pieds en temps normal, plantée face à ma mère emmitouflée dans son manteau en train de tirer la dernière latte de sa cigarette, comme deux ados attendant que ça passe ?

On rentre, elle me dit en souriant de son air confiant, et tous mes doutes s'éteignent en même temps que la fraise rouge de sa clope dans le cendrier.

Nous nous sommes installées et l'épouse du monsieur patibulaire de l'entrée nous a servi une soupe trop liquide sans dire un mot. Les gens d'ici ne s'embarrassent pas de copinages inutiles, tout juste une amabilité commerçante.

Bonne dégustation, lâche la femme. Ma mère m'a lancé ses yeux d'explosifs et j'ai failli pouffer de rire avant de me reprendre.

Je vais commencer par Mariella.

Comme tu voudras.

Oui, je vais écrire à son fils. En partant Lucien m'a donné son numéro de portable. Il me dira où la joindre.

Quelques minutes plus tard, j'entends pour la première fois l'accent suisse alémanique de Mariella au téléphone.

Mariella, décembre 2022

Où se perdre est parfois le seul moyen
de retrouver celui que l'on a été

Voilà la dernière phrase que j'ai griffonnée, hier, sur mon carnet. Je l'ai fait en pensant à Boris, à sa maladie comme un long égarement qui le conduirait dans un bois dont infiniment il contournerait les mêmes arbres, les mêmes talus, sans jamais se rendre compte qu'il est perdu. Jusqu'à ce que surgisse un arbuste, un croisement, un signe inscrit plus profondément que le reste dans sa mémoire et alors il le reconnaîtrait, ce serait tout. Il s'assiérait à côté et voilà, il ne serait plus perdu devant ce signe reconnu. Pour autant, il ne pourrait avancer sans risquer de se perdre de nouveau. Donc il resterait là. C'est ainsi. Il lui a fallu se perdre avant de retomber sur le pré de son enfance.

C'est paumé !

C'est ce qu'a dit Lili quand j'ai griffonné l'adresse de Mariella.

Qu'est-ce qui ne l'est pas ici ?

La grange où vit aujourd'hui Mariella se trouve à quelques kilomètres à peine de l'hôtel du Bout du monde qui, finalement, se révèle être un *bout du monde* stratégique pour nos rencontres. Je n'ai pas réussi à joindre Brunhilde, la ligne sonnait occupé.

Et si elle ne répondait jamais ? Si je devais écrire ce livre sans elle, sans l'avoir vue, lui avoir parlé ? Bien sûr, je pourrais écrire, mais ce ne serait pas le bon livre. Ces questions m'ont tenue un long moment éveillée tandis que la télé bourdonnait encore et que ma mère dormait déjà d'un sommeil profond dans le petit lit que nous partagions.

Bah, c'est un cent quarante ! C'est amplement suffisant, non ?

Elle m'avait posé la question au téléphone. J'avais acquiescé, la taille du lit où nous dormirions étant, quelques semaines avant notre départ, le cadet de mes soucis. Je regrettais d'avoir négligé la consultation préalable. Qu'est-ce que cela aurait changé ? Elle n'a jamais bougé d'un centimètre en dormant.

Les questions insistent. Si elle ouvrait la porte et me recevait pour me dire que, justement, elle ne veut rien me dire ? Et si, en réalité, ils avaient tous tout inventé ? C'est vrai, il se passe si peu de choses par ici, si ça se trouve les filles se sont fait passer pour des Allemandes, histoire d'apporter un peu d'exotisme. Exotisme, comme tu y vas. Le manque de sommeil me fait délirer.

J'ai fini par sombrer, assommée de questions toujours plus insensées.

Lili a fort bien dormi et affiche au matin une forme qu'elle voudrait collective. Ce qui, pour nous autres, otages dans la salle du petit déjeuner, est déjà trop. Elle me bombarde de questions tandis que j'avale péniblement le thé et la brioche sèche recouverte de confiture gélatineuse.

Tu vas commencer par quoi ? Tu as fait une trame, quelque chose ?

Non.

Tu devrais, non ? Ne serait-ce que pour ne pas t'emmêler les pinceaux et savoir par quoi commencer.

Oui.

Bah, t'es pas loquace. Tu n'as pas bien dormi ? C'est moi qui t'ai gênée ?

Non.

Non, tu n'as pas bien dormi ?

Non, tu ne m'as pas gênée.

J'engloutis ma brioche et nous déposons les clefs sur le comptoir, avant de regagner la voiture sur le parking. Nous roulons sous une lumière crue qui donne au paysage des airs irréels de pays enchanté. L'une de ces lumières qui débarrassent l'ensemble de ses aspérités, lui conférant une apparence pâle, parfaitement lisse. Sorte de masque mortuaire de paysage.

Nous longeons la vallée, les prés, le village de Salers et ses vaches brun-rouge qui plissent les yeux sous l'effet des bourrasques soufflant leurs poils, moins ras que ceux des autres espèces par ici. Elles sont curieuses de voir passer ces deux étrangères dans leur berline noire. Les humains d'ici privilégient les camionnettes, les fourgons, les utilitaires, au pire les 4 × 4 ou les Jeep, mais les berlines, pour quoi faire ? Le village gris sombre se dessine au loin comme un château Lego dans le ciel bleu vif. Nous traversons ceux qui bordent la grande route jusqu'à parvenir au croisement indiqué la veille par Mariella au téléphone. Les feuilles mortes recouvrent le sol d'un épais tapis sur lequel les roues patinent une première fois. Je ralentis, une rigole nous secoue légèrement, nous progressons à travers les arbres. La végétation est dense de ce côté de la vallée, la grange de Mariella apparaît en contrebas. Je me gare sur le côté à quelques mètres d'un van rouge foncé dont la carrosserie n'est pas sans rappeler la robe des vaches croisées un peu plus haut.

Nous descendons le chemin en prenant soin de ne pas déraper, quand elle nous accueille.

Bonjour ! Faites bien attention, ça glisse.

La silhouette frêle, brune à la peau claire, est recouverte d'une large chemise à carreaux.

Bonjour, Mariella. Merci beaucoup de nous recevoir.

Elle me sourit, s'empresse de poser les yeux sur Lili, puis glisse une main sur son avant-bras.

Je suis contente de te voir. Ça fait si longtemps.

Moi aussi Mariella, moi aussi.

Mais entrez ! Il fait un froid de canard !

Ou à décorner les bœufs, murmure ma mère, moqueuse.

Nous entrons par la pièce qui fut autrefois le haut de la grange. Là où, l'hiver, on stockait le foin. Le lieu a été agrémenté de trois grandes fenêtres qui, toutes, donnent sur la vallée. La lumière est si intense que j'ai du mal à garder les yeux ouverts.

Nous avons de la chance, il fait une journée magnifique aujourd'hui ! Froide mais magnifique, se réjouit Mariella.

Nous slalomons entre ses créations. J'ai pris soin avant d'entreprendre le voyage d'aller me renseigner sur le Net au sujet de son travail. J'étais curieuse. J'ai trouvé facilement. Mariella possède un site assez élaboré, très bien fait, sobre et élégant. Dès la page de garde, on peut apprécier ses créations, de grands rubans, blancs pour l'essentiel, en porcelaine. Les œuvres surprennent tout de suite par leur légèreté et leur souplesse apparente. Impossible de penser qu'elles ont été façonnées à partir de porcelaine. En pensant porcelaine, j'imaginais des assiettes, des vases, des tasses comme celles de Limoges ou les souvenirs de ces vaisselles précieuses que l'on sort pour les grandes occasions. Rien de tout cela ici. Ces grands rubans qui s'entremêlent se moquent de la matière et de la gravité, comme elle, ils s'arc-boutent avec une souplesse qui tient de la grâce et aussi un peu de la magie.

C'est ton travail ça, Mariella ?

Qui d'autre, Lili ?

Ma mère se sent bête, je le devine à son air renfrogné.

Je suis seule ici.

Tu vis seule ? elle insiste.

Oui mais venez, quittons cet atelier et descendons, vous allez attraper froid. C'est que, comme je te l'ai dit au téléphone, le monsieur qui doit m'installer mon nouveau four est passé ce matin et il faut du temps pour qu'il chauffe, pour l'instant, il est juste tiède.

Nous descendons par un escalier de bois dans une pièce baignée de lumière. Une cuisine moderne, avec au centre une table en bois, ronde, posée devant une grande baie vitrée, ronde elle aussi. Tout est beau, d'une beauté naturellement originale. Partout la vallée s'invite dans la maison. Le vert, le brun et le rouge caractéristique de la région sont là. La grande baie vitrée plonge dans une mare recouverte de mousse, de nénuphars et de toutes sortes de plantes aquatiques. Elles sont si proches, je peux presque les toucher en transparence.

C'est magnifique, je dis.

Lili m'emboîte le pas.

Je peux ?

Je t'en prie.

Nous descendons une petite marche et tombons sur la salle de bains, rose, tout en bâti arrondi, bordée de grandes baies vitrées là aussi, sans aucun mur pour cacher la perspective. L'impression pour Mariella qu'elle prend ses bains en pleine nature, directement sur la vallée, le froid en moins. Quoique, étant donné la température de la pièce à cette heure, j'en doute.

Je ne mets pas le chauffage, seulement le four. Alors je suis désolée, elle s'excuse en nous voyant frissonner. Je vais… Vous voulez du thé ?

Volontiers, me devance ma mère.

Dans la grande pièce, aucune porte, juste des espaces, distribués dans le respect des proportions.

Parfois, quand il fait trop froid, je dors là, pas loin du four, s'amuse Mariella. C'est Émile qui m'a aidée. Ça ce sont ses tableaux. Tu te souviens d'Émile, Lili ? Le père des enfants.

Non, avoue ma mère, avant de se reprendre. Tu as deux enfants, c'est cela ?

Oui deux. Toi aussi ?

Moi aussi.

Elles posent sur moi un regard de circonstance. Lili se dirige vers la table.

C'est merveilleux chez toi.

Elle s'installe en face des tasses fumantes que Lili vient

de nous servir. Mariella déploie devant nous des thés de toutes les couleurs, aux effluves d'épices si variées qu'il sera difficile de choisir. Lili tranche, je la suis. Mariella s'assied et prend un moment pour détailler ma mère.

Ce que tu ressembles à ton père. Ah, pépé Rivière ! C'est comme ça que disaient mes enfants, « pépé Rivière ». Moi, monsieur. Monsieur Rivière.

Tu trouves aussi ?

Elle sourit.

Qui te l'a dit déjà ?

Lucien m'a fait la remarque hier.

Oh, vous l'avez vu.

Sa question n'en est pas une.

Nous sommes allées lui rendre visite.

Pour ton livre aussi ?

Tout à fait. Il nous a raconté pas mal de choses passionnantes.

J'imagine.

Mariella s'évade un instant en pensée, avant de revenir.

Il a dû te raconter comment c'était, quand nous sommes arrivées avec Brunhilde.

Je hoche la tête en avalant ma première gorgée de thé. Le liquide brûlant me réchauffe instantanément. Sans que j'aie eu le temps de répondre, elle enchaîne :

Vous l'avez vue ?

Vous l'avez vue ? Et le silence recouvre tout.

Lili prend le relais :

Brunhilde ?

Mariella acquiesce aussitôt sans décrocher ses petits yeux en amande de ceux de ma mère.

Pas encore, mais on espère. Avant de partir.

Elle aurait pas mal de choses à dire, je pense. Moi je ne sais pas bien les choses d'avant, d'Unna, de l'Allemagne, tout ça. C'est sûr qu'il n'y a qu'elle pour te raconter.

Vous ne vous voyez plus ? je m'engouffre.

Disons que, est arrivé un moment où elle voulait faire les choses d'une certaine manière, moi d'une autre. Mais… Tu sais…

Elle ne finira jamais sa phrase. Je n'ose rien dire. J'attends.

M'enfin, c'est une longue histoire tout ça. Il y a tant à dire.

C'est pour ça que je suis là.

Elle me sourit tendrement. Je retrouve tout ce que l'on me raconte d'elle au cours de mon voyage, dans ses gestes, dans l'attention particulière qu'elle porte aux objets, aux gens.

Plus tard, je comprendrai, il est trop tôt.

C'est vrai que ça a dû être un sacré truc pour ces gens de nous voir débarquer comme ça, elle lâche en soufflant sur son thé.

Tu te souviens, Lili ?

Vaguement, tu sais que je vivais déjà dans le Sud, moi, à cette époque j'étais partie.

Bien sûr tu étais partie.

Elles se sourient, complices. Et de nouveau je redoute de me retrouver spectatrice de leurs sous-entendus. J'essaie péniblement d'extirper des mots de leur silence.

Tu te souviens de ce jour où vous êtes arrivées ?

Oui, c'est-à-dire que l'on venait de quitter le Berry. C'est là-bas que je l'ai rencontrée. Ça a tout de suite collé entre nous. Je ne sais pas. Ça l'a fait. Comme ça !

Elle claque des doigts Son geste enfantin nous amuse. Elle sourit à son passé.

C'est sûr qu'avec nos longues robes, nos vêtements… Je faisais tout moi-même. Puis tout le reste… C'est vrai que c'était marrant leurs têtes ce jour-là, et aussi les autres d'ailleurs. Au début, elle ajoute comme on plaque son pied sur la pédale de frein.

Elle se lève, nous ressert du thé, et nous restons ainsi de longues heures toutes les trois dans la maison sertie de lumière comme aucune autre du Wunderland. Elle parle, je pose beaucoup de questions, et elle finit par trouver que quelque chose, dans le fond de mes yeux, le lui rappelle, lui, le mâle alpha comme elle dit. Ce n'est pas aussi évident que dans ceux de Lili, mais c'est là, d'une manière différente. Bref, elle ponctue. Avant de revenir à son récit et à Brunhilde qui, dès qu'il s'agit de parler d'elle, de sa vie, n'est jamais loin. Brunhilde qui, depuis de longues minutes déjà, s'est invitée dans la maison, à la table, dans la voix et les yeux de Mariella, sans que j'aie eu à prononcer son nom une seule fois. Sans aucun doute, un aperçu de ses pouvoirs.

Je fais défiler les pages de mon carnet et retombe sur la phrase en capitales que j'avais écrite en pensant à Boris. Ici, aux côtés de Mariella, dans l'absence comme une présence de Brunhilde, elle prend tout son sens.

Se perdre est parfois le seul moyen de retrouver celles que l'on a été.

Quand je relève les yeux, Lili a déjà jeté les siens dans la vallée.

Mariella, lieu-dit, été 1977

Où voyagent des questions
qui ne cherchent pas nécessairement de réponses

Elle n'est pas si mal cette grange, manque un four. Mais pas mal. Mariella prend connaissance du lieu proposé par le monsieur Carette. Le plus théâtral des déménageurs du jour qui a insisté pour qu'on l'appelle Jeannot ouvre les petites fenêtres à grand fracas. Au loin on voit poindre la rivière en contrebas, cerclée de vert. Du vert encore et partout. Et ce parfum d'herbe fraîche, chauffée par les premiers rayons du soleil, soutenue d'une légère odeur de bouse. Bientôt, elle ne pourra plus s'en passer.

C'est fou comme certaines choses que l'on n'a jamais connues auparavant, dont on ignorait la couleur, l'odeur, la géographie peuvent se révéler familières, se dit-elle. Tout ce qui défile devant ses yeux depuis la veille lui semble faire partie de son paysage.

Faut aérer un peu bien sûr !

Jean, qui les a conduites là avec sa 2 CV décorée d'affiches du mec presque chauve et de slogans du parti socialiste, fait des courants d'air de sa carrure montagneuse. Tout le long du trajet depuis les hauteurs du pré où ils ont garé leur van, il ne s'est pas écoulé plus de deux secondes sans qu'il ouvre la bouche pour les assaillir de tout un tas de mots que même elle, pourtant accoutumée au français, a eu le plus grand mal à démêler.

Jamais Mariella n'aurait pensé trouver si vite un lieu à elles. Le propriétaire, Antoine Carette, est là, immobile, économe de ses gestes et de ses mots, comme s'il craignait quelque chose, flanqué de ses deux bergers allemands. On n'a presque pas entendu le son de sa voix depuis l'entrée dans la maison, hormis pour révéler le lieu où la clef se trouve cachée ou pour dire la façon d'ouvrir la porte en tapant un coup sec du pied vers le bas. Il est songeur, tout entier à une conversation qui se tiendrait ailleurs, loin de la pièce vide et du brouhaha. Mariella surprend ses yeux sur les épaules de Brunhilde qui vient de traverser la pièce pour atteindre la fenêtre. Elle non plus n'a rien dit depuis le réveil. Mais elle en a l'habitude.

Dire que cet homme-là connaît Unna, et même sans doute un peu plus que cela. Quoique, d'après les récits qu'elle a passé son enfance à fuir, les prisonniers profitaient rarement des lieux où ils étaient détenus. Mais tout de même. De telles coïncidences ne surviennent pas souvent dans une vie.

Se peut-il qu'ils aient des connaissances en commun ? Qu'Antoine ait vu les lieux, les gens, dont Brunhilde a, toujours, catégoriquement, refusé de lui parler ? Elle n'a aucune fichue idée de ce à quoi ressemble ce bled perdu d'Allemagne, une centaine de kilomètres au nord de Dortmund. Elle a bien essayé, à plusieurs reprises, aidée par le vin, les discussions lascives, d'en savoir un peu plus. Sans succès. Brunhilde n'a jamais eu l'intention de raconter quoi que ce soit de son passé à quiconque, y compris à son amie.

Antoine est embarrassé, comme contraint par une force qui le tiendrait là, cloué à ces pierres recouvertes de terre. De petites mottes d'herbe et de pissenlit ont poussé entre elles sauvagement. Il a dû voir les yeux de Brunhilde se balader sur le sol car il dit : « On va trouver des gars pour vous aider à nettoyer et faire un peu de propre. » Mariella lui sourit. Il réprime un nouveau coup d'œil sur Brunhilde. Mariella a souvent observé cela, les yeux des hommes aspirés tout entiers par sa silhouette comme par un aimant très puissant. Le poids de leur regard et sa toxicité. Certains hommes savent faire cela, empoisonner par les yeux. Cette sensation, Mariella la connaît bien. Brunhilde plus encore, elle le sait. Combien de fois, à elles deux, elles ont eu à faire avec le désir et les gestes des hommes. Des luttes souterraines pour défendre leur pudeur, leur jeunesse, parfois même leur corps, parfois même en plein jour, en modelant la porcelaine ou en se baignant, il leur arrivait de deviner une présence. Brunhilde, elle, avait pris le parti de l'ignorer. C'est du moins ce qu'elle lui avait dit. Qu'est-ce que tu veux que ça me fasse que ces pauvres types lorgnent mon cul ? Elle avait dit cela à propos de Marcel et de quelques types du village dans le Berry où elles ont passé les deux dernières années. Ils étaient venus coller leurs tronches de pervers derrière les arbres où elles avaient l'habitude de se baigner. Brunhilde savait faire ça. Recouvrir sa peau et son cœur d'une écorce aussi dure que la pierre.

Ce lourdaud de Marcel, le propriétaire du lieu, les avait pratiquement réduites en esclavage en leur faisant faire le ménage et la cuisine pour sa femme. En échange, elles pouvaient utiliser sa terre et son four. Elles avaient appris un tas de choses. Presque tout, à la française.

Fabriquer la pâte, préparée minutieusement à partir de kaolin ou d'argile très blanche, de quartz et de feldspath que l'on ne trouvait pas chez elles. Le façonnage de la pâte molle, par moulage, tournage ou coulage. La première cuisson, la plus importante, entre neuf cent cinquante et neuf cent quatre-vingts degrés, pour dégourdir la pâte. C'est à ce moment-là que l'attention doit être la plus intense, celui où la porcelaine est la plus fragile, poreuse, et où il faut la manipuler avec un soin infini avant de la pulvériser ou de la tremper en appliquant une couverture d'émail broyé. Vient alors la seconde cuisson à mille quatre cents degrés en deux phases : en atmosphère oxydante jusque vers mille degrés, puis en atmosphère réductrice. Toutes ces choses, ces secrets, ces mélanges, ces subtilités de cuisson, Marcel les leur a transmises, malgré son mauvais caractère et ses manières de rustre.

C'est chez lui que, pour la première fois, Brunhilde a croisé Mariella. C'est là que tout a commencé, dans ce bout de France, ce pays dont elles ignoraient tout et dont elles espéraient que la terre serait généreuse avec elles. À Cologne déjà, ses amis des Beaux-Arts parlaient de cette région comme d'une terre promise. Brunhilde s'était rendue dans une *Bibliothek* et avait consulté à plusieurs reprises une carte de France gigantesque. Elle donnait les noms de lieux qui n'avaient pas tardé à poétiser dans sa tête, depuis que son ami Günter les avait égrenés pour elle au retour d'un de ses périples français. Le Val d'Yèvre, le Saint-Amandois, la vallée de l'Indre, tous ces endroits qui avaient vu naître l'une des plus délicates porcelaines au monde, à l'exception peut-être de celle du Japon.

Plus elle discutait, fouillait, lisait, plus il semblait évident à Brunhilde que le Berry serait sa terre d'accueil.

Tout, tout valait mieux que de rester là, de toute façon. Tout plutôt que leurs faces de bourgeois repus de concepts, que ces pinceaux qu'on lui avait mis entre les mains de force et que cet art classique dont on la gavait depuis l'enfance. Tout mieux que la présence de son père. Que l'Allemagne. Il fallait partir. Il y a quelque temps déjà elle avait fui, vers le Canada, en stop, puis en Espagne. Elle avait marché, encore et encore, jusqu'à ce que ses pieds ne la portent plus.

Mariella a débarqué de Suisse alémanique quelques mois après l'arrivée de Brunhilde chez Marcel Ponceau. Outre-Rhin, la réputation de Marcel n'était plus à faire. Il avait beau avoir un caractère exécrable la plupart du temps, il savait aussi se montrer pédagogue et généreux. Surtout, c'était un céramiste autodidacte hors pair, connu pour son exigence et la modernité de son approche. Il leur a fallu être solides face à lui.

Mais très tôt, elles ont fait front. Quand le froid glaçait leurs doigts l'hiver dans l'atelier et que la chaleur du four restait emprisonnée dans l'âtre. Quand ce goujat de Marcel abusait de sa position de propriétaire en les envoyant ramasser la terre à des heures indues, elles tenaient tête ensemble, rêvaient, projetaient, imaginaient des créations, et les horizons nouveaux où les déployer.

Certains Français qu'elles rencontraient parfois avaient une fâcheuse tendance à penser qu'aucune femme ne pouvait leur résister. Avec Brunhilde, ils tombaient sur un os.

Au mieux insensible, au pire irritée par leurs avances, elle laissa très tôt Mariella jouer le jeu de la courtoisie. De plus, la Suissesse, sous ses airs de poupée docile, la peau claire, les cheveux noirs coupés au bol, ses yeux rieurs et son sourire d'enfant, maniait l'art de la persuasion comme personne. Faculté qui faisait défaut à Brunhilde. Au moins découvrit-elle avec Mariella qu'il est d'autres façons d'arriver à ses fins, avec les hommes en particulier.

Mariella savait se montrer redoutable. Quand il s'agissait de gloser sur l'art de la porcelaine, le soir, autour d'une bouteille de vin, face à cet arrogant de Marcel. Tandis que Brunhilde gardait le silence, les doigts cramponnés à son paquet de gris et les yeux plongés dans les flammes du foyer, Mariella lui tenait tête sans se démonter. Sans qu'aucune brutalité vienne gâcher la fête. Un masque d'immobilité recouvrait alors son visage, crispant ses traits et abaissant les commissures de ses lèvres. Il lui suffisait d'évoquer son enseignement prestigieux à Genève, ses maîtres, puis de porter le coup de grâce en rappelant au propriétaire que l'origine de la porcelaine en Berry n'était point le fait d'un Berrichon mais bien de Pillivuyt, un artiste au nom flamand, certes, mais appartenant à une famille suisse. L'autre se laissait faire, rendu à coups de grandes rasades de rouge ou de cigarettes roulées puis tassées avec grâce, et offertes dans un sourire enfantin. Mariella avait cela, cette magie que possèdent certaines femmes. Brunhilde, non.

Un soir, Mariella avait annoncé à Marcel qu'avec Brunhilde, elles seraient parties au petit matin. Il ne les avait pas crues, pensant que le vin et les joints avaient rendu la petite mélancolique. J'aurai trente et un ans demain, avait ironisé Brunhilde, c'est un âge pour partir, non ? Elles avaient quitté la table en riant, emportant la bouteille de vin à moitié vide, laissant Marcel seul devant son four éteint dans la nuit.

Le lendemain matin au réveil, une odeur de café viendrait le cueillir, sa femme encore endormie, et il découvrirait sur la même table quatre cigarettes finement roulées et un bout de tissu déchiré avec écrit à l'encre *Danke schön, Marcel Schwei !*

Saleté de gosses, il pensera. Les ingrates. Il lui faudra plusieurs semaines pour que l'image de la grande se décolle de son ventre.

Des nuits d'insomnie, il passera à scruter en pensée, encore, la cambrure de ses reins, ses mains trop longues et trop fines pour la terre, affairées dans le four. Sa femme le croira malade, il faudra faire venir le médecin, prétexter une vilaine bactérie pour éviter, à tout prix, de dire la vérité. Invoquer le coup de chaud, la déshydratation, la perte du goût même, pour ne pas dire le mal, le vrai. Celui de la peau brunie, des cheveux longs, de l'odeur de transpiration qui était devenue sans qu'il s'en rende compte son oxygène. Pour ne pas dire le désir qui dérègle tout et la perte qui achève. Voilà ce qu'étaient ces cigarettes et ce bout de tissu laissés sur sa table, une gamelle trop pleine avant l'abandon. En le quittant, elles l'avaient rendu bon à rien. Maintenant il faudrait se relever dans le silence et la dignité, ne rien dire à personne.

De toute façon, elle sait, elle. Sa femme, qui depuis son four le regarde de son œil jaloux. Elle a bien compris, depuis le début, que ces filles-là, ça laisse des traces dans le corps d'un homme. Et la grande, ce n'était pas une fille comme les autres. Elle aussi, elle a bien vu ses bras solides et son regard d'Allemande, de sale boche pleine de honte et de colère. Ça se voyait comme le nez au milieu de la figure que cette fille lui en voulait, à elle et au reste du monde. Que ses cheveux de sauvageonne, ses yeux de soldat, ce n'était pas pour rien qu'elle les avait comme ça.

En attendant, elle imaginait le sexe de son Marcel se tordre à cause d'elle et elle avait envie de la jeter dans son four. Des semaines qu'elles étaient parties et lui continuait d'alimenter le foyer dont elles se servaient, comme s'il pensait qu'elles allaient revenir. Qu'elles se pointeraient là de nouveau, avec leurs longues robes et leurs seins ballants, leurs dents blanches pas encore jaunies par tout ce tabac qu'elles fumaient toute la journée et ce vin rouge qui leur faisait les yeux lubriques.

La blonde surtout, avec sa bouche trop large. Elle voyait bien comment, de plus en plus, cette fille évitait son Marcel. C'est comme ça qu'elle avait compris qu'il était malade d'elle. Avec ses œillades de fausse prude. Elle savait y faire celle-là. Elle n'avait peut-être pas de manières mais de la suite dans les idées, ça oui. Et si elle revenait pour lui caresser son Marcel ? Le lui prendre tout entier cette fois ? Elle délire. Elle a des armes, elle le gardera son mari. Après tout, elle est cultivée, civilisée, elle aime sa poterie, son art à elle aussi. Elle a presque oublié tout cela. Depuis que les filles avaient débarqué ici, c'est comme si le monde avait déplacé son sens de rotation. Elle, si appliquée dans sa pratique, elle avait tout négligé, tout entière neutralisée par elles. Et maintenant lui et sa tête de gland, le nez dans son potage comme un gibier avec du plomb dans l'aile.

Elle aurait mieux fait de l'abattre. Ça se voyait qu'elle en rêvait, la Brunhilde, de planter des choses dans les yeux de son Marcel, quand elle les surprenait traînant sous son chandail ou sur ses jambes. Elle avait bien remarqué, elle, sa femme, que Marcel ne contrôlait plus ses yeux. Pas plus que ses mains, sa langue ou ses pensées. Et cette sorcière, en partant, avait tout confisqué.

Le regard d'Antoine n'a rien à voir avec ceux-là. Il est témoin de quelque chose qui le dépasse, le laisse absent, rendu stoïque par le mystère. Mariella a déjà ressenti cela devant certaines œuvres d'art ou certains paysages, devant le corps sans vie de son père aussi. C'est un genre de regard débordant de questions qui ne cherchent pas de réponses. Planant quelque part entre le réel et l'ailleurs.

Je vais vous donner un lit que j'ai de mon grand, qui est parti vivre avec sa femme.

Jean a parlé posément cette fois et Brunhilde acquiesce. Elle a donc compris ce qu'il vient de lui dire à propos du lit ? Comment ? Est-ce qu'elle aussi a déjà connu ce lieu, ces gens, cet homme et sa langue toute personnelle ?

Brunhilde lui jette un regard plein, apaisé. Le chien s'amuse sous sa jupe et Antoine hésite toujours à le rappeler comme si, tant qu'il est en contact avec elle, lui, son maître, n'avait plus de droits sur lui.

Va falloir fabriquer *Ofen*, s'essaie Brunhilde en s'appuyant contre un des murs.

Elle a sorti une cigarette planquée au milieu de sa poitrine, et Jean s'est précipité avec son briquet. Les autres ont ri de bon cœur.

Bien sûr on va le faire ce four, il s'est empressé de dire après avoir allumé la cigarette.

Elle a souri et tout le monde s'est mis à sortir une cigarette. La plupart de leurs poches. Jean, de derrière son oreille. Lucien, le fils d'Antoine, a débarqué et l'un des chiens lui saute dessus jusqu'à le renverser. L'assemblée se met à rire.

Bah alors Johnny ! On tient plus debout ! le hèle Thierry Blaise qui descend en direction de son pré sur sa mobylette flambant neuve. Mesdemoiselles ! il crie depuis la route aux filles, sur le seuil, en ôtant sa casquette.

Quel frimeur celui-là, râle Jean en tirant sur sa tige. Faut toujours qu'il fasse le malin. Allez viens mon garçon, je vais te montrer quelque chose, il dit en tendant sa main à Lucien, toujours au sol. On va avoir besoin de toi pour construire un four.

L'autre se laisse entraîner à l'intérieur de la maison, où une statue de sel ressemblant comme deux gouttes d'eau à son père semble fondre au soleil de midi, qui pointe à travers la fenêtre dans l'indifférence générale.

Bonjour, Brunhilde, il s'avance. Mariella ! Louis n'est pas là ?

Dodo, mime Mariella.

Jean fait l'inventaire des choses dont ils auront besoin pour bâtir le four à céramique. Ils prennent tout un tas de mesures, se disputent sur le choix des matériaux, le meilleur endroit où l'installer, sous les yeux amusés des autres venus nombreux voir ce qui se trame à la grange du père Carette.

Brunhilde leur indique un endroit à l'extérieur, juste derrière la bâtisse, à flanc de colline. De nouveau ils débattent sur la conduite à tenir pour aborder le chantier, encerclés de villageois ne ratant pas une miette des tractations. Quand finalement Lucien se détourne pour chercher du soutien auprès de son père, il a quitté les lieux.

Grange de Mariella, décembre 2022

Où la tristesse que Lili pensait sans fond en avait finalement un

Mariella sonde ma mère de ses yeux d'enfant. C'est tout à fait surprenant comme certains regards ne vieillissent pas, les deux femmes qui se trouvent en face de moi autour de cette table en sont la preuve, chacune à sa manière. Elles ont le même âge, soixante-six ans. Elles ont découvert les Stones, Dylan, Baccara, Abba, elles ont dansé sur les mêmes rythmes, eu les mêmes élans de révolte en voyant les images du Vietnam et de l'apartheid. À la télévision, elles ont assisté à l'abolition de la peine de mort, à la chute du Mur, à la fin de l'URSS, aux essais nucléaires dans le Pacifique. Pourtant j'ai l'impression que c'est un événement différent de tous ceux qui ont encadré objectivement leur existence qui me les rend si proches à cet instant. Mariella rompt le silence qui nous tient toutes les trois le nez dans nos tasses de thé :

Tu sais, pour l'enterrement, personne ne m'a dit.

Ma mère lui sourit et l'image d'elle, à genoux devant le grand trou noir, me sidère un instant. 2007. Ce jour-là, elle s'est agenouillée devant la fosse dans laquelle on venait de glisser le cercueil de son père. Il a fallu la relever. Une amie à elle est venue me trouver quelques secondes après son geste. Elle m'a serrée contre sa poitrine, enfouissant mon visage dans son gilet, me barrant la vue de ma mère ramenée tant bien que mal par les hommes du service funèbre. Sa sollicitude m'a rendu cet instant moins cruel et je l'en remercie. Elle saura se reconnaître, discrète parmi les discrètes. Elle a toujours été ce lien entre eux et nous. Eux, les gens d'ici, son ancienne vie, et nous.

Ce jour-là, quand une partie d'elle a été rendue à la terre. L'espace d'un instant, Lili nous a oubliées, ma sœur et moi.

Souvent je repense à cette image de ma mère penchée sur la tombe de mon grand-père, comme aspirée par lui. Elle est remontée et avec elle, à l'époque, la honte de ce geste désordonné, son tailleur noir, si beau, recouvert de boue. Je me souviens de l'avoir détestée.

Ce n'est que plus tard, une fois rentrée à la maison, quand je l'ai surprise en train d'essuyer une larme en évoquant son nom, dos à nous, attablées dans la cuisine, que j'ai compris. Elle avait voulu se rapprocher de son père, sans y penser. Elle avait voulu son corps près du sien, selon une loi biologique. Comme le font les mammifères devant le corps sans vie de celui qui les a vus naître et les a soignés. Une tristesse dénuée de perspectives, désespérée.

La seule nouvelle tant soit peu réjouissante dans tout cela est que cette tristesse, qu'elle pensait sans fond, en avait finalement un. Lili nous a été rendue saine et sauve par les messieurs des pompes funèbres, quoiqu'un peu désorientée pour un temps.

Tu sais, sans lui, les choses ne se seraient pas…, reprend Mariella. Je ne sais pas si l'on aurait pu s'installer ici. En fait si je sais. Lui et le père Carette étaient les seuls, au départ, à bien vouloir de nous ici. Ils nous ont beaucoup aidées.

Elle s'absente un instant, elle suit des yeux le balancement d'un rayon de soleil sur les dalles, que l'ombre d'une branche derrière la vitre fait aller et venir. Le lieu a quelque chose d'apaisant. En arrivant devant la grande porte, jamais je n'aurais imaginé trouver à l'intérieur une telle lumière. Si la vallée ne se déployait pas comme cela sous nos pieds, verdoyante et pleine, on pourrait penser se trouver dans l'une de ces villas d'Ibiza ou de Formentera tout en bâtis et couleurs chaudes. À l'exact opposé des maisons traditionnelles d'ici, dont les pièces sont habituellement bien délimitées pour conserver la chaleur et circonscrire les odeurs. La vapeur d'eau parfumée au riz soufflé accentue le sentiment de détente. Mariella me regarde.

Quand j'y pense. C'est quand même quelque chose, je veux dire, quand on sait ce qu'il a vu pendant la guerre…

Le visage de ma mère s'obscurcit. De l'enfance, elle conserve comme un poison les souvenirs de guerre de son père. Souvent elle m'a confié comme elle détestait pardessus tout se retrouver prise en otage avec ses frères du récit des atrocités qu'avait dû affronter leur père.

Ce qu'il a pu nous raconter ces histoires-là. Et encore, pas toutes. Je sais que, je crois… Tu me corrigeras Lili, mais je pense qu'un des grands traumatismes de sa vie, c'était Tulle.

Ma mère acquiesce d'un mouvement de tête, sans plus en dire.

C'est vrai, j'y ai repensé par la suite. Mais se comporter

comme ça avec nous, malgré ces souvenirs-là… C'était quelqu'un de si gai, toujours joyeux, et cette énergie ! Fallait voir, toujours sur un coup, un vrai mâle alpha.

Mariella rit de son expression.

C'est ça, oui ! Toujours à venir au secours des petites Allemandes, toujours là pour dire quoi faire, convoquer untel ou untel. Antoine aussi faisait cela, mais pas de la même manière. Antoine, lui, il était plus calme, plus posé.

Plus distingué aussi, ajoute ma mère, comme s'il se trouvait là auprès de nous et qu'elle le charriait.

Oui, ce n'étaient pas les mêmes. Mais chacun à leur manière, ils nous ont beaucoup – elle marque une pause et jette ses yeux au milieu de la vallée –, beaucoup aidées.

Mariella se lève, se dirige vers la cuisine où elle remplit une casserole d'eau, la met à bouillir. Ce faisant, elle s'absente de nouveau dans la contemplation de la nature. De dos, sa silhouette noyée sous sa grande chemise à carreaux, une chemise d'artiste, je ne peux m'empêcher de songer à cette fille qu'elle était à vingt ans, ses mêmes cheveux restés sombres malgré le temps, sa vivacité et cette gaieté dont elle ne semble jamais se départir, et qui pour elle, j'en suis sûre, a à voir avec la politesse.

Peut-être que Lucien vous en a parlé…

Une pause.

Ce qui s'est passé après… Cette nuit où…

Elle pose la casserole sur le feu, craque une allumette et au contact du gaz les flammes surgissent. Ma mère elle aussi craque une allumette et porte la mèche au bout de sa cigarette. Mariella s'assied et se met à rouler, ses doigts fins confisquant toute sa concentration, avant de nous raconter.

Jean Rivière, lieu-dit, 1977

Comment fait-on quand on a enterré
dans son corps, sous la même peau,
le poids des morts et celui d'un amour ?

La petite a la même odeur que celle qu'elle baladait dans l'air. Sa peau a la même odeur qu'elle, avant, sa *Johanna*. Il se garderait bien d'en causer à qui que ce soit, au risque que sa Lisette n'en entende trop. Jalouse comme elle est, elle pourrait faire de lui des tripoux si elle savait. Mais il ne pense plus qu'à cela. Depuis qu'elles ont débarqué ici, c'est comme s'il se retrouvait projeté dans le passé. À l'époque où Vichy les envoyait charbonner pour les boches au STO. Ils avaient dix-huit ans quand la guerre a éclaté. C'est beaucoup et rien à la fois, dix-huit ans. Il avait gagné deux ans sur la guerre. C'est ce qu'il répétait. Il lui avait fallu attendre d'avoir vingt ans pour être mobilisé.

Dans *L'Art de la joie,* le chef-d'œuvre de Goliarda Sapienza qui me suit partout en ce moment, j'ai retrouvé celui qu'il était à cet instant. Parenthèse. Je fais le constat que la proximité géographique avec les filles a sur ma mère, depuis quelques jours, des effets inattendus. Elle sème tout un tas de choses sur ma route : photos, sous-entendus énigmatiques qu'elle prend soin de ne surtout pas éclairer, observation prolongée et trop peu discrète des lieux et des gens, murmures inaudibles, entre autres étrangetés. Revenons à ce cliché, littéralement semé là, entre deux pages.

Sur cette photo, prise à leur départ, les traits des garçons sont ronds, enfantins, intacts. Les yeux pleins de cette malice que l'on a à vingt ans. Ils apparaissent heureux d'être ensemble, collés les uns aux autres. Au poignet gauche de Jean, une montre et un bracelet, une gourmette avec au centre un petit ovale convexe qui pourrait abriter un portrait. Celui de Lisette, qu'il vient de quitter sans savoir pour où ni pour combien de temps. Il ne laisse rien paraître qui donnerait à penser qu'il est angoissé. Au contraire. Il pose en camarade, solide et jeune. *Si jeune.*

Nous sommes fin 1942, quelques jours après ses vingt ans, il est en route pour l'Allemagne. Lui aussi a eu de la chance dans son malheur, différente de celle du père de Brunhilde, finalement rentré chez lui à cause de son ampoule dégénérée en septicémie, mais de la chance quand même. Et dans pareil contexte, la chance n'est pas une chose que l'on boude. C'est là une partie de l'ironie de cette guerre. Le Service du travail obligatoire était la réponse au besoin de main-d'œuvre dans les fermes et industries, occasionné par le départ des hommes allemands au combat. Cette mobilisation générale a eu lieu après la défaite de Stalingrad. Hitler décide alors d'envoyer toutes les forces vives du pays au front. Les hommes allemands, eux aussi, doivent quitter leurs fermes, leurs maisons, leurs familles, leurs usines, remplacés par des prisonniers de guerre français. Seuls les plus âgés, ayant servi pour la Première Guerre, et les empêchés, comprenez malades ou invalides, sont exemptés. Il faut donc remplacer une force vive par une autre, et celle de l'ennemi est à portée de main. Celle du Maréchal qui, d'une signature vite apposée, offre ses hommes à l'Allemagne. Parmi lesquels Jean Rivière. Dans ce jeu de chaises musicales, il n'était pas le plus mal loti. Il s'est retrouvé dans une petite ferme du côté de Tuttlingen dans le Land de Bade-Wurtemberg, où il a été bien traité. L'exploitation pour laquelle il travaillait appartenait à un vieil homme, correct bien que rude, dont la fille s'était entichée de lui. *Johanna.* Il n'a jamais oublié sa Lisette qui l'attendait au pays et lui écrivait régulièrement, mais il s'est laissé aller à rêver.

Johanna.

Il lui semblait qu'il pouvait la sentir partout, tout le temps, que son odeur ne le quittait plus. Quand ils ont voulu rentrer, lui et deux autres prisonniers qui bossaient dans la ferme, le vieux n'a rien dit, il les a laissés partir, résigné. Et Jean a même cru voir de la compréhension dans ses yeux. Ce fut une épopée de quitter le territoire allemand, mais ils ont réussi. Tout au long de son voyage retour, il se sentait chanceux d'avoir pu garder l'image de Johanna près de son fusil. C'est comme ça qu'il s'est rapproché des camps des partisans en Corrèze.

Tulle. Ils les ont alignés, pendus comme des tripailles de cochon aux balcons, de ce que les villageois racontaient. Les uns à la suite des autres. Des corps comme des guirlandes partout sur les balcons et les réverbères. Quatre-vingt-dix-neuf. Pas un de plus. C'était le cadeau d'adieu des boches en partant.

Depuis l'annonce du débarquement des Alliés en Normandie, le 7 juin 1944, ils avaient lâché la rampe et tiraient sur tout ce qui bougeait, hommes, femmes, enfants, même les bêtes. Prenant prétexte de la Résistance pour anéantir plus encore. Jean appartenait à l'équipe des FTP qui avait tenté de libérer Tulle le 7 juin, deux jours de combats, la capitulation allemande l'après-midi, avant que les SS ne reprennent le contrôle de la situation.

Au village et dans l'ensemble du département, personne n'ignorait cette histoire. Il l'avait suffisamment racontée, s'était vanté sans avoir le sentiment de le faire. Ils avaient failli réussir. Ils y avaient tant cru. Au fil du temps, le récit de la résistance, de la fraternité, s'est transformé en une trop longue confession. Ses mots se sont alourdis d'une culpabilité qui, à la fin de sa vie, l'a dévoré tout entier.

Ils ont tout raté à Tulle. Pire, on les a accusés d'en être les fossoyeurs.

Le drame de Tulle hantera le reste de sa vie. Il avait recueilli de nombreux documents, des témoignages qui formaient un tas compact dans un coin du cellier.

Jean poussait l'expérience du récit jusqu'à citer les noms des témoins rapportés dans les journaux. Combien de fois, Lili ne sait plus me dire. Peut-être quand il avait trop bu, quand il était fatigué ou en colère, quand il avait un public ou juste du vague à l'âme. Les récits des atrocités de Tulle n'étaient jamais bien loin. Ces morts, de toute évidence, étaient aussi les siens. Ceux qu'il n'avait pas pu sauver.

Il rapportait comme d'autres prient le récit de la première femme qui avait accueilli les journalistes au retrait des Allemands en août 1944, soit deux mois après le drame. Elle racontait qu'ils avaient convoqué deux mille hommes dans la manufacture d'armes et les avaient tirés comme à la loterie. Vivra. Mourra. Hop, comme ça, comme on trie des œufs ou des légumes. Finalement, ils avaient décidé que quatre-vingt-dix-neuf d'entre eux seraient pendus avant la fin de l'après-midi *sous prétexte d'être des maquisards.*

Il s'insurgeait chaque fois avec la même colère.

Avec obligation pour les autres de regarder sans ciller la mise à mort de leurs amis, frères, pères et fils ! il ajoutait, pointilleux.

Est-ce que vous vous rendez compte ?

Plus tard il apprendrait que certains de ses amis étaient

en train de livrer bataille aux Allemands sur le mont Mouchet, à quelques kilomètres de chez lui. Tous résistants, acharnés. De ceux qu'il connaissait, tous mourraient durant ces semaines de juin 1944. Lui n'y était pas. Il n'était pas à Tulle quand le pire était arrivé, pas plus à Oradour qu'aux côtés de ses camarades tombés sur le mont Mouchet. La guerre c'était Tulle, Oradour, le mont Mouchet. Pour lui, autant de rendez-vous manqués.

Et Johanna.

Comment voulez-vous que ça cohabite là-dedans tout ça ? il avait dit des années plus tard, accoudé au comptoir de son bistrot en riant trop fort, après avoir raconté ses exploits et regretté ses ratés.

Et c'est tout le passé qui dégringolait sous sa casquette de paysan. Les images de ces pauvres pendus de Tulle, celles de ces gens morts sur le bord des routes la gueule ouverte, celles de ses amis tués, des femmes rasées et des hommes édentés, maigres à faire peur, des planques qui se ressemblaient toutes et l'odeur du sang séché sur les vêtements. Alors il parlait comme on conjure. Il disait en mots techniques, politiques, qu'il maîtrisait mal, son appartenance au camp des survivants, ceux qui ont voyagé entre les deux rives.

Comment on fait quand on a enterré dans son corps, sous la même peau, le poids des morts et celui d'un amour ? Et pour toujours, comme ça ! il avait fait en nouant ses doigts.

Hôtel du Bout du monde, décembre 2022

Où l'on passe cinq ans à faire la guerre sans pour autant savoir l'écrire

Depuis le lit de ma chambre du Bout du monde, j'attends que Lili sorte de la douche. Sur mon ordinateur, je découvre les nombreux articles dédiés aux massacres successifs de Tulle et d'Oradour-sur-Glane. Lili m'a toujours répété qu'avec ses frères ils s'étaient tenus éloignés des récits de guerre de leur père.

J'aurais aimé que Jean puisse lire ces articles et comprendre ce qui s'était passé ce jour-là.

Ma mère ouvre la porte de la salle de bains, une épaisse vapeur d'eau s'en échappe. Elle en sort, emmaillotée dans une serviette, les cheveux en bataille et l'air revêche.

Ça ne va pas ? je dis.

Ben, j'ai pensé à un truc. Faut que je t'explique comment ça se passait, quand on moissonnait, la chaleur, la batteuse, tout ça, les petites particules partout et l'air irrespirable.

Elle marque une pause.

Ça va manquer sinon.

Ok, j'ai souri, tandis que, déjà, elle faisait vrombir le

sèche-cheveux en tirant ses mèches à l'aide d'une brosse ronde.

Je feuillette *L'Art de la joie* à la recherche de nouvelles trouvailles, photos ou autres indices que Lili aurait glissés là et qui m'auraient échappé comme autant de recettes clandestines dans un grimoire. Je fais bien. Des photos tombent sur le dessus-de-lit fleuri. Petit format, aux dimensions de nos actuelles photos d'identité. Au dos de l'une d'elles est inscrit :

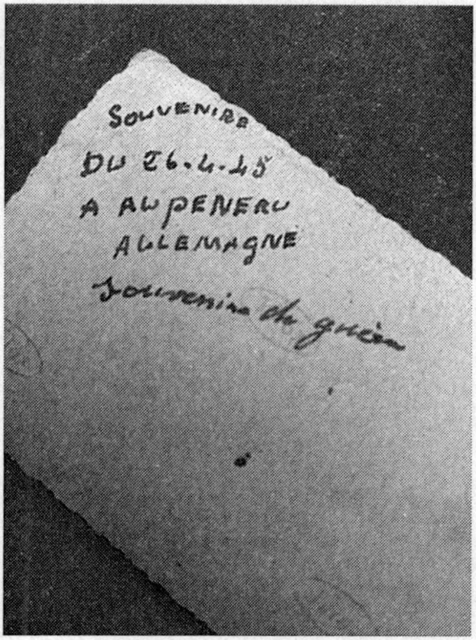

Souvenire, écrit Jean, le 26-4-45 à Awpeneau. Je lis Awpeneau et je l'imagine se demander comment le nom de ce fichu village allemand tout proche de la frontière, à une quarantaine de kilomètres seulement de Strasbourg, peut bien s'orthographier. Avant de renoncer et de le faire à sa manière. Ce sont *ses souvenires* après tout, ceux qu'il s'est choisis. Les autres se dispensent de photos.

Côté face je le découvre, entouré de sept hommes en habits militaires, dont l'un, au sol, tient un fusil contre lui.

La guerre est passée par là. Ils n'ont plus rien à voir avec les grands enfants à la face poupine offerte à l'objectif avec désinvolture du début. Sur cette photo d'Oppenau, leurs visages sont fermés. Épuisés par ces années de guerre et ces derniers mois de résistance. Le jour même, le maréchal Pétain se constituait prisonnier à la frontière franco-suisse à Vallorbe, mais de cela, je doute qu'ils aient eu connaissance au moment où la photo a été prise.

La veille a été *le jour de l'Elbe*. Sont-ils au courant au moment où ils posent pour cette photographie, savent-ils que cette guerre qui les tient depuis toutes ces années est terminée ? Peut-être est-ce même pour cela qu'ils posent ?

J'ai passé un long moment à scruter le cliché et la mention au dos dont aucun mot, hormis *Allemagne*, n'est bien orthographié. *Souvenire de guère. Awpeneau.*

Jouer sa vie dans une ville dont on ne sait même pas écrire le nom semble être l'un des incontournables de la guerre. Me revient la confidence de Lucien au sujet d'Antoine, qui n'avait jamais su, de ce qu'il lui avait dit, orthographier *Buchenwald*, auquel il avait échappé. Comme si ne pas savoir écrire les mots qui tuent maintenait la mort à distance. Je dois dire que, de tous ces mots, celui qui m'a le plus attendrie, c'est *guère*. Des années à la faire sans pour autant savoir l'écrire.

Le vrombissement du sèche-cheveux a cessé et Lili s'est approchée de moi, avant de se baisser pour attraper quelque chose au sol qu'elle m'a tendu. Une photo.

Tu as vu sur celle-ci comme ils sont beaux ? elle m'a dit en parcourant des yeux le cliché comme s'il s'agissait d'une photo de famille connue par cœur.

Dans ma précipitation, je n'avais pas remarqué qu'elle avait glissé de la couverture, au pied du lit. Je la détaille. Rien n'est écrit au dos. J'ai du mal à voir s'il s'agit de la même équipe. Les montagnes autour sont abruptes, c'est l'été. Sans doute le retour vers le Sud, en passant par les Alpes ou le Vercors. Ils sont jeunes, torse nu, allongés dans l'herbe. Nous sommes à l'été 1945, la guerre est finie et ils sont vivants. Dans quelques jours, ils seront de retour chez eux.

Gisèle, Cantal 1977

Où des idées surprennent
comme des pièges dans la nuit noire

Les flammes chatouillent les briques. Presque bleues, elles changent de robe à chaque nouvelle danse. Gisèle sent sa nuque s'assouplir à la vue des mouvements qu'elles esquissent sous ses yeux. De grands élans suivis d'une multitude de petits autres, s'entremêlant comme dans ces danses traditionnelles où elle virevoltait enfant lors de l'ouverture des festivités au village. La chaleur du foyer lui caresse le visage. La nuit est totale.

Elle a insisté auprès de Brunhilde et Mariella pour monter la garde près du four cette nuit. Il ne faut surtout pas qu'il s'éteigne. Avant d'aller dormir, elles ont mesuré la température, seulement huit cents petits degrés. Cela paraissait infernal à Gisèle.

Les filles lui ont expliqué qu'il fallait atteindre les mille deux cents degrés pour que les poteries cuisent correctement. Jamais Gisèle n'aurait imaginé qu'une matière, quelle qu'elle soit, puisse rester intègre à une telle température. Elle s'est brûlée avec le lait qu'elle faisait bouillir pour Frédéric la nuit passée et la peau de sa main en porte encore les stigmates, de petites cloques rondes et roses en transparence sur sa peau rougie. Et la brûlure n'était l'œuvre que de quelque cent malheureux degrés. Alors mille deux cents. Quel aspect aurait sa peau après cela ? Serait-elle encore matière ?

Un léger frisson parcourt son échine, elle se sert une tasse de thé. Elle n'en a jamais bu avant ce soir. Du café, de la chicorée, ça oui en pagaille, mais jamais du thé. Elle a vu chez l'épicier quelques-uns de ces paquets verts ou jaunes avec les sachets tout prêts dedans, mais jamais il ne lui est venu à l'idée de les acheter. La tête de son Boris si elle avait rapporté ça ? Si elle se mettait à boire de l'eau chaude avec des herbes de sorcière dedans ! Voilà ce qu'il aurait dit. Ce qu'ils diraient tous.

En allant se coucher, Mariella est venue s'installer un instant à côté d'elle autour de la table en formica, sur l'une des chaises en plastique récupérées dans la grange d'Antoine qui abrite les meubles de feu les parents Carette. Il y a là de quoi meubler une maison bien plus grande que la leur, voire deux. Grâce à l'aide des gars du village, les filles ont acquis deux éviers, un pour l'intérieur, l'autre pour l'extérieur, un canapé presque neuf commandé par Juliette quelques mois avant son décès. Antoine était heureux qu'il serve enfin.

Gisèle préfère être dehors, à l'air libre, avec l'odeur de la rivière qui arrive jusqu'à ses narines et le bruit des cloches des vaches qui depuis l'enfance sont sa plus douce berceuse.

Le feu crépite sous la grille et les briques roses se gorgent de sa chaleur, progressivement. Malgré l'humidité qui remonte de la rivière, elle n'a pas froid, au contraire, elle pourrait même ôter son gilet tant l'atmosphère autour du four est douce. Pourtant ce devrait être intenable. Mais non. Elle se sent parfaitement bien, même un peu plus que cela. Quelque chose qui aurait à voir avec de la gratitude de se trouver là, au beau milieu de la nuit, seule, sans personne à côté qui ronfle ou dorme, rien ni personne pour faire quelque chose d'utile. Juste le plaisir de se tenir là.

Les étoiles sont bien nettes à présent. Elle en repère toujours plus. Une cloche tinte à quelques mètres et Gisèle sourit à la bête qu'elle devine dans la pénombre. Elle entend le bruit de sa mastication. L'animal s'est éloigné du troupeau. Elle plie ses pattes avant puis celles de derrière et s'étend. Gisèle s'amuse. Elle ne sera donc *jamais tout à fait tranquille*.

Elle a quitté la maison trois heures plus tôt en laissant Boris et Frédéric, leur bébé d'à peine plus d'un an. Son petit Frédéric endormi. L'image achève de délasser son corps. Quand elle a enjambé la clôture du pré sous leur maison qui donne sur celui des Murat, le soleil disparaissait déjà derrière les collines. Exsangue. Un bref instant, elle a cru voir la mer au loin, une mer rouge comme dans les livres de géographie, celle des Égyptiens et des peuples nomades. Puis le soleil a disparu et la mer est devenue noire comme le ciel. Sans rien d'autre que sa raison, obstinée, pour les distinguer. Elle a traversé le pré à grands pas pour éviter d'avoir à longer la route et d'être vue des gens du village. Mais à quoi bon ?

Elle peut bien aller où elle veut, à l'heure qui lui chante, même Boris n'y trouverait rien à redire. Depuis le coup de l'horloge éventrée, ils entretiennent une relation beaucoup plus tendre. Ils ont même fait l'amour dans la grange des Delfrey l'autre soir après la fenaison.

Les flammes continuent d'éclairer son bout de nuit. La braise en dessous forme un tapis incandescent, qui lui brûle presque la rétine lorsqu'elle s'y attarde. De repenser à Boris et elle dans la grange, le bas de son ventre fourmille. Pour autant elle ne ressent aucune envie de retourner chez elle. Elle voudrait que cette nuit s'étire encore, que le jour retarde son lever pour qu'elle puisse profiter de ce temps évanoui. Les filles dormiront sans doute, du moins l'espère-t-elle. Elles ont l'air à bout de forces après deux nuits passées à se relayer pour alimenter et surveiller le four. Elle les a croisées au village et s'est proposé de venir le soir même les aider. Elle a le sommeil léger et aime la nuit. C'est cela qu'elle leur a dit. *J'aime la nuit.* Les filles n'ont pas fait les difficiles, elles semblaient même heureuses de voir son intérêt pour leur travail. L'après-midi, elles lui ont montré à quoi ressemble le grès, la terre qu'elles modèlent, elles l'ont renseignée sur toutes les façons de faire leur art et Gisèle a presque tout retenu.

Elles lui ont confié que Louis, qu'en effet on n'avait plus vu au village depuis quelques jours, avait disparu un beau matin avec son van sans que personne en sache rien. En conséquence de quoi, elles étaient officiellement coincées là. C'est comme cela que disait Mariella en riant. Gisèle, dans la foulée, a proposé de les conduire en ville. Si elles avaient besoin de faire des courses, elles ne devaient pas hésiter. Elle a insisté sur le fait que passer son permis de conduire avait été l'une des premières choses à réussir pour elle, à sa majorité, pour surtout ne pas dépendre des hommes ici, entre autres choses. Brunhilde et Mariella s'étaient émues, chacune à leur façon. Cette femme, à peine plus âgée qu'elles, mais qui prenait soin de leur dire, avec moult détails, son indépendance et les façons de l'entretenir au quotidien. Elles avaient, bien entendu, accepté son aide.

Elle est à ce jour la seule, hommes et femmes confondus, à avoir noué un lien, non pas d'amitié, pas encore, mais de relation avec les filles – et, sans savoir pourquoi, cette idée lui plaît. Certes, tous au village ne cherchent pas à se rapprocher d'elles, mais tous, sans exception, de cela elle est sûre, veulent tout savoir de qui elles sont vraiment, comment elles vivent, quelles pensées les animent. Sûr qu'à l'heure qu'il est, Gisèle jette un coup d'œil à sa montre, minuit quarante-cinq minutes, nombreux doivent en rêver.

Surtout ce gros cochon de Pierre Blaise.

L'idée l'a surprise comme un piège à souris. Mieux vaut ne pas penser à lui. Chaque fois qu'elle pense à ce sale type, elle se fait du mauvais sang. La cloche de la vache l'a arrachée au puits des pensées sombres. L'animal a bougé et le four, le feu, l'odeur de la rivière et de l'herbe commençant d'être humide l'ont réconfortée. Bientôt deux mois que les filles sont au village et déjà, tout a changé. Bien entendu, il y a toujours les travaux dans les fermes des autres, celle des Murat, des Delfrey, la moisson, les traites, les marchés aux bestiaux, on prépare la saison des patates, mais tout de même.

Plus rien n'est vraiment comme avant.

Les gens sont les mêmes sans l'être tout à fait. Sans qu'elle sache dire comment, par quelle bizarrerie. Il y a eu l'épisode du bal, la danse des filles, commentée cent fois depuis par chacun. Il y a eu les soirées d'été improvisées sur la place, puis à la grange de Carette avec des gens du village et surtout des gens de passage, des visiteurs comme elles. Des Parisiens et même une fois des Italiens. Il s'en est dit des choses. De toutes les façons. Plus ou moins bien racontées.

Mais d'entre tous ceux qu'elle a entendus, c'est la mère Murat qui l'a le plus dérangée. C'est qu'elle sait faire ça la mère, elle est mauvaise comme le courant de la rivière deux jours après l'orage. Elle arrive l'air de rien et vous embarque sans que vous ayez eu le temps de comprendre quoi que ce soit. Et vous vous retrouvez noyé de soupçons, l'esprit suffoquant de toutes les suppositions folles qu'elle assène comme des évidences.

Gisèle a assisté maintes fois à ces tours de passe-passe. Comment, en un rien de temps, elle a grillé la réputation de la Marie qui est devenue l'été passé un beau brin de fille et qui a préféré un fermier du village voisin à son Martin.

Elle s'approche du feu, remue les braises et se rassied à sa place. L'une des fenêtres de la grange s'éclaire. Gisèle croit apercevoir le visage de Brunhilde, puis plus rien, le noir.

La Murat ne l'a pas lâchée l'autre matin chez Marguerite où elle venait acheter de quoi fumer pour Boris. L'épicerie qui fait aussi tabac-presse et un peu boucherie depuis toujours. Elle lui a à peine dit bonjour, a fait mine de s'enquérir de l'état du petit, de leur confort, du travail sous la chaleur, avant de frapper d'un coup sec :

Pourquoi tu crois qu'elles ont débarqué là les boches ?

Gisèle a senti son sang tourner. Elle, depuis qu'elle connaît les filles un peu mieux, a laissé cette question de côté et cette façon de les nommer qui lui paraît irrespectueuse. Seulement, se rendre compte que la Murat se posait exactement la même, ça lui a fichu un coup. Devant le mutisme de Gisèle, l'autre a poursuivi. Par la suite, Gisèle s'en est voulu. Elle s'est fait la remarque qu'elle aurait dû lui dire que ça ne l'intéressait pas de savoir cela, ou bien, de façon plus réaliste, qu'elle devait filer très vite car Frédéric était malade et qu'elles auraient avec plaisir cette discussion une autre fois. N'importe quoi mais fuir. Sauf que les choses ne se sont pas passées comme cela. La mère Murat a crocheté sa main sur son avant-bras, derrière l'étal à journaux, et l'a attirée vers le fond de l'échoppe. Elle était prise. Aussi sûrement que le cochon sous ses yeux dans la vitrine. La tête de l'animal la dévisageait tandis que la mère Murat se lançait :

Tu ne vas pas me dire que tu ne t'es pas posé la question, Gisèle ? Pas une fille maligne comme toi ?

Elle n'a rien répondu. Les yeux rivés à ceux du cochon.

Je ne sais pas si tu le sais. Tout le village est au courant. Mais la grande, la blonde, elle vient du même trou que là où le père Carette a été prisonnier pendant la guerre. Pas à cinquante, trente, dix kilomètres, mais du même, exactement. Tu crois que c'est un hasard ? T'en vois d'autres des hippies comme elles par chez nous ? Non. Et tu sais pourquoi ? Ils ne viennent pas ici les babas cool Gisèle, ils vont sur le Larzac.

Elle a dit cela comme un mage révélant le secret de l'origine du vivant. Avant d'enchaîner :

Tu trouves ça normal toi peut-être, de faire tout ce chemin pour venir se perdre ici ?

Voilà au moins un point sur lequel elle et la Murat tombaient d'accord.

Non, a finalement expiré Gisèle après un temps comme un supplice.

Mais je saurai. Tu me connais, je saurai.

La Murat est désormais sur le coup du mystère des Allemandes et cela préoccupe Gisèle. Peu de secrets résistent à la mère. Les Murat sont les plus gros propriétaires du village. Quatre prés, deux granges rien qu'à eux, une cinquantaine de bêtes, des poules, des chèvres, un buron pour faire leur propre fromage et même un cheptel de moutons et deux potagers. Le tout soigné et entretenu par Gisèle et Boris, mais aussi, parce que ça fait beaucoup de travail, par les fils Blaise – Thierry, Pierre (très ami avec Martin, le fils des Murat du même âge) –, et même parfois pour les travaux subalternes, Fonfon, le petit dernier des Blaise.

L'image de Pierre Blaise revient souiller la nuit de Gisèle, elle s'en veut de ne pas être plus forte contre ces pensées qui la conduisent tout droit vers sa peur. Sûr que les filles elles savent chasser ces idées-là, qu'elles ont leurs trucs.

Pierre et Martin, elle les a vus quelquefois faire des sales coups. Pierre Blaise a été surpris par une gamine, soi-disant en train d'uriner à côté de l'école. L'affaire a vite été enterrée. Pauvre mère Blaise, elle en a du fil à retordre avec ses trois garçons. Bonne femme pourtant. Thierry le grand est bon lui aussi, il a hérité des yeux de sa mère. Quant à Fonfon, pas méchant comme on dit, mais pas bien fini.

De nouveau la lumière à la fenêtre. Une ombre derrière, puis le bruit de la porte qui s'ouvre.

Tout bien ?

Brunhilde est là en longue robe sombre qui lui sourit. Sans savoir pourquoi, Gisèle est soulagée.

Pas sommeil, elle ajoute, comme fâchée, en se dirigeant vers elle. Tu veux ?

Et elle lui tend une cigarette, que Gisèle accepte sans même y réfléchir. Elle n'a jamais essayé. Pas plus qu'elle n'a déjà veillé un four à céramique dans la nuit ou laissé son mari et son fils endormis chez eux. Brunhilde approche la flamme de son briquet du visage de Gisèle, elle scrute les traits de cette femme, inconnue encore il y a quelques semaines, tout en allumant la cigarette qu'elle vient de lui offrir. Son visage est brun et fin et beau, ses yeux brillent au reflet des flammes devant elles. Gisèle prend une première bouffée et se met à tousser. Brunhilde lui sert une tasse de thé qu'elle descend cul sec mais sans aucun effet sur sa toux. La lumière de nouveau dans la grange et la silhouette de Mariella qui se précipite d'un pas léger en chuchotant :

Qu'est-ce que vous fabriquez, vous deux ?

Pourquoi chuchuchu ? fait Brunhilde, amusée.

Sans lui répondre, Mariella tire une chaise en plastique, la tourne face à la vallée à côté des deux autres, se sert dans le paquet de Brunhilde et à son tour s'allume une cigarette. La fumée qu'elle recrache dessine dans l'air une forme oblongue.

Merci, Gisèle, dit Brunhilde sans même les regarder. J'aurais aimé que vous vous connaissiez.

De qui parles-tu ? demande Mariella.

Gisèle la soutient du regard.

Laissez tomber, j'ai trop fumé, conclut Brunhilde comme on scelle un coffre.

Lucien, lieu-dit, été 1977

Où le gondolier chante l'amour
quand il voudrait être celui qui écoute,
en bonne compagnie, dans sa gondole

Grâce à sa prestation au bal du 14 Juillet, Lucien a traversé l'été tel un gondolier. La mine fière et le port altier, saisissant la moindre occasion, guinguette, karaoké, bal, pour donner de la voix. Il bénéficie d'une aura particulière. Pour autant, des semaines se sont écoulées depuis l'arrivée de Brunhilde, et si son affection pour elle s'est confirmée, il n'a, à ce jour, décelé aucun signe encourageant de son côté à elle. Comment font les autres ? Thierry, lui, semble avoir ses faveurs. Quoique. Rien n'est moins sûr. C'est que personne ne retient l'attention de Brunhilde. On la dirait en permanence appelée ailleurs, captée par on ne sait quelle conversation secrète.

Son père lui a demandé d'aller surveiller le troupeau, de s'assurer que tout est en ordre. Lucien aime ces moments où, seul avec ses bêtes, il peut penser librement. Le père lui paraît préoccupé en ce moment, peut-être même depuis l'arrivée des filles. Mais cette dernière idée, Lucien ose à peine la formuler. Pourquoi le père devrait-il être perturbé par la venue des Allemandes ? Bien sûr, le fait qu'Unna, la ville où il a été détenu, soit celle-là même où vivaient Brunhilde et sa famille, ça a dû lui faire quelque chose. Il n'a pas essayé d'en parler avec lui, par crainte de le blesser. Par crainte d'autre chose aussi. Quelque chose qu'il ne définit pas bien et qui lui noue l'estomac depuis. Cette fille a vingt-cinq ans de moins que le père. Elle pourrait être sa fille. Qu'est-ce qu'elle en sait des choses de la guerre que le père a pu vivre là-bas ? Sans doute rien. Sûrement. Elle n'était pas née. N'empêche que Lucien ne peut s'ôter de l'esprit que l'air absent qu'arbore le père ces derniers temps ressemble étrangement à celui de Brunhilde. Dans une sorte de jeu de miroirs dont il serait bien incapable de dire de quoi il retourne réellement, les mines accordées de ces deux-là laissent supposer qu'ils ont entamé, dans le plus grand secret, une discussion silencieuse.

Août s'étire et avec lui les longues journées passées à moissonner. Depuis la maison de Brunhilde et Mariella, on aperçoit Jean perché sur l'engin. Boris lui lance les gerbes qu'il engouffre dans la gueule de la bête. Le grain est projeté dans des sacs de jute, de l'autre côté. Au-dessous les enfants s'appliquent à ôter la paille recrachée par la machine, aussi vite que leurs petits bras vifs le leur permettent. L'opération a beau se dérouler à des centaines de mètres de là, le bruit infernal de la ferraille battant la poussière recouvre tout. Restent, lorsque l'on coupe le moteur pour marquer une courte pause, les quintes de toux interminables et la peau recouverte de petites particules de poussières urticantes. À ce moment de l'année, les paysans ont coutume de dire qu'ils s'en vont pour un grand voyage spatial où, à bord de leurs machines et huit jours durant, ils cessent de respirer normalement.

Les filles, elles, passent les dernières journées d'été à façonner des objets à la beauté étrange et les nuits à contempler les étoiles prises au piège de la vallée, depuis les chaises en plastique devant la grange du père Carette. Les habitants s'arrêtent volontiers devant le panneau KERAMIK pour venir les observer *faire leur art* comme ils disent. Le four que les filles ont élaboré puis bâti avec l'aide de certains hommes du village et Gisèle fonctionne pour le mieux. Certains soirs, Brunhilde et Mariella s'amusent à remonter le fil de leurs souvenirs et s'émerveillent d'y trouver tant de signes, de ceux que les profanes envisagent comme des coïncidences. À force de rire, de boire et fumer, elles finissent par s'imaginer d'autres routes qui les auraient conduites en d'autres endroits auprès d'autres gens. Seulement le jeu ne plaît pas à Brunhilde.

Certains soirs, quand le soleil dispute à l'ombre les dernières lueurs, elles aperçoivent la silhouette d'Antoine Carette qui descend d'un pas lent son pré le plus vaste. Toujours, quelle que soit la météo, l'homme rend visite à ses bêtes avant la tombée de la nuit. Plus elle le côtoie, plus Antoine rappelle à Brunhilde ces êtres discrets et bienveillants qui peuplent les contes pour enfants, sortes de farfadets imprévisibles. Elles ne lui payent pas de loyer, elles se contentent d'entretenir la maison, de l'embellir en réalité. C'est ce que pense Antoine. Que sa grange n'a jamais été aussi bien entretenue. Et il dit vrai, Gisèle elle aussi partage cet avis. Elle a même participé à façonner un grand massif de fleurs encerclé de faïences multicolores à l'entrée de la maison. Elle en est très fière et a traîné Boris jusque chez les filles pour qu'il voie de ses yeux les faïences qu'elle a peintes elle-même, son *style reconnaissable entre mille*, s'est-il amusé.

Quand elle voit poindre, chaque soir, en contre-jour, la silhouette d'Antoine qui redescend son champ tel un santon animé, Brunhilde se sent enlacée par une mélancolie familière, venue de l'enfance. Sans qu'elle sache pourquoi, la vision de ce petit homme sombre, au loin, dévalant la colline, l'émeut.

Pour le remercier, en se rendant sur les marchés où elles vendent leurs créations, elles font presque toujours un détour par chez lui, lui portent des céramiques qu'elles confectionnent spécialement pour lui. Certaines en forme de vaches, pour rire, et d'autres plus sérieuses et très belles rappelant ces vases japonais délicats, ou des assiettes si fines qu'Antoine refuse de les utiliser. Aussi quelques mois après l'arrivée des filles dispose-t-il déjà d'une collection fournie de créations. Il a planté au mur quelques clous, créé un système de ficelles pour y attacher les assiettes et les a suspendues comme des tableaux. *En temps normal, les seules choses qu'on accroche aux murs, ce sont nos torchons et nos tabliers*, il rit devant elles. Là aussi, sans comprendre de quel volcan jusqu'alors en sommeil, l'émotion s'échappe en elle comme de la lave.

Quelquefois, c'est Lucien qui les accueille, alors il les invite à entrer, leur sert du thé qu'il a acheté tout spécialement pour elles et qu'il est fier de leur proposer. Face au sachet jaune conditionné, elles font mine d'apprécier et proposent de lui donner quelques cours de poterie. Il décline gentiment. Mariella a beau argumenter, signifier à Lucien que la terre qu'il cultive et celle qu'elles modèlent ne font qu'une. En vain. Il sème, elles modèlent. Tel est le grand ordre de la Nature. Il les provoque, elles le rabrouent, et toujours il finit par les conduire en voiture jusqu'au marché où elles comptaient se rendre à pied avec leurs chariots débordant de céramiques. Brunhilde voit bien le mal qu'il se donne pour lui plaire et regrette de n'avoir rien de plus à lui offrir qu'un sourire tendre de temps à autre. Pas trop souvent, afin de ne rien semer qui prenne trop d'ampleur.

Mais les jours d'été comme le reste prennent fin. Le mauvais temps commence à s'installer. Antoine, Lucien, Jean et les autres paysans du village en profitent pour faner le regain, une herbe plus courte mais de meilleure qualité qui permettra à leurs bêtes de passer l'hiver dans de bonnes conditions.

C'est l'odeur du regain qui enchante Gisèle en ce jour de septembre 1977, alors qu'elle descend la route qui mène à la grange des filles, avec deux informations importantes à leur transmettre. Le marché de pays qui se tient à quelques kilomètres de là près de Beaugac est disposé à leur céder un stand. La veille, elle a réussi à convaincre le maire de l'effet que produiraient de si belles céramiques sur les étals. L'autre événement que Gisèle souhaite annoncer aux filles et qui n'aurait d'écho pour personne d'autre ici : la Callas, la grande Maria, est morte ce matin. C'est le cœur plein de ces nouvelles trop vastes pour elle qu'elle dévale la petite route qui mène à la grange.

En arrivant à quelques mètres de la maison, Gisèle entend des bruits de porcelaine qui se brise. Des cris. Ceux de Mariella puis de Brunhilde, plus graves. Aucun doute, les deux amies sont en train de se disputer. Gisèle rebrousse chemin.

Mariella aperçoit sa silhouette à la fenêtre, tandis qu'elle esquive un nouveau jet de céramique. Elle voudrait la rappeler, se sortir de cette pièce saccagée, s'éloigner de Brunhilde, qu'à chaque nouvelle colère elle découvre un peu plus étrangère.

Arrête ça tu veux ? Qu'est-ce que ça changera de tout casser ! Va dormir au lieu de tout foutre en l'air.

Brunhilde n'entend plus, sourde de rage, elle s'empare et jette à travers la pièce tout ce qui lui passe sous la main.

T'aurais pas dû aller au bistrot avec les autres, tu sais qu'ils essaient tous de te faire boire ! Ils te prennent pour leur camarade de régiment ! Tu devrais faire attention à toi !

Achtung ! lâche Brunhilde, en même temps qu'une de ses créations sur le sol.

Ça suffit, c'est toujours pareil avec toi. Je m'en vais ! Je ne vais pas supporter cela toute la vie ! Je ne me fais pas emmerder par un mec, c'est pas pour supporter tes humeurs !

Les voix claquent en même temps que la porcelaine à travers la vallée et le cœur de Gisèle se charge d'un poids nouveau. Une question surgit qu'elle ne s'était encore jamais posée et qui à présent remplace son paysage, celui qu'elle connaît par cœur :

Et si elles repartaient ?

Brunhilde, lieu-dit, été 1977

Où ses combats coûtent à Brunhilde plus cher qu'auparavant

La dispute a cessé avec le départ de Mariella de la grange. Elle l'a vue remonter la pente qui conduit à la route au pas de charge. Brunhilde sait que Mariella a raison, elle a trop bu. Mais l'alcool depuis quelque temps, elle ne saurait dire combien, lui rend son courage, celui grâce auquel elle fuguait, se rebellait contre son père et le reste du monde, le cœur plein de bravoure et d'élans de justice. Celui grâce auquel, avec ses frères, elle partait explorer le monde, essayant d'en démêler les nœuds plus serrés à mesure qu'elle grandissait. Jusqu'au jour où le monde qui l'entourait alors, celui de l'Allemagne de ces années-là, de la RFA et du bilan insolvable, lui est apparu comme un écheveau indémêlable.

Il n'empêche. Dans ce coin paumé de France, ses combats coûtent plus cher à Brunhilde qu'auparavant. Défendre sa parcelle de vie sur cette terre est devenu une épreuve au long cours. C'est que le matin même, sur invitation de Thierry Blaise qui descendait faire une course au village tandis qu'elle balançait quelques bûches dans son feu, elle s'est assise à l'arrière de sa mobylette et s'est retrouvée au bistrot en moins de temps qu'il n'en faut pour le dire, entourée d'une dizaine de bonshommes tous plus curieux d'elle les uns que les autres. C'est Martin Murat qui a porté le premier coup :

Vous comptez vous installer ici avec ta copine ? Va falloir vous trouver un homme alors, hein.

Il forçait son sourire, sûr de lui. Martin a l'assurance des fils de propriétaires, ceux qui ne manquent de rien sauf d'imagination. Pas de bol pour lui et son numéro, elle les connaît bien ces petits cons là. À sa droite, appuyé au comptoir comme sur une pierre tombale, Pierre Blaise, son acolyte, le jeune frère de Thierry.

C'est que si vous restez seules là, que vous deux, ça va faire jaser, insiste Martin.

Qu'est-ce tu veux que ça lui foute ? Puis qui tu veux qui jase ? s'interpose Thierry pour défendre son invitée.

Il lui offre un coup à boire et lui propose de s'installer à une table, hors de portée du bar et de Martin. Mais le fils Murat n'a pas l'intention d'en rester là :

Il fait son chevalier servant, l'autre ! Si je dis ça attention, c'est pas pour faire des mauvais mots hein, c'est que tout le monde sait que, des filles seules, on a vite fait de penser que…

Ferme-la Martin !

Thierry le tient à distance.

Bouh tu me fais peur, Blaise !

Il s'approche d'eux. Pierre ne bronche pas. Il pense, comme Martin, qu'une fille seule n'est pas une fille *bien* et sans les regarder recrache un peu de son alcool en riant.

Je dis juste que si vous pensez vous installer ici, va falloir…

On a compris, retourne à ton comptoir !

Thierry s'est levé et son poing s'est refermé le long de sa cuisse. Tout le temps qu'a duré l'échange, Brunhilde a gardé les yeux rivés sur le cendrier devant elle, disposée à en faire bon usage.

Visiblement Thierry est en pole position, ironise Murat sans même le regarder.

Thierry est décidé à le faire taire une bonne fois pour toutes. Il s'avance, faisant tomber la chaise derrière lui. Brunhilde espère que le poing ferme s'abattra sur la face épaisse du type, quand une ombre au sol interrompt la scène :

Tu fais quoi, mon grand ?

Elle reconnaît cette voix qui malgré son ton amusé n'appelle aucune contestation. Le poing de Thierry retombe aussitôt.

Allez, retourne t'asseoir. Toi, il fait en pointant Martin de son doigt comme un canon de fusil, tu sors.

Oh Jeannot, j'ai bien le droit de boire un canon moi aussi.

Pour toi c'est monsieur Rivière. Tu sors.

L'autre s'exécute, suivi de près par Pierre Blaise. Thierry cherche le regard de son frère qui reste englué au dos de Martin, impénétrable.

Les filles ne sont pas reparties comme le redoutait Gisèle. Le lendemain de la dispute, Mariella s'est présentée chez Antoine en lui exposant calmement la situation. Brunhilde et elle ont des tempéraments trop différents, et si elle veut continuer de créer sereinement, il lui faut trouver un autre logement. Elles sont tombées d'accord et si lui accepte, Brunhilde gardera la grange. Quant à elle, il lui reste des économies, de quoi louer une maison quelque temps avant de repartir en Suisse et trouver un job qui lui permettra de se renflouer plus durablement. Antoine n'a posé aucune question. Il s'est contenté de sonder les yeux de Mariella pour s'assurer qu'un tel scénario correspondait vraiment à ce qu'elle souhaitait et lui a promis de l'aider à trouver. À la suite de quoi elle lui a sauté dans les bras et ils ont bu ensemble un verre de gentiane, rejoints par Lucien.

Une semaine plus tard, Mariella emménage dans une petite grange isolée du reste du hameau, au milieu d'un pré, de l'autre côté de la rivière. Pour y accéder, il faut emprunter un pont de fortune édifié par les habitants au fil du temps comme chemin de traverse en direction d'un autre village situé juste derrière la colline à quelques kilomètres au nord. La bâtisse est en mauvais état mais Jean, Antoine, Lucien, Thierry et Boris sont là pour faire le nécessaire. Mariella a dessiné une fenêtre, qu'elle a elle-même taillée dans le verre, cerclée de bois, et qu'ils s'apprêtent à poser à l'étage de la grange où elle installera sa chambre à coucher. Le bas lui servira d'atelier entre autres choses. Brunhilde aussi est là, plus apaisée que les jours précédents. La perspective de retrouver un peu de solitude ne lui déplaît pas. Par ailleurs, Mariella et elle ont passé une bonne partie de la nuit à discuter de tout et de rien et leurs bavardages nocturnes lui ont allégé l'âme. Cette petite maison dans la prairie lui apparaît ce matin comme une excellente suite aux événements.

Cette grange est à l'abandon depuis trois ans environ.

Elle était auparavant habitée par l'un des métayers des Murat, un vieil homme qui y vivait comme au Moyen Âge et qui n'avait pas ressenti le besoin de l'aménager. Le sol est en partie recouvert de terre et le toit mérite d'être renforcé. C'est ce qu'entreprendront les hommes dans les jours à venir, aidés par une bande de jeunes touristes enthousiastes venus de Paris et de Bretagne avec qui Mariella et Brunhilde se sont liées d'amitié sur les marchés. La joyeuse bande se retrouve chaque matin autour de la maison et tous travaillent de bon cœur à la rendre habitable.

Le soir à la veillée, sous l'égide naturelle d'Antoine, on planifie collectivement les tâches du lendemain. Seule Gisèle s'éloigne imperceptiblement du groupe. Brunhilde l'a remarqué. Elle connaît bien ces soustractions sournoises qui s'opèrent parfois au moment où l'on ne s'y attend pas et vous arrachent au monde autour. Gisèle est en proie à l'une d'elles à l'instant où son regard croise celui de Brunhilde. Depuis la dispute et la décision de Mariella de quitter la grange, elles ne se sont presque pas revues toutes les trois. Du moins pas comme avant, juste elles trois. L'air qu'elle arbore au moment de servir le café dans les tasses en porcelaine tout juste extraites des cartons est empreint de gravité. Brunhilde sent que son amie – oui, son amie, elle peut le penser désormais et depuis un moment déjà en réalité – est aux prises avec quelque chose de sombre, un pressentiment qui obscurcit son visage. Brunhilde s'approche d'elle et lui sourit, Gisèle semble surprise, interrompue dans une lutte qui confisquait toute son attention. Elle fait tomber un peu de café sur les orteils nus de Brunhilde, qui mime la brûlure en sautant à cloche-pied. L'assemblée s'en amuse et Gisèle retrouve son masque lisse, pour un temps.

Antoine a réussi à convaincre le père Murat, par l'intermédiaire de Jean, son ami et ancien camarade de régiment au début de la guerre, de louer sa masure à la petite. Le père Murat est méfiant, peu enclin à la nouveauté, mais les mots de son ami, son ton assuré, l'ont toujours convaincu de tout. Jean est l'un de ces gars qui savent se montrer autoritaires quand la situation l'exige mais qui entretiennent avec ferveur une certaine idée de la justice. Si Dieu existe, sûr qu'il réserve au père Rivière une bonne place, si ce n'est à ses côtés, *eu égard aux excès dont il est friand*, du moins pas trop loin.

Martin Murat, lieu-dit, automne 1977

Où la magie noire fait se ramollir le sexe de Martin comme une tripaille fraîchement moulée

Martin Murat est sorti du bar avec, sous la poitrine, un sentiment de honte. Il a passé le reste de la journée à ressasser l'événement sans jamais calmer sa rancœur. Il a préféré aller lui-même garder les bêtes de la Grande Prairie et a fait savoir à Pierre Blaise, habituellement responsable de cette partie du troupeau, qu'il s'en chargerait lui-même. L'autre, bien que vexé, a acquiescé. Il en veut beaucoup à ce guignol de Thierry d'avoir cherché à jouer les gros bras. Est-ce qu'il serait allé jusqu'au bout ? Jusqu'à lui enfoncer son poing en pleine face ? Sans aucun doute. Il l'a vu faire à maintes reprises à la fin des bals, avec des types aussi saouls que lui, qui balançaient des saloperies sur Fonfon, le cadet attardé des Blaise. Le pauvre Thierry est complètement cramé de la grande, ça se voit comme le nez au milieu de la figure. Faut dire qu'il y a de quoi, avec ses seins qui appellent qu'à être pelotés comme du bon pain et sa croupe de génisse qu'il monterait volontiers. Rien que d'y penser Martin a le sexe qui durcit. Toutes les nuits il y pense, à ce qu'il pourrait faire à la grande avec son sexe. Puis sans qu'il comprenne quelle magie noire prend possession de lui, dès qu'il s'imagine des choses, vraiment, qu'il essaie de la prendre en rêve, ça redescend. Ça se ramollit comme une tripaille fraîchement moulée.

Sûr que cette sorcière lui a jeté un sort depuis sa grange. Il devine ses yeux mauvais, ses mains trop grandes pour être celles d'une femme. Puis tout ce mystère qu'elle fait autour d'elle, pour quoi faire ? Pour qui elle se prend ? C'est vrai qu'à y regarder de plus près on dirait presque un homme la Brunhilde. La petite en revanche, sûr qu'il pourrait la mettre dans son lit, ou ailleurs. Et de nouveau son sexe qui durcit. Ces filles-là en arrivant ont tout déréglé dans son corps. Et elles font des manières avec ça. Des filles seules, avec des robes longues et sans soutiens-gorge. Ça lui fait presque mal.

Comment fait-elle cela ?

C'est quand même curieux que deux filles comme elles, qu'on dirait sans famille, sans amis, seules, débarquent ici. C'est ce qu'arrête pas de répéter la mère, et elle a raison. Que c'est rien que des boches, qu'elles doivent avoir des parents nazis au pays et que c'est pour ça qu'elles ont fui. Si ça se trouve la famille de la Brunhilde a tué des Juifs et d'autres pauvres gens. Ça expliquerait qu'elle vienne se planquer ici. Elles sont peut-être même recherchées par chez elles. C'est qu'elle ne fait pas beaucoup d'efforts pour parler français la grande.

Martin avance en direction de la maison où le père et la mère l'attendent pour souper. Il sait qu'il n'en a pas fini avec elles, avec Thierry non plus. Il voit à travers la fenêtre le visage blanc de sa mère qui le regarde rentrer. Faut toujours qu'elle soit là à l'épier. C'est qu'hier le père s'est pris une sacrée soufflante pour avoir accepté de louer la baraque à l'Allemande. Elle s'est mise dans un de ces états. Comme quoi c'était qu'un traître, qu'il encourageait l'installation des Allemandes ici et que son père devait se retourner dans la tranchée où il était tombé en quatorze, s'il pouvait le voir. Le père a fini par se tirer au bistrot. C'est qu'elle vit mal la venue des filles, la mère, peut-être autant que lui, si ce n'est plus. Ça lui arrive même d'oublier des choses qu'elle n'aurait jamais oubliées avant, comme aller nourrir les poules ou remplir la gamelle des chiens. Elle se fait du mauvais sang à propos du père. Elle lui assène qu'il va faire comme les autres, lui aussi se faire ensorceler. Qu'il finira comme tous ces esclaves par aller travailler gratuitement pour les gamines, se casser le dos pour ces sottes de boches, des ingrates qui n'en ont rien à foutre de sa gueule de vieux bougnat.

Le curé en personne lui a confirmé ses intuitions. *Il faut rester vigilants.* D'après lui, le peuple allemand n'en a pas fini avec les Français et cherche à les déstabiliser en envoyant, comme sentinelles dans les campagnes, des éléments perturbateurs qui ne manqueront pas de semer le désordre, en attendant le chaos. Il lui arrive de prêcher en ce sens. L'Allemagne prépare son nouvel *Anschluss* qui s'annonce plus sournois encore que le précédent quand il consiste à aguicher les fils, les époux, les frères par l'envoi de séductrices à la faveur d'un *Lebensraum* de l'Ouest.

La géopolitique ecclésiastique du village séduit par-delà ses frontières et trouve écho auprès des villageois des bourgs environnants. Certains parcourent parfois des kilomètres en plus, juste pour venir entendre le prêche du curé. Mais la mère Murat voit d'un mauvais œil la venue de ces nouveaux paroissiens, mus par une curiosité malsaine plus que par la foi.

Elle prend souvent l'exemple du père Rivière, camarade de régiment et fidèle ami de son mari depuis toujours, qui a quasiment fini par tomber sous la coupe de ces filles et vit depuis une seconde détention sous le joug pervers de l'ennemi. Le père a beau ironiser sur les prophéties apocalyptiques qui l'attendent s'il s'approche des filles, il semble préoccupé. Martin, lui, sait que la mère dit vrai, et au moment où il rejoint la maison après avoir vu, pour la première fois de leur jeune vie, le poing de Thierry Blaise si disposé à le frapper lui, il ne fait aucun doute que lui aussi est sous le coup d'une magie macabre.

Il tape ses bottes sur le tapis devant la porte, les ôte et accroche sa veste dans le vestibule. La télé résonne depuis la cuisine. Il appelle sa mère une première fois, sans réponse. Une odeur de brûlé a envahi la pièce. Martin presse le pas. Quand il arrive dans la cuisine, la mère est là, droite comme un I, sa poêle à la main avec, à l'intérieur, une andouillette noircie baignant dans l'eau. Elle est happée. Sur l'écran de la télé, les portraits de quatre jeunes gens avec en bandeau en bas de l'écran :

Libération des otages et suicide du terroriste Andreas Baader et de ses compagnons à Stuttgart.

La voix du présentateur hurle dans la cuisine :

Andreas Baader et plusieurs membres de la Fraction armée rouge, dite RAF, se sont donné la mort ce matin dans la prison de Stuttgart. L'annonce de leur suicide intervient quelques heures après la libération à Mogadiscio des otages du Boeing de la Lufthansa, retenus contre la libération en Allemagne de l'Ouest de onze prisonniers de cette organisation terroriste allemande d'extrême gauche. La « bande à Baader », qui a fait trembler les Allemands pendant plus de cinq ans, a perdu à la fois son chef et son symbole : « le noyau dur » du terrorisme allemand vient de connaître l'échec absolu. L'échec du détournement du Boeing met un point final à leur espoir fou d'être libérés pour continuer leur « lutte » : quatre d'entre eux ont choisi le suicide.

Les yeux de sa mère sont venus percuter ceux de Martin comme un train lancé à pleine vitesse.

La bande à Baader.

La semaine qui suivit l'annonce du suicide d'Andreas Baader à la télévision, la mère Murat n'adressa la parole à personne au village, ou presque. Elle ne sortait que pour aller faire ses commissions et acheter les journaux. Jamais la Marguerite ne l'avait vue aussi assidue à lire la presse.

Elle ordonna à son fils Martin d'en faire autant. Ne rien dire à personne, y compris à son benêt de père, qui s'était déjà trop compromis. La mère exigea de Martin un rapport en bonne et due forme de ses faits et gestes, surtout ceux ayant trait aux filles. Dans son esprit, tout s'éclaircissait. Elle conservait scrupuleusement chaque information, découpait les articles jusqu'à former un dossier suffisamment solide. Les Allemandes étaient des espionnes, des terroristes venues en France échapper dans l'anonymat le plus absolu à la justice allemande, elles devaient être livrées.

Quand Martin et sa mère exposèrent leurs preuves sous les yeux sidérés du père Murat, il ne dit pas un mot, il se leva et se servit une rasade de Ricard, ce qui n'arrivait, pour ainsi dire, jamais.

STATION II

Le temps des pommes de terre

Brunhilde, lieu-dit, octobre 1977

Tous les paysans du monde
se ressemblent, non ?

Octobre est le mois de la récolte des pommes de terre. Depuis trois jours, chaque matin, ils se retrouvent dans le champ de la Grande Montagne, celui des Murat, que travaille le père Rivière. Le tracteur enjambe les rangées de tubercules, tandis que, attelée derrière, l'arracheuse extrait les grappes en un mouvement de rotation qui les projette hors de terre. Derrière l'engin, ils se courbent pour ramasser la nourriture de l'hiver. La matinée est ocre et lumineuse, comme le sont rarement les matinées d'octobre ici. Brunhilde a passé une partie de la nuit à peindre la céramique cuite la veille. Ses yeux lui piquent, elle tire une grande bouffée sur sa cigarette de gris entre deux rangées. Comme promis au père Rivière, elle est là. L'hiver approche, les marchés de pays se font rares, il lui faut gagner de quoi manger et se chauffer. Jean lui a proposé les patates. Il a dit, *Ça paie correctement et, en prime, tu seras nourrie comme il faut, ça te fera pas de mal !*

Brunhilde aime regarder les paysans travailler, suivre l'élan de leurs mains s'enfonçant dans la terre brune jusqu'à en revêtir la couleur. Les dos courbés même une fois le labeur terminé. Ces hommes et ces femmes lui rappellent ceux de son enfance, ceux d'Unna. Ceux que son père montrait du doigt pour leur signifier, à elle et à ses frères, son aversion pour le labeur. Il pointait leur échine recroquevillée, leurs mains cornées, comme preuves évidentes des séquelles qu'occasionne le travail sur le corps. Seuls l'art et sa maîtrise autorisent l'Homme à se départir de son rôle de bête de somme. Il disait cela en crachant presque, *Bauern*.

Enfant déjà, Brunhilde les trouvait beaux. Avec leurs grandes mains, leurs yeux délavés et cette mélancolie qui émanait d'eux et dont ils ne semblaient jamais se départir. Les silhouettes qui l'entourent ce matin sont de celles-là, comme un calque de ses visions passées. *Mais tous les paysans du monde se ressemblent, non ?*

Brunhilde saisit un tubercule, le sent. L'odeur de terre, mêlée à celle de la chair ferme et crue, la rassure. Des mois durant, les patates seront l'aliment incontournable à la table des paysans et dans les auges à bestiaux. Quelques navets aussi pour la soupe et les jeunes veaux qu'il faut accompagner pendant le sevrage.

Hier, elle s'est rendue chez Rivière pour téléphoner. Deux ans plus tôt, au moment où s'est posée la question de savoir où installer la seule ligne téléphonique publique du hameau, le père s'est proposé, trop heureux d'accueillir dans sa maison cet appareil moderne. Le maire n'a pas hésité. Le père Rivière est sociable, il connaît tout le monde et traite ses semblables, riches ou pauvres, de la même manière franche. Aussi la seule ligne publique du hameau se trouve-t-elle là, entre l'entrée et la cuisine, un tout petit coin sombre dépourvu d'intimité.

Brunhilde a hésité quelques secondes devant le combiné avant que le père Rivière revenant de la traite ne l'invite à entrer, pensant qu'elle était là pour discuter ou boire un canon comme ils en ont pris l'habitude. Il a sorti une miche de pain, du saucisson, lui a servi un verre, elle a finalement renoncé à son appel.

En posant l'extrémité de son pinceau sur la terre cuite lisse du vase, à la lumière de la bougie, Brunhilde s'est imaginé ce qu'aurait pu être cette conversation. Le bout de son pinceau dérape et la couleur forme une tache bleue qui s'épanouit en dehors du tracé qu'elle a préalablement pris soin d'esquisser au fusain. Les pigments débordent et coulent à présent le long du vase sans qu'elle réagisse. Un bleu lumineux comme ceux qu'elle a découverts ici par-dessus les collines, juste avant que la nuit s'achève et que le soleil apparaisse. Le bleu d'un instant indéfini entre l'ombre et la lumière. Où est-ce que son père a fait la rencontre d'un tel bleu, lui ? Elle ne le lui a jamais demandé. Pourtant, ses couleurs sont uniques au monde.

Les plus belles couleurs que Brunhilde ait jamais vues sont nées des mains de son père. Son feu illumine des vitraux du monde entier. Il s'est exporté, a voyagé loin. Il paraît même qu'un vitrail monumental porte sa signature dans une petite chapelle au sud de la Colombie, à des centaines de milliers de kilomètres d'Unna.

Lui seul est capable de sortir un bleu d'une telle intensité. Cette intensité qui, selon les jours, peut porter d'autres noms, comme ceux de passion, débordement, enthousiasme, emportement. Autant de mots qu'utilisait sa mère pour dompter son feu. Pour leur apprendre, à eux, ses enfants, à vivre avec ça. Elle aurait ajouté *violence*. Cette chose bouillonnante qui a fait de leur père tantôt un artiste, tantôt un idéologue, tantôt un amant, tantôt un fidèle, un soldat, un ami, un maître verrier, plus rarement un père.

Des heures durant, Brunhilde le revoit, son dos courbé semblable à celui des paysans, mélangeant les pigments, diluant, ajoutant du magenta, puis du cyan, jusqu'à obtenir une teinte inédite. Comment peut-on s'acharner sa vie durant à travailler la nuance, en faire son art, s'y dévouer corps et âme, y sacrifier une partie de sa vie d'Homme et se laisser dans le même temps berner par la violence sans équivoque d'un contraste vulgaire, celui du rouge et du noir ? Son frère aîné, lui, a filé bien avant elle, au Danemark puis au Canada. Il n'en avait plus rien à faire de leurs couleurs, de leurs pinceaux et de tout le reste. C'est ce qu'il a dit avant de claquer la porte de la maison d'Unna.

Il avait vingt-cinq ans et avait fini de croire aux couleurs.

Ce matin d'octobre, dans ce champ de pommes de terre, la couleur qui domine est l'orange, un orange brunâtre, teinté d'humus, tenté par l'hiver et le confinement. Une couleur qu'elle aimerait se rappeler, réinventer, inscrire pour toujours sur l'une de ses créations.

Elle a fini de rêver, la petite ?

Jean la rappelle à l'ordre de sa voix de ténor. Elle aime cet endroit, cette humidité qui reste de la nuit et qui comme la terre la ramène chaque matin un peu plus à la vie. Elle se sent ici chez elle depuis la seconde où, du van, elle a vu apparaître au loin la vallée saupoudrée de ses granges aux toits gris-brun. Tout se passe comme si la terre, les lichens finissaient par tout recouvrir ici, enlacer les pierres et les gens de leurs racines.

Allez, ça suffit pour ce matin ! On va aller se boire un café au village !

Le père lui fait un grand geste de la main. Elle dépose les pommes de terre qu'elle vient de ramasser dans le panier en fer grillagé, en saisit la poignée de bois et rejoint Jean.

Le bistrot est pris d'assaut à cette heure de la journée. Tous se retrouvent pour la pause. Dans le brouhaha, Brunhilde, Jean et les autres en charge du ramassage font leur entrée. Les hommes sont au bar au coude à coude et le téléviseur crépite pour se faire entendre depuis le fond de la pièce. Sur le comptoir les verres de rouge et les cafés défilent, au milieu des rondelles de saucisson et du pâté coupé à la hâte, sitôt engloutis. Brunhilde goûte pour la première fois de sa vie à cette atmosphère de travailleurs paysans et aime cela. Hormis la Marguerite qui remplit les verres au bar, elle est la seule femme dans la pièce. Cela ne la dérange pas. Sûr que Mariella détesterait se trouver là. Ici pas de thé ou de musique classique, encore moins de faïences. Juste les voix des hommes qui claquent dans l'air, l'odeur humide de la terre sur les vêtements et celle des bêtes qui leur colle à la peau. Des volutes de fumée dessinent sous la lumière du bar des nuages domestiques.

Marguerite les disperse d'un revers de main en toussant.

Allez fumer dehors *miladiou*, voyez pas qu'on est en train de suffoquer là ?

Oh, fais pas ta rabat-joie, tiens sers-moi un autre canon tu veux bien ?

Elle sourit et s'exécute. Jean s'est frayé un chemin à grands coups de ses épaules larges. Elle reste derrière, en retrait, elle attend. Elle sait qu'il sera vite de retour avec des choses pour elle. Elle relève ses cheveux, ôte sa veste qu'elle dépose sur le dossier d'une chaise, quand elle aperçoit à l'extrémité du comptoir, au milieu d'autres types de leur âge, le fils Murat et son sous-fifre Pierre Blaise. Martin la dévisage. Elle tient tête quand la grande carcasse du père Rivière s'interpose :

Et voilà gamine, de quoi remettre la machine en route ! Un canon de rouge et une bonne tranche de terrine. C'est celle du père Dupieux celle-ci, il sait faire le cochon ! Tu vas me dire ce que t'en penses.

Devant les yeux de Brunhilde toujours braqués sur le bar derrière son dos, Jean se retourne.

Fais pas attention à ces deux-là ! Deux petits cons. Y a des claques qui se perdent, je te dis moi. Et tu sais ce que je dis toujours de toute façon.

« Les seuls à être restés dans ce trou sont ceux qu'ont pas trouvé la gare », elle entonne comme on récite un *Je vous salue Marie*.

Tous la regardent. Pire, ils la scrutent méchamment, d'un air qu'elle ne leur connaît pas. Ce n'est pas la première fois qu'elle vient au bistrot, ni qu'elle boit des canons avec eux.

Allez finis-moi ça, on va y retourner, lui lance Jean.

Le fils Murat leur envoie son chien de garde, un journal à la main. Sans même les saluer, Pierre le jette sur la table, renversant le fond de verre sur la toile cirée.

Non mais ça va pas, petit con ! Tu vas voir si je t'attrape !

Le père a bondi vers la porte, crie des insultes au fils Blaise, déjà loin.

Brunhilde ouvre le journal. En une, la photo de quatre jeunes hommes et une femme, alignés. Au-dessous, en gros caractères, le titre : « Suicide d'Andreas Baader et de quatre de ses compagnons. »

Hôtel du Bout du monde, décembre 2022

Et voilà comment Brunhilde se retrouve, à l'instar de Katharina Blum, l'héroïne d'Heinrich Böll dans *L'Honneur perdu de Katharina Blum*, accusée d'en être.

Quoi ? Terroriste, menteuse, traître, meurtrière, sorcière ? Peu importe. Leurs destins se font étrangement écho à ce stade de mon récit, où, coïncidence troublante, je viens de refermer le roman du Prix Nobel. Comme Böll l'écrivit à l'époque au sujet du destin de Katharina et de ses semblables, croisés dans les pages du journal à scandale *Bild*, ces *ressemblances ne sont ni intentionnelles ni fortuites mais tout bonnement inévitables.*

T'as aimé ?

Lili a surgi dans le salon fané de l'hôtel où je me suis installée pour finir le livre pendant sa sieste.

Katharina ! elle insiste devant mon air ahuri en tentant de discipliner ses cheveux courts révoltés par son sommeil.

Un café s'il vous plaît ! elle hèle la propriétaire assise

dans la pièce d'à côté comme si elle se trouvait dans une brasserie parisienne.

Sans songer à lui répondre, j'ouvre mon carnet et j'écris à la hâte en tentant d'échapper à son œil de buse : *Ces ressemblances ne sont ni intentionnelles ni fortuites mais tout bonnement inévitables.*

Brunhilde, lieu-dit, automne 1977

Où Brunhilde scrute la croupe des bêtes
avec la même attention outrancière
que les hommes mettent à détailler sa silhouette

Sous son chapeau de paille, Brunhilde laisse se consumer sa cigarette de gris, flânant dans les allées et scrutant les bêtes avec la même attention outrancière que les hommes mettent à détailler sa silhouette. De temps en temps elle s'approche de l'une d'elles, lui tape sur la croupe avec l'aplomb d'une propriétaire. Les éleveurs, surpris, la regardent faire sans rien dire. Un jeune, moins timide que les autres, vient à sa rencontre et flatte les attributs de son animal. Brunhilde s'amuse de ce spectacle qui n'est pas sans lui rappeler ceux qu'elle a pu observer enfant à Unna. Mariella suit de près son escadrille, Jean et Antoine en tête, elle écoute avec attention les informations distillées par Antoine.

Le marché aux bestiaux est toujours un événement et un gros enjeu pour tous les éleveurs. Une fois par mois, après la traite du matin, ils installent les veaux ou les vaches à vendre dans la bétaillère pour les plus cossus, dans un fourgon Citroën aménagé pour Antoine et Jean. Direction le chef-lieu du canton avec, pour tous, le même impératif. Revenir à vide. La maréchaussée, ces jours-là, n'est pas trop regardante sur la conformité des équipages. Des pneus lisses et des essuie-glaces en lambeaux jusqu'au poids de charge jamais réglementaire, ils laissent faire. Le sourire de Mariella à la fenêtre achève de rendre ces messieurs dociles. Le père a raconté cette histoire des dizaines de fois, impressionné qu'il était par ce nouveau pouvoir dont il n'avait eu le temps d'apprécier que de brèves illustrations avec sa Lili. D'autant qu'étant sa fille, tous gardaient une petite gêne. Avec les Allemandes c'était différent. L'attraction changeait de camp et ils se pressaient, dans un flegme et un désintérêt feints, pour observer les vraies stars du marché ce jour-là. Lucien fermait la marche, l'air fier sous son capèu de fermier, brindille à la bouche, conquérant.

Les hostilités commencent dès l'arrivée des véhicules sur le champ de foire. Chacun exige le bon emplacement et malheur aux retardataires, ils se retrouveront en bout du champ.

Certains ont le sang bouillonnant de bon matin ! s'exclame Jean.

Jean a endossé son air de taureau laboureur, peu de choses semblent pouvoir l'empêcher d'obtenir la place qu'il convoite. Dans le tintement des cloches et le brouhaha des sabots, on entend fuser des noms d'oiseaux :

T'es une groule, j'étais là avant !

Cagoulard, tu prends trop de place !

La mise en place terminée, la pression redescend et tour à tour chacun fait un rapide passage chez la Bernadette pour un café ou un canon de rouge en attendant les maquignons. Brunhilde se fraie, comme à son habitude désormais, un chemin derrière les épaules larges de Jean et prend place au milieu des hommes au comptoir, son gris toujours pendu à ses lèvres.

Deux canons de rouge Michel s'il te plaît, fanfaronne Jean.

Les plus jeunes, le nez dans leurs chaussettes, peinent à cacher leur émotion à la vue de Brunhilde. Les vieux lancent des coups de coude dans le flanc de Jean qui leur rend ses yeux d'orage. L'excitation est à son comble.

Au-dehors, Mariella, Antoine et Lucien achèvent d'installer les bêtes d'Antoine, tandis que les bétaillères des acheteurs font leur entrée sur le champ dans un calme relatif. Les chauffeurs se laissent docilement guider par les municipaux pour le stationnement au bord du foirail. Les maquignons descendent un à un, chapeau feutre vissé sur la tête, blouse noire en uniforme et l'indispensable bâton-canne en bois de noisetier.

Tu as vu comme ils font les fiers ? souffle Lucien à Mariella. L'équipement les distingue des paysans, histoire que tout le monde comprenne que ce sont eux qui mènent la danse.

Du grand art ! lance Mariella.

Les hommes en noir entament le tour du champ de foire à grandes enjambées, le temps presse. On passe, on observe, on touche, on contourne, puis on avance. Rien ne leur échappe. Chaque éleveur a sa réputation : les soigneux, les appliqués, mais aussi les feinteurs, les filous. Les commis de ferme, contaminés par la pression pesant sur les épaules de leurs patrons, virevoltent autour des bêtes et des acheteurs, ricanent, vantent le poil luisant, l'œil vif de l'animal.

Après leur tour d'horizon, de petits carnets apparaissent entre les mains des marchands. Le deuxième passage démarre. Plus lent cette fois, et ciblé. Un maquignon s'arrête devant Antoine. Brunhilde et Mariella retiennent leur souffle, lui sourit. Les deux hommes se saluent, ils semblent bien se connaître, plaisantent.

Bonjour, Jean !

De l'autre côté de l'allée, Jean lui aussi est approché. L'homme le regarde droit dans les yeux, arrache une page de son carnet et la lui tend. Dessus, griffonnées, trois pattes de mouche. Il poursuit son chemin et reproduit plusieurs fois les mêmes gestes avec d'autres.

Quand il revient pour la troisième fois, les regards se croisent de nouveau. Jean semble hésiter, l'homme le prend par le coude et lui chuchote quelques incantations à l'oreille. Est-ce qu'il cherche à le rassurer ? Tente-t-il de le convaincre ? Pousse-t-il un peu son offre ? Jean regarde un instant ses bêtes, murmure à son tour pour son interlocuteur et lui tope dans la main.

Ouf ! Mariella est soulagée.

À quelques rues de là, sur la place du Marché, aussi place de la Mairie ou de l'Église, ou les trois, les enjeux sont moins dramatiques. Les femmes qu'on ne voit jamais au foirail trouvent ici de quoi faire. Mariella a quitté les éleveurs et déambule entre les étals de broderies, de fromages et de sculptures sur bois. Elle imagine exposer ici ses créations. Certains lui sourient, d'autres se contentent de la regarder passer. Par-delà la foule, de l'autre côté de la place ensoleillée, un petit bistrot avec ses chaises et ses tables rouges lui fait de l'œil. Elle s'y installerait volontiers prendre un café. Elle s'avance, s'assied à côté d'une bande de jeunes qui presque aussitôt détaillent la nouvelle venue. Des Français avec un accent pointu et des Italiens. Ils parlent fort, éclatent de rire, et l'un d'eux ne la quitte pas des yeux. Il est plus âgé qu'elle, qu'eux tous, blond, élégant, le teint hâlé.

Mademoiselle, bonjour. Pardonnez-nous pour le bruit. C'est que mes camarades sont bien mal élevés. Vous êtes nouvelle dans le coin ?

Pas tout à fait, elle se retourne pour faire face à l'homme qui l'interpelle, j'accompagne des amis qui viennent vendre leurs bêtes.

Cet accent ? l'interroge l'autre avec un sourire qui la saisit immédiatement.

Suisse alémanique.

Merveilleux. Et vous accepteriez de prendre un verre avec nous ? À moins que vous ne préfériez un peu de calme, auquel cas je n'insiste pas ?

La couleur de ses yeux est d'un vert jaune qui intrigue Mariella. Des muscles ronds se révèlent sous son tee-shirt quand il lève ses bras dont s'échappe une légère odeur de transpiration. Un mélange de foin et de cigarette. Mariella voudrait aussitôt s'étendre sur sa peau.

Seulement si ça vous fait plaisir. Un jus d'orange, un café ? Autre chose ? Mademoiselle ?

Mariella.

Il lui sourit.

Émile.

Lucien, lieu-dit, automne 1977

Ou How does it feel, to be without a home,
like a complete unknown,
like a rolling stone ?

Depuis la cabine de son tracteur, Lucien observe le soleil se faire une place dans la vallée sanguine. L'automne est sa saison favorite. Les animaux ne sont pas encore confinés dans les étables, mais nourris au râtelier et sortis deux fois par jour pour boire à l'abreuvoir devant la maison. C'est le temps où l'on épand le fumier dans les prés en guise d'engrais, un de ces moments privilégiés où il peut être seul sur son tracteur, écouter sa musique en travaillant à son rythme dans son champ. Il reviendra en fin d'après-midi, si le temps le lui permet, pour reprendre l'épandage.

La voix de Dylan et son harmonica l'accompagnent. Depuis qu'il a installé l'autoradio sur son tracteur, il n'a jamais autant aimé faire le tour de son champ. Plus encore que tout le reste en ce moment, il faut bien le reconnaître. Il a trouvé une cassette de Bob Dylan à la foire de Billac et chaque matin, il se débrouille pour l'écouter.

Ses yeux se sont ouverts alors qu'il faisait encore nuit noire. Il a senti l'urgence de respirer l'air du dehors. Il s'est levé en prenant soin de ne pas faire de bruit pour ne pas réveiller son père, qui tout à l'heure s'occupera de la traite. Il est descendu à la cuisine, a fait du café, rempli son thermos à ras bord et relancé une cafetière pleine pour Antoine. Le bruit de ses bottes a résonné dans le petit matin lorsqu'il a longé la route, les vaches se sont approchées des clôtures pour le regarder passer, il les a saluées d'un mouvement de tête comme de vieilles connaissances. Le tracteur s'enfonce dans la vallée, le soleil est en train de remporter la partie. Lucien pousse un peu le volume de l'autoradio. Sa voix se joint à celle de Dylan pour entonner le refrain :

How does it feel, how does it feel ?
To be without a home
Like a complete unknown, like a rolling stone

Il a passé une partie de la soirée avec Brunhilde et des amis à elle, venus lui rendre visite quelques jours dans le coin. Deux Allemands et une Américaine. Brunhilde a fait la traductrice quand cela s'est avéré nécessaire, mais pour l'essentiel il a réussi à échanger avec eux en anglais sans accroc et ça l'a rendu fier. Ils ont beaucoup bu et beaucoup ri. Malgré tout, ce matin il se sent gai et alerte. C'était étrange pour lui de voir Brunhilde sans Mariella.

When you ain't got nothing, you got nothing to lose
You're invisible now, you've got no secrets to conceal

Il lui arrive de ne pas comprendre toutes les paroles, mais celles-là, il les a apprises sur le livret de la cassette. Un nuage recouvre le pré d'une ombre épaisse et déjà, les premières gouttes s'écrasent sur le pare-brise. Pourquoi faut-il que ces moments-là durent si peu ? Il manœuvre avec précaution une fois atteinte l'extrémité du champ. Sa remorque est presque vide. Il viendra épandre le reste en fin de journée. Tandis que la machine avale les derniers mètres de pente qui le séparent de la route, Lucien aperçoit une silhouette pressée encapuchonnée sous une large veste de pluie. Cette démarche hâtive lui est familière, la tête enfoncée entre les épaules larges aussi. Il lui semble que l'autre l'a vu. Il accélère. À cette heure-ci, ce peut être n'importe quel gars du village revenant à la hâte de la traite, avant que l'averse ne tourne à l'orage. Mais pourquoi sorti du pré des Murat ?

Quelque chose perturbe Lucien depuis la veille. Depuis la discussion qu'il a surprise au comptoir entre Martin Murat et la Marguerite l'autre midi, il craint pour *elles*. Les Murat ont entamé une sorte de cabale à travers le village, ils sont sûrs que les filles sont de la bande du terroriste qui s'est suicidé en prison en Allemagne. Ils racontent à qui veut l'entendre qu'elles ont tout intérêt à se cacher ici, que personne ne viendra les chercher dans ce trou paumé. Et la mère qui n'avait pas vu que Lucien était accoudé à l'autre extrémité du comptoir s'est même mise à déblatérer sur son père en buvant son café. Comme quoi il n'y a pas de hasards dans la vie et que si les filles sont venues s'installer dans sa grange et qu'il a accepté sans même les connaître, c'est qu'il doit y avoir un lien entre eux. Quant à la nature du lien, elle a son idée mais n'en dira pas plus de crainte qu'on l'accuse encore de fourrer son nez là où il ne faut pas.

La pauvre Juliette, elle doit se retourner dans sa tombe en voyant comment son Antoine perd la tête pour les gamines. Là, Lucien a posé son verre sur le comptoir en balançant d'une voix qu'on ne lui connaissait pas :

S'agirait pas de faire parler les morts, surtout quand ce sont pas les siens.

La mère a ravalé ses paroles, empoigné son sac de commissions et elle est sortie sans rien ajouter. Cette histoire de bande à Baader a beaucoup trop d'écho auprès d'une partie de la population acquise aux Murat. Enfin surtout à la mère. Le père s'en fiche pas mal. Il a loué sa bicoque insalubre à Mariella et s'en porte bien. En faisant cela il a fait plaisir à ses camarades Antoine et Jean. Jean qui n'a rien dit de ses fuites, de ses larmes, de ces choses honteuses qu'ils ont partagées au début de la guerre. De cela, il lui est reconnaissant.

De plus, tout le monde sait, sa femme en tête, que le vieux Murat n'a pas les yeux dans sa poche et qu'il passe un peu trop de temps dans le pré aux champignons où avant l'installation de la petite il ne mettait pratiquement jamais les pieds.

Il pleut des cordes et son père doit se demander ce qu'il fabrique. Quand il est rentré hier, il dormait déjà, et de ne pas le voir à son réveil, il s'inquiéterait, c'est sûr. Un éclair illumine la colline devant lui comme si quelqu'un avait allumé l'interrupteur là-haut. L'image l'amuse. Lucien ne croit pas en Dieu. Longtemps qu'il ne fait même plus l'effort d'aller à la messe. Le père non plus. Ces choses-là, mieux vaut ne pas chercher à les expliquer, c'est un coup à se faire des nœuds dans la tête. Cet après-midi il ira s'assurer que Brunhilde va bien. Il lui apportera du fromage et un peu du cochon. Il a vu qu'elle n'a pas grand-chose dans son garde-manger et que ses amis sont venus les mains vides. Son père et lui ont bien assez pour eux deux. Sûr qu'Antoine serait d'accord avec ça.

Dylan a fini de chanter dans la radiocassette et la pluie a presque cessé quand Lucien s'engage dans le chemin qui conduit à la grange. Son père l'attend, ses chiens flanqués de chaque côté de ses jambes comme des béquilles. L'estomac de Lucien se creuse sans qu'il comprenne pourquoi. C'est que parfois, il a l'impression que son père et lui partagent un vide, un trou noir. En même temps qu'il les soude l'un à l'autre, il les attire irrémédiablement vers la tristesse.

Dans son dos, qui surgissent derrière la porte de la maison, deux gendarmes.

Mariella, grange des Murat, automne 1977

Vous êtes seule ? Nous sommes tous seuls le moment venu

Les flics ont débarqué au petit matin alors que, comme chaque jour depuis qu'elle s'est installée ici, elle s'apprêtait à aller prendre son bain dans la rivière. *Ils doivent avoir des radars*, a pensé Mariella à la vue des deux silhouettes bleues qui dévalent le champ de Murat en direction de sa grange.

Elle est déjà à moitié nue quand elle les voit s'approcher. Tandis qu'elle se rhabille, l'image des mains d'Émile dans la nuit resurgit. Il est parti à l'aube, quelques minutes auparavant, tandis que la pluie commençait de tomber plus fort. A-t-il réussi à rejoindre les autres sans être trempé ? Le bus de la tournée les attendait sur la place du village voisin à sept heures. Il doit revenir très vite, c'est ce qu'il lui a dit. Il a ajouté, *Je ne veux plus me réveiller loin de toi.*

Cette dernière phrase, Mariella ne veut pas y penser. Elle sait comme ces mots-là peuvent œuvrer en vrais pièges et aspirer toute la volonté jusqu'à l'anéantissement. Le temps et l'attente se confondent et alors il n'y a plus rien qui puisse les remplir de manière satisfaisante. Ni les céramiques, ni les bains glacés, encore moins la compagnie des autres. Toute distraction devient diversion et c'est à ce moment-là que les choses se compliquent. Elle a beau être jeune, elle connaît ce sentiment. Elle s'est déjà fait la promesse, deux ans plus tôt, de ne plus croire aux mots d'avenir. Juste vivre.

Elle fredonne cet air qu'elle a entendu à la radio et qu'elle aime tant :

Toi qui as posé les yeux sur moi
Toi qui me parles pour que j'aie moins froid
Je te donne tout ce que j'ai à moi
La clef d'un monde qui n'existe pas
Viens, je t'emmène…

Émile dit de la chanteuse qu'elle lui ressemble un peu, en blonde.

Mademoiselle ?

Les deux autres attendent quelques mètres derrière elle qu'elle se décide à venir vers eux. Elle fait mine une première fois de ne pas les entendre. Ils insistent. Le bruit de la rivière étouffe en partie leur tentative. Elle pourrait plonger dans l'eau et les planter là. Mais elle s'avance.

Bonjour, mademoiselle. Contrôle d'identité. Vous avez le droit d'être ici ?

Oui je suis locataire. M. Murat m'a fait bail.

Donc pas chez vous. Vous venez d'où ?

Du Berry.

Et avant ?

De la Corse.

Ne vous moquez pas de nous, vous voulez bien ?

Vous me demandez d'où je viens, je vous réponds.

La pluie recommence à tomber en trombe.

On peut s'abriter là, chez vous ?

Donc vous convenez que c'est chez moi ?

L'autre hésite. Mariella les conduit jusqu'à la grange. Elle entre, prend une serviette posée sur une chaise à la va-vite et s'essuie le visage.

Mademoiselle, nous sommes ici car des personnes nous ont signalé votre présence dans ce champ.

Et ?

Et nous venons vérifier que tout est en ordre. Vous êtes seule ?

Ça a l'air, non ?

Vous n'avez pas… On nous a signalé que vous étiez deux ? marmonne le plus jeune.

Alors il va vous falloir trouver la ou le deuxième.

Le plus âgé pousse un soupir d'exaspération.

Plus vous collaborerez, plus vite nous serons partis d'ici.

Collaborer ? Je ne connais pas ce mot.

Le gendarme la dévisage avec insistance. La gamine a de l'aplomb et de très beaux seins, libres sous son chemisier. L'autre surprend un regard et prend le relais :

Vos papiers, s'il vous plaît.

Mariella se dirige vers sa sacoche en cuir dont elle extrait ses papiers, les leur tend sans dire un mot.

L'homme les saisit.

On peut s'asseoir ? Ici par exemple.

Il pointe du doigt les chaises sur lesquelles sont déposées ses céramiques peintes la veille.

Je ne préfère pas.

Il accuse réception du refus en redoublant d'attention sur les documents de Mariella.

Pourquoi vous êtes ici ?

Pour faire mes choses.

C'est quoi vos choses ?

Vous comptez rester longtemps ?

Je ne sais pas.

Vous connaissez ces hommes ?

Le gendarme déploie devant elle un journal comme s'il détenait la preuve irréfutable de sa culpabilité.

« La bande à Baader », elle déchiffre en articulant plus que de raison. Non, enfin pas plus que vous. Je devrais ?

Ses yeux se sont troublés.

J'imagine que non. Il se trouve que certains au village s'inquiètent de cette coïncidence, s'est avancé celui qui des deux a tout l'air d'être le chef.

Fort bien, elle prend acte en essayant de donner le change. J'imagine que l'ensemble des citoyens allemands qui fouleront le sol français seront suspectés d'être des terroristes ? ou des nazis ?

Ce n'est pas ce que j'ai dit.

Le flic reprend le contrôle.

Vous l'avez sous-entendu.

Vous avez quelque chose à nous déclarer, mademoiselle ?

Mariella sent que ses mains trahissent son angoisse. Elle serre les poings. Elle voudrait se taire, aller se fondre dans l'eau de la rivière, diluer toute cette réalité trop lourde pour elle. Au lieu de cela, elle se redresse.

À l'inverse il est peut-être vrai que l'ensemble des

Français qui foulent le sol allemand en ce moment sont suspectés d'être des…

Les deux autres attendent qu'elle termine sa phrase, suspendus.

À moins que ce ne soit une des faveurs du coin, *kleine Wurst* ?

Vous m'avez traitée de saucisse ? Pardon ? Vous avez dit *Wurst*. Ça veut dire saucisse, je me trompe ?

Je n'ai jamais dit cela.

Allez ça suffit ! On s'en va. Mais je vous préviens que nous ne manquerons pas de revenir, et pour vos activités, on va s'assurer que vous avez bien le droit de faire ça, de vendre votre poterie.

Ce sont des céramiques. Elles sont faites en porcelaine, en faïence…

Les gendarmes sont déjà loin tandis que Mariella poursuit ses explications pour elle-même. La pluie a cessé et cette visite matinale l'a rendue d'humeur maussade. Si Émile avait été là…

Heureusement elle était seule, parfaitement seule et solidaire avec elle-même. Qui au village peut leur en vouloir au point d'aller voir les gendarmes ? Ils ont beau avoir l'air inoffensifs, Mariella se méfie comme de l'eau qui dort des hommes protégés par leurs insignes. Un rayon de soleil révèle la saleté sur la vitre de la grange. L'herbe scintille, elle va enfin pouvoir se glisser dans l'eau, s'abandonner à cette journée et reprendre là où elle aurait dû commencer. Dans l'eau vive de la rivière. La pluie ne la dérange pas. Au contraire. Elle ôte son chemisier, son pantalon de garçon de cirque comme l'appelle Émile, plonge sa main dans l'eau, s'asperge la nuque et saute à pieds joints dans la petite piscine que forment les rochers à quelques mètres de la maison. Le froid irradie jusque sous son crâne, un instant il lui semble qu'elle va couler comme du plomb, anesthésiée.

Qu'ils en finissent.

Puis elle se met à battre des bras, à tourner sur elle-même à toute blinde en criant. Elle voit les truites aller et venir autour d'elle et s'imagine vivre là, longtemps, avant de se réfréner.

Elle reste quelques minutes à faire de la mousse autour d'elle et à regarder la nature qui l'entoure, recouverte d'humidité. Elle est ocre et verte et le lichen brun sous ses yeux à quelques mètres se déploie comme un ami qui lui tendrait la main. Elle sort de l'eau, rejoint la maison en courant et se précipite sur la serviette qu'elle a laissée devant les braises presque éteintes. Elle souffle dessus et les premières flammes s'élancent dans le foyer de la cheminée. Elle expose ses fesses et son dos à la chaleur, puis son corps tout entier. Peu à peu elle retrouve ses sensations. Au loin, il lui semble entendre un air qu'elle connaît bien. Elle tend l'oreille. Cette voix aussi lui est familière.

Lucien, elle sourit pour elle-même.

Au même moment, Lucien Carette épand son fumier dans le champ d'à côté en chantant Bob Dylan à tue-tête. Mariella commence à chanter elle aussi, elle enfile un pantalon de laine, un chemisier et un pull qu'elle a elle-même tricoté. Et le refrain qu'elle aime tant :

How does it feel, how does it feel ?
To be without a home
Like a complete unknown, like a rolling stone

Elle sort devant la maison que le soleil a déjà quittée et aperçoit les deux petits bonshommes bleus au loin qui remontent maintenant la colline en direction de la grange du père Carette.

Kleine Wurst. Qu'est-ce qu'ils lui veulent, pauvre homme ?

Un éclair claque au-dessus des toits de lauzes, incendiant la vallée de sa lumière électrique.

La croix, lieu-dit, 1977

Où les hommes rêvent d'inonder la vallée de leur désir, jusqu'à la recouvrir tout entière

L'éclair en tombant a fait l'effet d'une bombe nucléaire dans ses jumelles. Comme celle qu'ils montraient à la télé sur l'atoll de Mururoa quelques années plus tôt, avec la fumée et le champignon. Pas tout à fait en réalité, mais c'est ce que l'image, lointaine et terrifiante, lui inspire sur le moment.

Recule, les flics vont te voir *miladiou* !

Les verres sont troubles, rendus presque inutilisables par la crasse. À travers, on aperçoit une silhouette mouvante, légère et volatile comme la flamme d'une bougie. Susceptible de disparaître en un courant d'air. Elle est là, au centre, rose et sautillante, aussi insaisissable et innocente qu'un animal sauvage. Ignorant leur présence. De loin, planqués derrière leurs jumelles, elle leur fait un peu moins peur.

La rosée mouille l'extrémité de leurs souliers, ramollissant la pellicule de boue qui les recouvre. C'est devenu leur rituel, chaque matin, de se retrouver là, à l'intersection des quatre routes, juste sous la croix du carrefour. Il suffit de parcourir quelques dizaines de mètres, de s'enfoncer dans les fougères qui font du coin une oasis corrézienne au cœur du Cantal. Là, juste en dessous de la route déserte, ils attendent. Trente, quarante minutes, parfois plus d'une heure.

Ils attendent en silence, avec la concentration des chasseurs, de voir apparaître la forme brune et blanche. Les mains cramponnées aux jumelles gagnées par Pierre Blaise au tir à la carabine, à la fête du village. Il est, d'eux trois, le meilleur tireur. Ils épient comme ils savent le faire. Ils sont connus pour cela. Des quatre coins du *pays* on fait appel à eux quand il s'agit de venir à bout des sangliers. Postés derrière un arbre, à la lisière de la forêt, ils guettent et tuent. Leur science est sûre. La nuit dernière, ils ont organisé une battue pour piéger ceux qui, depuis plusieurs semaines, dévoraient les champs de maïs de la Danielle. Chaque matin, la pauvre retrouvait ses cultures dévastées, si bien qu'il ne lui restait presque plus rien à donner à son bétail. Naturellement, elle a fait appel à eux.

La forme a cessé de danser dans les loupes. Elle est assise, parfaitement immobile. Leur souffle est suspendu. Elle se lève et, d'un mouvement sec, s'arrache à leurs yeux. Elle a rejoint sa grange. Son terrier.

Martin Murat jette à terre les jumelles. Fonfon, le plus jeune des trois, se rue dessus. Pierre, son frère, le dévisage et l'interpelle en patois, lançant son pied contre son flanc. Fonfon roule sur le sol et s'empresse de retrouver sa position de guetteur. D'excitation, il tape du pied sur la terre. De nouveau, Pierre lui assène une claque bruyante sur la nuque, qu'il incline aussitôt à la façon d'un animal soumis.

Le bruit de la rivière couvre leur présence. Depuis la vallée, impossible de les deviner. Mais les premiers tracteurs traversent déjà le hameau. Il sera bientôt l'heure de partir.

Le pied de Fonfon frappe de nouveau le sol, ses mains crochètent les jumelles, il jappe.

Elle est là, sortie de son trou.

Son frère se précipite, le bâillonne de ses mains noueuses et brunes.

Ferme-la, il lui intime à l'oreille dans leur langue.

Fonfon obéit. Pierre et Martin se relaient, plongeant leurs yeux dans les lunettes avec avidité. La forme est bien là, plus blanche encore que la première fois. Parfaitement nue.

Plus tard, Martin convoquera l'image dès que le travail lui laissera un peu de répit. Il repensera à elle, complètement nue dans tout ce vert. Il ne pensera plus qu'à cela. En fanant, en marchant, en mangeant, jusqu'au soir en ramenant les bêtes à la grange, elle sera toujours là, dans un coin de sa tête. Il attendra. Un moment, une minute tout au plus, où, prétextant au père d'aller s'assurer que le troupeau est en paix, ou d'uriner derrière un arbre à la faveur de la nuit, il pourra enfin soulager la tension qui le tient depuis le matin. Empoignant son sexe, les yeux grands ouverts sur les montagnes, il expulsera le venin qu'elle lui a planté dans les yeux alors que le jour se levait à peine. En une série de spasmes salvateurs, il se libérera d'elle.

Avant cela, il faudra endurer la journée de labeur. Une journée passée avec, dans le corps, son poison s'épanouissant à travers lui comme une tumeur, faisant pression sur chacun de ses organes, les uns après les autres. En pressant le pis des vaches, en ratissant la grange, les mains sur la croupe des bêtes, sous la pluie battante de midi, toujours elle sera là, au-dedans de lui. Mais le soir tout ce poison se déversera sur la montagne, inondera la vallée jusqu'à la grange. Jusqu'à la recouvrir tout entière.

Fonfon, lieu-dit, automne 1977

Où toutes les attentes ne se valent pas

D'eux trois, c'est lui le premier à l'avoir vue. Maintenant ils font comme si elle était à eux, qu'ils avaient le droit de le frapper, de lui prendre sa part, mais c'est bien lui qui l'a découverte toute nue la première fois. Ça lui a fait des fourmis partout au bas de son ventre, comme quand il sent la présence d'une bête dans le bois, quand ça s'agite au fond de lui, signe que la chasse va pouvoir commencer. Ce petit instant qui précède la traque, il l'aime plus encore que le reste. C'est qu'à ce moment-là, le monde n'exige rien de lui. Il lui suffit d'être réceptif, très calme, aussi docile qu'un nourrisson. Alors, la nature lui parle. Elle lui laisse comprendre que quelque chose s'apprête à venir à sa rencontre. Quelque chose de vivant, qui comme lui bouge et respire et a peur. Toujours la peur, comme au premier jour où le père lui a fichu ce maudit fusil dans les mains. Combien de fois il s'est imaginé ce que ça ferait que tout ce plomb, celui qui leur est parfois si difficile de déloger des carcasses, qu'est-ce que ça ferait dans sa peau à lui ou à eux ? C'est qu'elle n'est pas aussi épaisse que celle des sangliers cette peau-là, elle est même désespérément transparente en ce qui le concerne. Trop pâle. Elle semble hésiter chaque matin un peu plus entre l'état de chair ou celui de spectre. Mais elle persiste sans qu'il comprenne pourquoi. Bien vivante, et à cette heure-ci enflammée par la corne de la main de Pierre qui est venue la claquer tout à l'heure. Il aurait dû le mordre. Se jeter sur lui comme il l'a fait avec le jeune bœuf l'autre matin, le mordre jusqu'au sang. Pour qu'il comprenne. Pourquoi faut-il qu'il le batte comme ça, comme une bête ? Il se croit peut-être meilleur ? Plus beau, plus grand, plus fort ça oui. Mais meilleur, non. Fonfon sait lire dans le cœur des bêtes et des gens. Et frère ou non, Pierre est comme le jeune bœuf du pré de l'Estoufadou, un mauvais sang. Une sale bête. Quelque chose habite le fond de ses yeux qui a à voir avec le démon. La mère l'a bien compris, elle ne lui adresse même plus la parole. Elle sait que son fils est habité par l'une de ces larves du diable.

Fonfon frotte sa nuque avec des orties. La chaleur le libère un instant, une légère brûlure. Il n'y a que cela qui puisse venir à bout du mal que Pierre lui a fait et qu'il voudrait voir entrer en lui comme dans un bocal, le remplissant chaque jour un peu plus de ses vilains coups, de ses idées sales et de ses mots malades. Du plus loin qu'il se souvienne, Fonfon n'a jamais apprécié la compagnie de ce frère. Avec Thierry oui, il a tantôt aimé faner, regarder le soleil se coucher sur les prés, boire le lait à même le pis des vaches, détailler leurs robes, leurs oreilles, *on apprend tout d'une bête en détaillant les lobes de ses oreilles*, sculpter des dessins dans des branches de noisetier, choisir la bonne, de branche, écouter la fanfare du bal qui remonte de la vallée et savoir que lui aussi aimerait en être, regarder les gens danser, les filles surtout, pourquoi pas boire un peu de vin et rire, peut-être même discuter avec l'une d'entre elles. Sans doute pas. Mais savoir que sur ce bout de terre qui est la leur, un autre est capable de ressentir des choses comme lui.

Lorsque Thierry s'assoupit à côté de lui, Fonfon renvoie la fatigue pour avoir le temps de jeter les yeux pardessus les montagnes en face. Vers le sud. Là où, paraît-il, certains, peut-être même à cet instant où lui n'a que du vert à sonder, plongent leurs corps dans des eaux bleues. Des corps à moitié nus, voire complètement de ce qu'il a entendu au village. Tous alignés, les uns à côté des autres, comme des poulets sortis de l'abattoir, c'est ce qu'a dit Gégé. L'image le dégoûte mais, et c'est là ce qui le dérange le plus, l'attire aussi. Il lui arrive de la convoquer quand il faut attendre.

Et cela arrive souvent. Une grande partie de sa vie consiste à attendre, que le bétail aille et vienne dans les prés, que les bêtes tapies dans le bois surgissent pour qu'il les traque, que la pluie cesse, que le fromage mature, que les cochons engraissent, que l'herbe pousse, que le froid passe, que la camionnette de l'épicier fasse retentir son klaxon, que la vache soit pleine, que le marché aux bestiaux ait lieu, que le soleil se couche ; le sommeil, pour qu'enfin vienne le jour, qu'il se lève à nouveau, avec une seule chose en tête, l'attente parmi les attentes qu'il aime le mieux. Car si Fonfon *sait* attendre, toutes les attentes ne se valent pas. Et depuis peu, l'une d'elles est venue supplanter toutes les autres. Y compris celle des premiers rayons du soleil qui embrassent l'herbe verte et humide à travers la vitre embuée de la grange.

L'attente d'elle.

La mère Blaise, lieu-dit, 1977

Ou ce que les mères taisent de leurs fils

La mère Blaise a jeté ses yeux sur les bottes chargées de boue de son fils et a grimacé. C'est qu'elle lui répète chaque soir la même chose, à ce benêt de Pierre. Avec lui c'est toujours pareil. Il a la tête tellement dure qu'un burin n'en viendrait pas à bout. On a beau lui répéter les choses des centaines de fois, du matin au soir, il s'en fiche. Courir les filles et vider toute l'essence de la voiture pour faire le mariole, là y a du monde, mais quand il s'agit de brosser ses chaussures avant de rentrer dans la maison, plus personne. C'est comme ça lui chante à celui-là. Et avec ce regard mauvais qu'il lui rend en plus. Parfois elle se demande comment cela a été possible. Qu'entre son Thierry, son aîné, attentionné, responsable, et le petit, que tous surnomment Fonfon, pas tout comme il faudrait, c'est vrai, mais si gentil, si tendre… qu'entre ces deux-là dont le Seigneur lui a fait don, il lui ait aussi fichu ce vilain. Déjà, tout gamin, elle ne le sentait pas. Comme si, à l'abri du regard des autres, seul avec elle, il pouvait laisser couler un peu de cette mauvaise âme qui est la sienne.

Elle a besoin d'aérer après ça, de nettoyer, de faire propre. Il devait avoir dans les deux ans quand, pour la première fois, il lui a fait ses yeux qu'elle n'ose même plus regarder aujourd'hui. Des yeux qu'elle aurait trop de mal à décrire mais qui ont sur elle un effet qu'aucune mère ne veut ressentir. Jamais elle ne pourrait parler de ça, pas même au curé. Elle sait trop ce qu'il lui répondrait, de prendre sur elle, d'aimer ses trois enfants du même amour. Le curé n'est pas une mère. Sinon, il aurait compris ce qu'elle ressentait à l'époque. Ce malaise qui l'étouffait, la réveillait la nuit quand elle pensait à lui, à Pierre. Elle redoutait par-dessus tout les nuits. Les nuits noires où il lui fallait affronter l'obscurité de la maison pour aller retrouver l'enfant en larmes, hurlant comme un animal, elle préférait ne pas y penser, rejetait l'image quand elle se présentait.

Elle savait. Comme savent les mères. Elle percevait depuis les premières semaines la faille de sa créature. Sentant qu'il émanait de ce petit corps frêle et nerveux une aura différente de celle de son aîné ou de ses neveux. Ses gestes lents de nourrisson, sa succion, jusqu'au battement de ses paupières, marquaient une singularité dont elle aurait pu tirer une certaine fierté, l'exception d'un être à part. Il n'en était rien.

La seule chose que lui inspirait cet être, si petit et inoffensif soit-il depuis sa naissance, c'était la peur. À qui aurait-elle pu confier une chose pareille ? Quelle mère a peur de son enfant ? C'est que peu de choses, bêtes, éléments et hommes compris, lui inspiraient ce genre d'émotion. La mère était bien connue pour son courage, la rudesse de ses positions et sa main ferme qui empoignait les poulets, les oies et les bambins dissipés avec la même puissance, sans hésiter.

T'as quelque chose à dire ? Bah vas-y ! Parle, qu'est-ce que t'attends ? C'est mes pompes qui te gênent ? Parce que t'as autre chose à foutre de tes journées que lessiver le sol ? a lancé Pierre en direction de sa mère.

Le père a jeté sa canne en travers des jambes de son fils d'un coup sec. L'autre a rué. Il est ressorti de la pièce aussi sec, insultant père et mère.

Je veux plus que tu traînes avec le fils Murat, c'est compris ? Les gens disent des choses comme quoi vous faites des saletés ensemble, que vous vous en prenez aux bêtes et aux gamines aussi ! Puis les Allemandes, on vous a vus en train de…

Et tu les crois les gens ? rugit Pierre depuis le vestibule.

C'est que ça commence à faire du monde ! Vous pouvez pas vous amuser comme les autres de votre âge ?

Pour seule réponse, le bruit du moteur de la camionnette du père. La mère sert la soupe et ils dînent, sans dire un mot. Juste le pied de Fonfon qui vient, comme chaque soir, se coller au sien.

Jean Rivière, lieu-dit, 1977

Où l'homme couve son plancher comme ses songes

Les journées de Jean commencent invariablement à cinq heures du matin. Il se fait discret en quittant la chambre à coucher. Malgré sa grande carcasse pas facile à manier, il ne réveille jamais Lisette. Il rallume la chaudière à bois, la maison n'est pas chauffée la nuit. Lisette a peur du gaz et ferme la bonbonne tous les soirs. La cheminée ce sera pour plus tard, ses vaches l'attendent. La veille, avant d'aller dormir, il a pris soin de verser le café moulu dans le filtre de la vieille cafetière, reste à verser l'eau, bouillie sur la gazinière.

Il ne déjeune jamais. Pas faim, trop tôt, trop de choses à faire. Le café, c'est tout, dans sa timbale en fer, sans sucre et debout. À cette heure-là, la maison est silencieuse, sauf le tic-tac de la pendule que lui a donnée son père et le ronronnement balbutiant de la chaudière à bois. Quelquefois, l'hiver surtout, son regard s'attarde sur le plancher et les ouvertures de l'unique pièce à vivre. C'est peu dire qu'il a tout refait là-dedans. En soixante, lorsque pour la première fois ils ont aperçu depuis le chemin communal ce qui serait leur maison, elle n'était encore qu'une « turne » abandonnée. Le sol en terre battue, la cheminée bouchée, les montants des fenêtres et de la porte fissurés, et sans eau courante bien sûr. Les premiers bourgeons printaniers pointaient leur nez, le temps était doux, il a trimé des semaines pour poser un plancher en bois, de nouvelles fenêtres et une porte digne de ce nom. Pour ce qui était de l'eau, il a fallu continuer de la puiser à la fontaine devant la maison où l'on amenait boire les bêtes, dans les grands bacs en pierre où elle se déversait. Cinq ans plus tard il a creusé une tranchée de huit cent mètres depuis la source du *bout de la montagne*. L'opération l'a terrassé. Ses voisins n'en revenaient pas, il menait son chantier en sus des travaux de la ferme. Il arrivait que certains lui donnent un coup de main mais pas deux jours d'affilée.

Miladiou que c'était long, tout à la pioche.

Alors, ce matin d'automne, en buvant son café, il couve tout cela des yeux. Sa canadienne sur le dos, il ouvre les portes de l'étable à cinq heures et demie. La chaleur du souffle chaud des bêtes l'enveloppe aussitôt. Certaines se lèvent, d'autres agitent leurs cornes pour le saluer, tandis qu'au fond, les petits veaux donnent des pattes arrière.

Là, il se sent à sa place. Deux heures plus tard, la traite est terminée, les veaux ont tété, alors, invariablement, il nettoie l'étable, installe trois bidons de lait frais dans la charrette tirée par Carnot, l'âne de la maison. Les jours de beau temps, le soleil réchauffe sa nuque et le dos de Carnot sur la route où le laitier passera tout à l'heure, pour le ramassage. Ne jamais faire attendre le laitier. Il klaxonne en entrant dans le village et si les bidons ne sont pas là, il passe son chemin. Les retardataires devront les apporter eux-mêmes à la laiterie avec les remontrances du gérant. À son retour, Lisette est là, ses cheveux remontés en un chignon exécuté à la hâte, cernée par une basse-cour affamée et criarde, avec dans son tablier le grain pour les poules et les canards. Elle ira ensuite nourrir les lapins et les cochons. Jean s'occupera de sortir les moutons, les vaches et les veaux pour la journée.

Mais avant cela, ils vont pouvoir se retrouver autour de la grande table de ferme, au chaud, pour manger un morceau. Sur la table, jambon cru, cantal, bleu d'Auvergne, avantages en nature de la coopérative laitière, et le canon de rouge, livré en fût par le père Bonnet. C'est à cet instant que depuis sa fenêtre, Lisette aperçoit la silhouette de l'Allemande descendre en direction de sa grange. Jean l'a convoquée pour neuf heures, la journée sera longue et il faut lui expliquer les rudiments du métier. Décembre est le mois du cochon, il lui a proposé de l'assister, elle a besoin d'argent et c'est un travail bien payé quoique *difficile.*

Difficile ! s'exclame Lili à la lecture de mon carnet que j'ai laissé traîner le temps d'un appel, sur la table en plastique qui est devenue notre bureau sous la véranda.

Elle écrase sa clope dans le cendrier en s'agitant.

C'est bien autre chose que difficile. Je crois que Jean s'en fichait pas mal, lui, elle dit en posant les yeux sur le buffet à couverts de la salle à manger de l'hôtel, de l'autre côté de la véranda. Question d'habitude, j'imagine. Son père faisait déjà ça avant lui. Figure-toi que c'était quelque chose de tout à fait normal à cette époque. Un devoir même. Le cochon, tout le monde s'en nourrissait dans les fermes. Cette corvée-là était pour lui un passage obligé puisqu'il était, selon l'expression consacrée, un saigneur.

Un bien vilain mot.

Quarante-cinq ans plus tôt, Lisette, d'habitude si discrète le nez dans son évier, interrompt son mari dans ses explications sans même le regarder. Brunhilde a débarqué comme convenu dans sa cuisine pour écouter ses enseignements autour d'un café fumant.

Dans les jours qui suivront, ils se rendront ensemble dans les fermes alentour. En une journée, il leur faudra faire les saucissons, les jambons qui sécheront tout l'hiver pendus au grenier ou dans les souillardes. Avec la mère Maille, une ancienne du village rompue à l'exercice, Brunhilde est d'office préposée au lavage des boyaux. L'affaire se déroule au robinet municipal, afin qu'ils soient propres pour la charcuterie.

Quand elle pestera à cause de l'odeur, la vieille la réprimandera, arguant que les excréments des cochons ne sentent pas mauvais étant donné qu'ils se nourrissent de bonnes patates et boivent du bon petit-lait. Le futur petit salé est disposé dans des maies remplies de gros sel pour être ensuite utilisé en cuisine. Le gras sera fondu pour faire le saindoux.

Ce jour-là, chez les Rivière, on mange du boudin aux pommes, Lisette fait savoir qu'elle préfère de loin le foie aux pruneaux. L'occasion pour elle de rappeler d'où elle vient, ses origines agenaises et son père marchand de chevaux qui ne manquent pas d'impressionner Brunhilde. Le repas terminé, Jean s'est levé et a glissé un vinyle dans le tourne-disque offert par Antoine à son retour de Paris. Une merveille de technologie dont il est fier.

Ramona, j'ai fait un rêve merveilleux
Ramona, nous étions partis tous les deux
Et je donnerais tout pour revivre un jour
Ramona, ce rêve d'amour

À chaque fois qu'il met cette maudite chanson dans le tourne-disque, Lisette sait que son Jean s'en va, en pensée, retrouver son Allemande. Assise dans un coin de sa cuisine, elle enrage. Elle lui hurle en patois des insanités auxquelles il répond toujours de la même manière. En criant plus fort encore, jusqu'à ce qu'elle finisse par entendre que non, qu'elle se fait des idées. Mais elle le connaît trop bien pour le croire, son Jean. Elle sait comme il aime les filles, et les jolies plus encore. Un matin, de colère, elle a lancé en passant un coup de pied dans le pot de lait qu'avait rapporté la petite pour qu'on le lui remplisse. Elle s'en veut à présent qu'elle l'a sous les yeux, aimable et prévenante avec elle. Ce benêt, lui, s'est précipité pour éponger tout le lait comme si sa vie en dépendait.

Elle se souvient comme ils étaient amoureux. Ils se sont connus presque au début de la guerre, à un bal. Le régiment de Jean était en garnison près du village de Lisette, dans le Sud-Ouest. Elle lui a écrit tout le temps de son incorporation et l'a attendu toutes ces années en priant pour qu'il ne lui arrive rien. Elle était sa *marraine de guerre,* c'est ainsi qu'on les appelait à l'époque, les fiancées des soldats.

À la Libération, il est venu la rejoindre, amoureux, attentionné, comme s'il n'était jamais parti. Tout est allé si vite. Après leur mariage, ils se sont installés en Corrèze, pas très loin de la famille de Jean, dans un petit garni à l'hôtel, parce qu'il ne voulait pas vivre à la ferme avec ses parents. Au début, elle a souffert d'être seule toute la journée. Heureusement, elle a eu son premier bébé. Lui s'est fait embaucher comme gabarier au début, pour gagner de quoi les loger et les nourrir, mais assez vite, grâce à certaines relations qu'il avait conservées avec d'anciens résistants, il a pu rejoindre le chantier du barrage de l'Aigle alors sur sa fin, puis celui du Chastang, après *s'être fait le contremaître*, comme il disait.

Il aimait son boulot de coffreur sur le barrage, la vie en équipe, le goût du risque. Ce n'était pas une mince affaire d'aller coffrer tout là-haut. Lorsqu'il rentrait le soir, il était excité et racontait. Il était mieux payé aussi que sur les gabares. À la quinzaine, et avec les primes de risque en plus. Puis un jour, la tuile. Ils étaient là, à attendre que le contremaître leur remette leur salaire les uns après les autres, contents à l'avance, parce que cette dernière semaine, ils avaient travaillé au plus haut du barrage. À voir les nids des aigles comme ils les imaginaient. La prime serait au rendez-vous, bien sûr. La déception a été immense.

Le contremaître a eu beau leur expliquer que pour toucher cette prime, il fallait travailler à cent mètres et qu'ici, le chantier n'était qu'à quatre-vingt-dix-huit, lui et ses camarades sont soudain devenus sourds.

Attendez les gars, c'est pas moi qui décide de la hauteur du barrage, c'est les ingénieurs !

Sourds *les gars*.

Moi je fais qu'appliquer les règles, c'est la direction qui donne les primes.

Sourds *les gars*.

Et soudain, avec ses arguments de *collabo*, face à eux qui pour la plupart revenaient de l'enfer, le cœur en panne et du sang sur les mains, le petit monsieur derrière son bureau en deux phrases est devenu l'ennemi.

Ils ne l'ont pas lynché, non, mais renversé en même temps que son bureau, il n'a trouvé son salut que dans la fuite. Bien entendu les choses n'en sont pas restées là. La direction, ne souhaitant pas envenimer la situation, a rétabli la prime à quatre-vingts mètres, en même temps qu'elle exfiltrait les récalcitrants vers le barrage du Chastang. Dont acte pour Jean.

Aujourd'hui, leurs fils sont partis, ils se sont mariés, ses fils chéris. S'ils voyaient leur père avec les Allemandes. Et la petite Lili est devenue trop grande pour lui coller aux basques et l'empêcher de déraper.

Et cette maudite chanson qui lui tourne dans la tête.

Lisette s'attarde un instant sur son grand dos voûté, sur les patates qu'il épluche pour le repas du soir, sa clope au bec et ses yeux de gamin jamais éteints, et elle se ravise. Qu'est-ce que c'est une chanson ? Après tout ce qu'ils ont traversé. Une chanson. Mais quand même. L'arrivée de ces filles, elle le sent, ravive des choses. Il était si amoureux, si épaté par sa beauté. Il répétait à qui voulait l'entendre qu'après leur mariage, si la photo de sa Lisette était restée en devanture de la boutique du photographe, ce n'était pas pour rien. C'est qu'elle était la plus belle. Avec ses mains, il pouvait faire le tour de sa taille, comme ça. La ménopause l'a fait gonfler comme une vessie de cochon et le souvenir de sa grâce envolée la blesse. Plus encore quand elle surprend cette même grâce dans les gestes d'une autre, une petite Allemande qui plus est.

Il reste quoi de tout cela ? D'eux, leurs souvenirs ?

Lieu-dit, 1977

Où le hasard n'est pas un détail de l'histoire

L'arrivée des deux étrangères au hameau a changé jusqu'à la consistance de l'air. Il fait lourd ce matin, l'orage pèse au-dessus des têtes. Et ce n'est pas le seul fait de la pression atmosphérique qui n'a rien d'anormal en cette saison. La peur de la foudre n'a pas dissuadé les villageois de sortir et de toute façon les bêtes n'attendent pas.

Boris a dû aller s'occuper du troupeau des Murat car Pierre Blaise accompagne le fils Murat aux champignons, soi-disant, très tôt. Charge pour Gisèle d'aller traire les vaches des Delfrey. Frédéric est gardé par Denise, la voisine, et Gisèle sait que la vieille soigne son fils comme un de ses enfants, aujourd'hui grands et partis à la ville. En échange des gardes répétées, Boris et elle prennent soin d'elle et de sa maison. De petits travaux par-ci par-là, le lait qu'il lui apporte tous les matins, les fromages et les commissions qu'il ramène pour elle du marché. L'autre jour, Denise a fait à Boris une demande à laquelle il ne s'attendait pas, tandis qu'il venait prendre de ses nouvelles et établir la liste de ce qui lui manquait.

Une de leurs céramiques.

Sans plus de précisions. La vieille supposait d'emblée que Boris savait de qui elle parlait. Et elle avait raison puisque personne d'autre que les Allemandes dans le coin ne fabrique de la céramique. Elle n'a pas dit un bol, une faïence, une tasse ou encore un vase, un objet à vocation utilitaire. Elle a simplement dit, une de leurs céramiques, libre à lui d'acheter ou à elles de lui vendre ce qu'elles veulent. Ce que disait Denise, c'est qu'elle souhaitait entrer en contact, elle aussi, avec l'une de leurs créations. Tous ne parlent plus que de cela au village, elle le sait par Gisèle et elle aussi a envie de se faire son idée. Pour cela, les objets façonnés par leurs mains sont le moyen le plus sûr. Elle veut observer, toucher, comprendre. Gisèle est loin d'être la seule à espérer percer le mystère des Allemandes. Chacun procédant à sa manière.

Lucien, lui, attend l'après-midi, la succession de tâches à accomplir passe au second plan. Il ne pense plus qu'à l'instant où il aura le droit de franchir le seuil de la grange de Brunhilde pour lui apporter du fromage et, de nouveau, pouvoir être auprès d'elle. Même si, et ce constat creuse un peu plus profond le trou de sa mélancolie, elle lui apparaît toujours plus insondable à mesure qu'il l'approche. L'orage et l'inaction partielle dans laquelle il plonge les habitants accentuent encore la sensation de dérèglement. Il ne pourra pas épandre l'engrais, il faudra attendre demain, peut-être même après-demain, que la terre sèche.

Gisèle hésite, elle a vu les gendarmes arriver chez Brunhilde. Elle trépigne d'aller rendre visite à son amie pour qu'elle lui raconte ce qu'ils lui voulaient, mais quelque chose la retient.

L'atmosphère entre les villageois a changé du tout au tout ces dernières semaines. L'installation des filles les surprend toujours plus. Ils les pensaient de passage et voilà qu'elles prennent possession d'une partie des lieux. Non plus ensemble, comme à leur arrivée, mais chacune de leur côté, étendant encore leur périmètre d'influence. Elles rénovent les habitats, bâtissent des fours, investissent le bar, la rivière, le marché, même le pré de la Grande Montagne pour y ramasser les pommes de terre. L'excitation causée par leur présence au milieu de l'été s'est mue en d'autres sentiments chez les villageois. Pour certains, une méfiance passive, craintive, se traduisant par l'évitement. Chez d'autres, cette même méfiance se confond avec une hostilité à peine dissimulée. Mais il y a ceux et celles que le hasard de leur présence a réveillés. Quoique, quant à l'emploi du mot hasard, tous, sans exception, émettent des réserves. Hormis peut-être Jean, pour qui les hasards sont bien plus implacables que n'importe quelle logique accessible à l'entendement humain.

Quoi qu'il en soit, la question du hasard n'est pas un détail de l'histoire. Au contraire, le temps passe, la présence des filles au village se confirme, elles persévèrent dans leur volonté d'en être et cela attise un peu plus la curiosité des habitants. D'autant qu'ils ont depuis eu la confirmation qu'elles ne vivent pas comme eux. Elles fument, boivent, ne se rendent pas à l'église le dimanche, pas plus qu'elles ne savent faire la traite ou le fromage. Tout juste si elles savent ramasser les patates, ajoutez à cela qu'elles passent une bonne partie de leur temps à entretenir ces flammes de l'enfer qu'elles nourrissent de jour comme de nuit dans leur four infernal. Qui pour avoir autant d'égards pour le feu ? Hormis le boulanger, mais le pain est une denrée bien nécessaire comparé à ces morceaux de terre qu'elles caressent de manière si impudique à longueur de temps. Sans même que leurs prénoms ou l'un des nombreux surnoms dont on les affuble, du plus inoffensif au plus haineux, soient mentionnés, tous savent quand la conversation en vient, *enfin*, aux Allemandes. Et cet instant névralgique intervient de plus en plus tôt dans les discussions.

Le pays laisse apparaître ses veines rouges et brunes, partout les racines se révèlent et avec elles le besoin de savoir. Pourquoi ?

Baader mort, que feront-elles ? Vont-elles rester ici ? Ou essayer de rejoindre le reste de leur bande de terroristes ? Mais sans doute ces gens, comme elles, ont fui leur pays et tentent en ce moment même de s'inventer de nouvelles existences, ailleurs. Sans aucun doute. C'est ce qu'elle ferait la mère Murat, cela va de soi. Et encore, elle n'a pas l'expérience des choses politiques et la connaissance des nouveaux moyens de communication qui permettent de savoir pour mieux tromper le monde. Martin assure les avoir surprises en pleine discussion politique avec leurs amis, il est évident qu'elles préparent un coup. Il faut les avoir à l'œil. Sûr que là-dessus, il s'est placé en vigie assidue avec le fils Blaise et ce pauvre Fonfon, qui lui au moins ne cherche pas à inventer quelques bobards indigestes pour s'abandonner à son voyeurisme. Le pauvre a complètement perdu le peu de raison qui luttait en lui. Son corps n'est plus que désir et contraction, possédé par le Malin.

D'ailleurs, n'est-ce pas le démon qu'elles attendent ainsi

assises, la nuit, par ce froid glacial qui remonte de la vallée ? Est-ce pour cela qu'elles prétendent le reste du temps façonner de petits objets en céramique, comme leurre à l'attente et à l'entretien des flammes infernales ?

Les vieilles bigotes tour à tour assiègent le confessionnal et, inversant les règles de confesse, assaillent le curé de questions les concernant. Comment être certaines que ces braises qu'elles alimentent ne sont pas l'un de ces autels du diable dont les hippies dégénérés parsèment le reste du monde en attendant l'Apocalypse ? Et le curé de répondre à ses paroissiennes que la foi leur apportera les réponses, sans une once d'ironie.

Restent quelques villageois pour apprécier la compagnie des filles et le bouleversement qu'elles opèrent dans le hameau. Bien sûr, il leur arrive de se questionner, mais le bonheur de leur présence chasse vite les curiosités. Elles sont là, débarquées dans ce trou paumé oublié du reste du monde, et ce mystère-là, Antoine Carette, en particulier, ne s'en remet pas vraiment.

Antoine Carette, lieu-dit, 1977

Parfois, il est bon de laisser le désastre
des sentiments advenir

Un de plus, se dit-il, ses bergers allemands à ses pieds, leurs museaux collés sur les dalles chauffées par les flammes de la cheminée. Un mystère de plus.

Son Lucien est fébrile, il le voit taper du pied sous la table de la cuisine. Il s'est levé aux aurores et maintenant il attend.

C'est une chose pour un père de voir son fils ainsi, sens dessus dessous, livré aux émotions d'un homme sans en avoir l'expérience. Et de toute façon, à quoi lui servirait-elle, l'expérience, hormis peut-être à le retenir, le protéger des déceptions, des souffrances à venir ?

Ce sont bien là des pensées de vieux con, se reprend Antoine.

Il a bien connu, lui, ces instants où l'attente et le désir sont une seule et même vague.

En mourant, sa femme l'a laissé avec la charge de leurs souvenirs, de toutes ces images, ces instants hors du temps que sont ceux de la passion puis de l'amour.

La naissance de Lucien, d'abord. Il est né comme un petit veau dans la chambre du bas, la tête recouverte de cette poche qui abrite la vie. Il l'a aimé à l'instant même où il a senti son petit doigt humide crocheter le sien dans la pénombre glacée. Il a pris le sein brûlant de sa mère et s'est mis à téter, tout plein de cet instinct de survie qui, pour la première fois depuis son retour de la guerre, a fait pleurer Antoine de longues minutes sans qu'il puisse rien faire pour en freiner le flot.

Voilà en partie pourquoi il ne s'inquiète pas de cet air maussade et de l'impatience nerveuse de son fils. Il sait comme on finit par les regretter.

Bien sûr que plus rien ne sera comme avant, pour son fils comme pour les autres au village. Les plus réfractaires à leur présence auront beau envoyer les gendarmes, les accuser de tous les maux, cela n'inversera pas le cours des événements. Antoine en sait quelque chose. Ces filles-là sont parties pour rester. Bien sûr qu'elles sont en train de tout bouleverser, et il ne veut rater cela pour rien au monde. Et ce n'est pas cette petite boule qui est apparue il y a quelques semaines sous son aisselle gauche qui l'en empêchera. Pour la seconde fois, il se tient prêt à assister à la fin d'un monde.

Grange de Brunhilde, lieu-dit, 1977

Brunhilde a entendu des pas rapides, puis carrément des pas de course, dévaler la route qui mène à sa grange au milieu de la nuit. Elle allume la petite lumière de sa chambre et derrière la fenêtre reconnaît aussitôt la silhouette de Mariella. Désorientée, bouche ouverte et cheveux en bataille. Elle ne porte qu'un gilet de laine bâillant sur sa chemise de nuit.

Que s'est-il passé ? Mariella !

Brunhilde s'élance hors de la grange, dans la nuit, à la rencontre de son amie. Elle court aussi vite que ses jambes le lui permettent. Pieds nus, elle ne sent plus le sol, elle remonte la pente, happée tout entière par l'image de Mariella pleurant dans l'obscurité. Son cœur ne voit plus qu'elle, qui tombe à genoux à ses pieds, le visage trempé. Elle la soulève et la porte comme un bébé ou un animal blessé jusqu'à l'intérieur de la maison. Là, elle l'allonge sur le canapé, fait chauffer de l'eau, dépose sur elle une couverture et passe ses doigts dans ses cheveux. Ses mains sont glacées, elle a parcouru tout ce chemin à travers les prés, sans jamais cesser de courir. Brunhilde a du mal à contenir la lave des questions qui affluent. Avant que Mariella ait eu le temps de prononcer le moindre mot, elle dit comme tombe le couperet :

Welcher von diesen Bastarden ?

Les yeux de Mariella tombent sur le sol.

Lequel ? insiste Brunhilde. Lequel de ces bâtards ?

Ses mains ont revêtu leur aspect animal. Ses veines gonflent sous la colère. Mariella sait ce qui suivra. Elle n'ose pas parler.

Baby, sag mir, murmure Brunhilde.

Elle colle son front contre celui de Mariella.

Dis-moi. Je te jure qu'ils vont payer.

Mariella ne trouve pas la force. L'épuisement déjà l'emporte.

Le fils Murat et son garçon de ferme, ils sont venus me voir, ils veulent que je quitte la maison, ils veulent que l'on s'en aille, Brunhilde…

Brunhilde a ouvert l'armoire de l'entrée, en a sorti un fusil et a fermé la porte de la grange à clef, confinant Mariella à l'intérieur, et déjà elle s'élance dans la nuit en direction de la maison d'Antoine Carette.

Diese Waffe ? a lancé Mariella en direction de Brunhilde au moment où elle a verrouillé la porte. Ce fusil ?

Avant de sombrer.

Les longues jambes de Brunhilde engloutissent la route. Sur son passage des lumières s'allument, des villageois ont entendu du bruit. Elle n'en fait pas cas et poursuit son chemin, la main cramponnée au canon de son fusil. Si l'un d'eux se présente, elle lui flanquera une balle entre les deux yeux. Plus rien ne l'arrêtera. Elle l'a toujours su. Comme on sait son nom, sa taille, la couleur de ses yeux.

Bastarde.

Le visage défait de Mariella l'accompagne quand elle franchit les derniers mètres qui la conduisent à la grange du père. Tout est éteint. Elle frappe un coup franc sur la porte. Elle voit sa tête apparaître à l'étage, suivie de celle de Lucien. Quelques secondes plus tard, ils lui ouvrent à la hâte.

Que se passe-t-il ?

Je veux demain, toi et quatre types comme toi au moins, à la grange du père Murat où vit Mariella. Il me faut deux remorques et de quoi tout enlever. Tout. *Alles*, elle répète en allemand.

Que se passe-t-il ?

Je dirai demain. Viens.

Je veux bien t'aider, bien sûr, mais tu dois me dire ce qui s'est passé. Assieds-toi, je vais te faire du café.

Lucien s'affaire déjà devant la cafetière.

Nein. Je dois retourner à Mariella. Mais promets-moi.

Je vais tout faire pour trouver, mais tu sais il est déjà cinq heures et je ne sais pas…

S'il vous plaît.

Bien sûr que je vais t'aider.

Une émotion trop forte encombre la gorge d'Antoine. Il peine à déglutir.

Je vais prévenir Jean et nous serons là, Boris aussi, aucun doute. On va trouver. Je m'en occupe. Essaie de te reposer un peu.

Merci. À tout à l'heure, elle dit sans le moindre regard en arrière, déjà sur le chemin.

Tu sais ce qui a pu se passer, toi ? lance Antoine à son fils.

J'ai mon idée. J'ai vu l'autre jour…

Il hésite.

Quoi ?

Martin et Pierre. Ils traînent un peu trop du côté de chez Mariella.

Très bien, je vais m'occuper d'aller chercher Jean. Il saura faire parler les gamins.

Lucien a tiré la chaise pour que son père s'y repose. Il le connaît trop pour savoir que l'image de Brunhilde, les yeux pleins de fureur, n'est pas près de le quitter. Il veut être là pour l'aider. Il veut être là, avec lui, *pour elles*.

Mariella, grange des Murat, deux heures plus tôt, 1977

Il est des nuits où la violence des hommes
et leur désir se confondent
en un chaos assourdissant

Mariella s'abandonne au sommeil et à l'image tendre du doux visage d'Émile, quand elle est réveillée en sursaut, un grand bruit sourd vient de retentir dans la nuit. Elle croit avoir rêvé. Ce doit être cela, un rêve. Elle se rallonge. De nouveau le bruit retentit. *Est-ce que ça vient du bois ? De l'autre côté de la rivière ?* Seule dans la mezzanine de la grange, son cœur s'accélère. Elle enfile le grand drap dans lequel elle s'est cousu une chemise de nuit et tente de deviner ce qui se passe au-dehors.

Ouvre !

Une voix a tonné dans la nuit. Elle n'y croit pas. Il lui semble qu'elle est encore en train de dormir, qu'elle va se réveiller d'une seconde à l'autre. Elle doit être aux prises avec une de ces projections d'angoisse qui parfois lui font quitter la réalité.

Ouvre !

Elle ne rêve pas. Une autre voix masculine débite des choses incompréhensibles. Elle tente de se calmer, de recouvrer ses esprits, ses sensations, de reprendre place dans la réalité, qu'un instant encore elle pense avoir quittée. Tout autour lui paraît flou, comme en passe d'être effacé. Reste la porte branlante dans laquelle ils assènent des coups, tout près de céder. Elle ne ferme jamais le verrou de la grange, mais hier, si. Depuis quelques jours la présence s'est rapprochée et il lui est arrivé de penser qu'elle finirait par entrer en contact avec elle, sans jamais y croire vraiment.

Putain mais ouvre ça, t'entends !

Mariella inspire un grand coup et décide de descendre. Elle a beau savoir où se trouve le couteau le plus pointu qu'elle possède, la pince à bois pour remuer la braise qui doit être encore brûlante, elle doute qu'elle s'en servira. Si Brunhilde était là. Si seulement elles étaient ensemble. Elle n'hésiterait pas une seconde.

Oui ?

Elle essaie de contenir la puissance qui continue de taper.

On va défoncer la porte.

Calmez-vous, elle tente de reprendre le contrôle, tout va bien.

Tu vas voir si tout va bien, sale…

Il semble à Mariella avoir entendu le mot qu'elle redoute plus que tous les autres. Celui qui la ferait passer aux yeux de ces hommes de l'autre côté, elle le sait. Du côté de celles pour qui ils n'auront aucun égard, pire, aucune pitié, au contraire. Du côté de celles pour qui, depuis la nuit des temps, les hommes, sur simple prononciation du mot diffamant, s'autorisent tous les sévices. Ce mot-là comme sésame à la violence la plus débridée, elle le refoule.

Pardon ? Vous…

Elle ne peut pas poser sa question, une avalanche de

coups fait céder le verrou et deux silhouettes surgissent dans sa grange comme dans un saloon. Ils sont coiffés de casquettes et l'un d'eux tient dans sa main une pelle. Ils ont l'air désorientés, une fois plantés devant elle. Elle s'avance.

Qu'est-ce qui se passe ? À cette heure-là ?

Faut qu'on te parle. Assieds-toi là.

Mais on se connaît, elle murmure pour apprivoiser l'homme, tu es…

Oui tu sais très bien qui je suis, sale…

Il ne dit pas le mot cette fois et Mariella s'engouffre dans la brèche.

C'est ton père, c'est M. Murat qui me loue la grange, n'est-ce pas ?

Laisse mon père où il est, le pauvre vieux tu l'as rendu gaga à force de te trimbaler à poil.

Son débit a ralenti et sa main venimeuse s'approche de son visage. Mariella recule.

Bah alors… Tu veux pas que je te touche, pourtant t'aimes bien te montrer, de ce qu'on dit… Tu veux pas que…

Mariella se précipite en arrière et l'autre la saisit par les bras.

Vous ne devriez pas faire ça. Il faut me laisser tranquille. Ça va s'arranger.

Tu sais pourquoi on est là ?

Mariella redoute ce qu'elle est en train de voir, la main de Martin Murat se dirige vers son sexe. Elle reprend :

J'ai rendez-vous avec ton papa demain pour discuter de comment aménager le pré autour de la grange. Jean et

Antoine aussi m'ont dit qu'ils passeraient de bonne heure pour…

Elle mitraille les deux hommes de tous ces noms boucliers. L'énumération produit son effet, Pierre qui lui tenait les bras dans le dos desserre son étreinte. Martin, sentant que la situation lui échappe, se met à crier :

Tu sais que t'es pas chez toi ici ?

Ton papa me loue le lieu, je paie un loyer.

Elle ne se démonte pas. Elle sent que l'évocation du père a son importance.

Et tu crois que ça suffit ?

Pierre lui empoigne un sein. À la vue de la main de son ami sur le corps de la fille, Martin se ravise. L'autre lit dans ses yeux son recul et retire sa main. Mariella reprend son souffle.

Tout le monde sait que t'es une espionne de ces types qui se sont suicidés en prison. Baader. Faut que tu partes d'ici, lâche le fils Murat en même temps que le vase en céramique qu'il vient de saisir sur la table.

Il s'empare d'une tasse, puis d'une autre, qu'il jette à travers la pièce et dont le bruit résonne comme un cri dans la nuit froide. Il s'approche de Mariella, ses yeux détaillent son corps sous sa chemise de nuit.

Tu sais qu'on est venus pour que tu comprennes. T'es une gentille fille, à ce qu'on dit.

Maison de Mariella, décembre 2022

Le récit de Mariella nous a laissées sans voix. Tout ce temps, elle a joué avec sa cigarette, l'a tassée à plusieurs reprises, jetant de temps en temps des regards furtifs à ma mère, puis à moi, se ressourçant en lançant ses yeux dans la vallée avant de reprendre. À cet instant je goûte un peu de cette détermination qui, depuis le début de cette histoire, est leur carburant. Je dis *leur* car, à mesure que les heures passent et que nous discutons, Brunhilde se laisse deviner un peu plus. Je savais que Mariella serait notre lien le plus sûr, mais j'ignorais tout de ce courage. Je me revois, scrutant les hommes arrivés dans l'hôtel, et je me dis qu'il leur a fallu beaucoup de force pour vivre au milieu d'eux, *en femmes.*

Tu n'as pas eu envie de quitter les lieux après ça ? me devance ma mère.

Non. J'étais chez moi ici. Je me suis toujours sentie chez moi. Bien sûr, quelquefois je suis retournée en Allemagne pour travailler dans les usines de chocolat, gagner de quoi. Mais toujours pour revenir vivre ici. Brunhilde, elle, bossait dans les champs, elle accompagnait même ton père au cochon.

Elle grimace.

Moi jamais. Je ne pouvais pas faire ça. Ton père c'était son métier. Mais tu sais ça. Les gens du coin le faisaient venir pour tuer leur cochon. Il s'occupait aussi de tout trier, préparer. Brunhilde en était capable. Moi j'étais plus, comment dire… J'étais moins… J'avais plus tellement envie de travailler avec les gens au village, elle ajoute en chassant de sa main les quelques brins de tabac échappés de sa cigarette.

Je crois qu'étrangement la chose la plus difficile après toute cette histoire sordide, ça a été les yeux de la mère. Cette façon qu'elle avait de nous traiter, en déchets. C'est ça, elle nous haïssait.

La mère Murat ? a complété Lili.

Oui.

Sûr qu'elle n'était pas commode.

Elle ne voulait pas que je vive là, que je vive tout court. Elle ne l'a jamais voulu, et elle me l'a fait payer. Je pense qu'en réalité, si ton père et Antoine n'avaient pas été là…

Elle marque une pause.

Si Brunhilde n'avait pas fait ce qu'elle a fait… je ne serais sans doute pas restée.

Famille Murat, 1977

Où l'effondrement fracassant des rôles précède celui des casseroles dans l'évier

La mère a entendu son garçon rentrer, il faisait encore nuit. Elle s'est levée et a vu les bottes pleines de boue jetées à la hâte dans l'entrée de la maison. Et maintenant ce gros benêt de Rivière qui se pointe au petit matin avec sa tronche d'adjudant-chef.

Père Rivière, je peux faire quelque chose pour vous ?

Bonjour, Myriam, ton gamin est là ? Faut que je lui cause.

Un problème ?

Je ne sais pas encore.

Les deux se tiennent tête, yeux dans les yeux dans le vestibule, quand le père Murat revient de la traite.

Salut, mon vieux, comment va ? Que me vaut l'honneur ?

Figure-toi qu'Antoine est venu me trouver ce matin.

Jean marque une pause comme pour prendre le pouls de la situation.

Et ?

Et il m'a fait savoir que la Brunhilde était venue le chercher au milieu de la nuit, plutôt fâchée.

Qu'est-ce tu veux que ça me foute les histoires de fesses du père Carette !

C'est pas de ça qu'il s'agit, Henri. Et tu le sais. C'est grave.

Je me doute, à voir ta tête d'enterrement, m'enfin on en a vu des choses graves !

La mère Murat les dévisage depuis sa cuisine où elle fait mine de préparer le déjeuner.

Le gamin est parti aux champignons, ou je sais pas où, il avait à faire je crois ce matin, mais viens prendre le café.

Jean entre dans la cuisine, prend place sur l'une des chaises autour de la table.

La mère n'aime pas les airs qu'il prend. Supérieur, dans son bon droit. Ce sont eux qui l'emploient, à ce qu'elle sache. Faudrait pas qu'il inverse les rôles. L'a toujours eu tendance à faire ça lui, se comporter en propriétaire, d'égal à égal. Faudra qu'elle dise au père de lui rappeler qui est le patron ici, qui lui paie une partie de son salaire au père Rivière, qu'il remballe ses airs de chef. Et son Henri qui semble prêt à lui cirer les pompes. C'est qu'il doit en connaître des choses sur lui le Rivière, et des pas jolies pour qu'il se plie en quatre comme ça. Ce qu'ils n'imaginent pas ces deux cons-là, c'est que leur chantage, elle n'en a rien à faire, elle est déjà au courant de tout. Elle voit bien comme son Henri bouffe des yeux la gamine, qu'il rêverait de lui faire des choses. Et comment il a dû être lâche au combat, face aux armes et à la mort. Elle sait tout ça. Et plus lâche encore chaque jour que Dieu fait, face à elle, à son mépris qui s'est mué en dégoût. Et puis son fils, ce n'est pas le plus malin, ni le plus gentil, mais c'est son gamin et elle ne laissera pas un garçon de ferme lui marcher dessus.

Jean, qu'est-ce qui t'autorise à te pointer comme ça à cette heure-là pour accuser mon fiston ? elle dégoupille.

Myriam !

Ferme-la, Henri. Si t'es pas foutu te défendre ton gamin, je vais m'en charger. Parce que j'ai pas de comptes à rendre à qui que ce soit, Jean, tu m'entends bien quand je te dis ça ? Et encore moins au gars qui trait mes vaches. Tu entends un peu ce que je te dis ?

La mère se cramponne à sa poêle comme à une arme et depuis le couloir où il l'observe, Martin n'en revient pas.

Écoute Myriam, je ne vais pas discuter avec toi. Quand ton gamin se souviendra qu'il est un homme en âge d'assumer ses responsabilités, qu'il vienne me trouver.

Jean se lève sous les yeux hagards du père.

Tu ne dis rien, Henri ? On insulte ton fils, on vient le chercher chez nous comme un repris de justice et toi tu gardes ton cul sur ta chaise ?

Jean pose sa grande main sur l'épaule du père qui lui lance un air désolé.

Il viendra.

Merci, Henri.

Au revoir, Myriam.

En guise de réponse, le fracas des casseroles tombant dans l'évier.

Grange des Murat, automne 1977

Il est des souvenirs qu'il vaut mieux désosser

Le père Carette a tenu promesse. Quelques heures après l'irruption de Brunhilde sur le seuil de sa maison, fusil sous le bras, deux tracteurs augmentés de deux grandes remorques traversent le pré des Murat en direction de la grange occupée jusque-là par Mariella. Le père Rivière assure le bon déroulement des opérations et le passage des engins sur le petit pont qui conduit à la maison. Une dizaine d'hommes du village sont déjà là en renfort ainsi que Gisèle et Brunhilde, qui a conseillé à Mariella de rester chez elle se reposer. La pauvre dort d'un sommeil lourd, sonnée par le choc. Elle ne veut plus mettre un pied dans la maison des Murat. Brunhilde a appelé Émile. Elle lui en a dit le moins possible au téléphone et espère en quittant la maison et son amie endormie qu'il se présentera bientôt. Mariella aura besoin d'attention les jours qui viennent.

Les hommes ont commencé par arracher l'encadrement des fenêtres au pied-de-biche. Celles-là mêmes que Mariella avait dessinées et montées avec leur aide. Ordre de Brunhilde, *l'anéantissement.* Ne rien laisser à ces enfoirés.

Les lattes du plancher qui avaient été remplacées sont récupérées au même titre que les chaises, les tables, le matelas et toutes les choses qui avaient été installées là, pour qu'elle s'y sente bien. La maison est vide, le premier tracteur amorce sa remontée lorsque le père Murat se rue sur Antoine, essoufflé.

Mais enfin, qu'est-ce qui se passe ? Jean ? Antoine ? Vous avez perdu la tête ?

Ton gamin t'a rien dit ? l'interrompt Jean.

Me dire quoi ? Regardez un peu dans quel état vous êtes en train de mettre ma grange. Ce sont des lattes du parquet ça ?

Pas à toi. C'est nous qui avons posé ce plancher là-haut, Henri. Pour la petite.

Et où est-elle justement, la petite ?

Elle dort, le coupe Brunhilde.

Mademoiselle… bonjour, bégaie Murat sans même la regarder.

Vous pouvez garder votre maison piégée, Murat, les Allemandes quittent vos terres. Vous pouvez dire à votre fils que je l'attends, avec mon fusil.

Je suis en train de me faire menacer par une gamine allemande, dans mon pré, et elle a une arme en plus ? Vous avez tous perdu la raison ? Elles vous ont jeté un sort ou quoi ? Regardez-vous. Vous êtes là comme des larbins.

Ferme-la Henri ! a hurlé Jean comme on tire. Rentre chez toi et demande à ton fils de t'expliquer ce qu'il foutait au milieu de la nuit avec le fils Blaise dans la piaule de la petite. Quand tu auras ces informations, on t'écoutera. Pour le moment, je crois que personne n'a envie d'entendre ce que tu as à dire. Et n'oublie pas de rappeler à ton fils qu'il doit venir me trouver et que le temps ne joue pas en sa faveur. Je lui laisse jusqu'à demain. Après cela, on ira voir les gendarmes avec les gamines.

Les autres se sont rassemblés derrière le père Rivière et forment une armée compacte. Brunhilde coince son calibre entre ses pieds et replace une mèche de cheveux qui s'est échappée. Sans dire un mot, elle pose sa main sur l'épaule de Jean, tandis que Murat quitte la colline.

De rien gamine, mais perds cette manie de serrer ce fusil dans tes mains quand tu parles à quelqu'un. C'est pas une bonne manie.

Vous voulez dire, pour une femme, le père ?

Non. Juste. C'est pas une bonne manie. Pour personne.

Vous en savez quelque chose ?

Disons que j'en sais suffisamment.

C'est pour ça que vous ne chassez pas non plus avec eux ? *Boum boum*, elle mime avec son fusil comme le font les enfants.

J'aime pas ça. Allez viens, on charge cette dernière malle et je vous invite tous à boire un coup. Tournée générale, c'est pour moi ! il lance à l'intention des gars.

Gisèle pousse un cri de ralliement sous le regard étonné de Boris et tous éclatent de rire.

Pour la Gigi, en tête bien sûr ! rajoute Jean.

Le soleil tire lentement sa révérence sur la vallée quand Pierre Blaise et Martin Murat descendent leur première bière au bistrot de la place, inconscients de l'arrivée imminente de l'armée soulevée par Brunhilde quelques heures plus tôt. En tête, Thierry Blaise, arrivé le premier sur place à mobylette.

Les yeux de la petite, ce matin où elle est venue le trouver avec son fusil sous le bras, Antoine n'est pas près de les oublier. Des années encore et jusqu'au moment fatidique il se souviendra de ce regard où se disputaient la fureur et l'effondrement. L'émotion qu'il a déclenchée en lui rappelait comme un gong celle survenue trente ans plus tôt.

Antoine Carette,
propriété d'Hermann et Ursula,
Unna, 1945

Où dans les yeux d'Ursula, comme dans ceux de Brunhilde trente ans plus tard, se disputent la fureur et l'effondrement

Depuis son retour au camp, Antoine survit, bêchant tout le jour un gouffre aussi sombre que ses pensées. Un dans lequel il a fini par tomber d'épuisement. Tous, au Kommando, savent que la fatigue et la mort sont des parentes proches. Antoine a été ramassé puis soutenu par l'un de ses camarades qui a su trouver les mots pour renforcer sa résistance. Un autre a prié à côté de lui des heures durant. Il est arrivé plus récemment et il est certain que la guerre prendra fin un jour, même plus tôt qu'il ne l'imagine, qu'il leur faut tenir, que le plus dur est derrière eux et que l'avenir appartient aux Alliés.

La rumeur court depuis quelques jours au Kommando que les SS ne pourront pas garder le camp ouvert plus longtemps. La pression des Alliés s'intensifiant, ils cherchent à répartir les prisonniers, selon leur état, entre Buchenwald et les fermes alentour. Les premiers camions sont partis en direction de la gare pour Buchenwald. Antoine a bien vu ceux qu'ils ont commencé d'embarquer. Ni les plus forts, ni les plus fringants. Aucun d'eux ne parvient plus à cacher son épuisement ou son handicap, beaucoup sont atteints de troubles dont ils ne guériront pas. Antoine redouble d'énergie. Mais il sait qu'il ne tiendra pas son rôle bien longtemps.

Un matin, tandis qu'ils terminent de reboucher une tranchée, il aperçoit la silhouette d'Ursula derrière les grilles de l'aile ouest. Il pense à une vision. La première d'une longue série. De celles qui ont emporté les autres plus vite que prévu.

Il tente d'y voir plus clair mais déjà le SS hurle dans sa direction, forçant le réalisme de la scène. Antoine se remet au travail. Elle réapparaît entourée de deux SS. Ils le pointent du doigt, elle acquiesce.

La réalité finit par l'emporter. Quelques minutes plus tard, Antoine est installé à l'arrière de la voiture. Un relâchement inédit s'empare de lui. Comme si les structures osseuses qui le soutenaient jusque-là allaient s'effondrer les unes après les autres. Ursula, installée à côté de son garçon de ferme à l'avant, lui jette un regard complice dans le rétroviseur, sans un mot. Il lui faudra attendre d'avoir retrouvé le sourire franc d'Hermann pour réaliser qu'il est de nouveau chez eux. Loin du camp.

Voilà comment, après avoir été renvoyé au Stalag VI puis au Kommando d'Unna, Antoine rejoint, pour la seconde fois, la propriété d'Hermann et Ursula. Elle sera sa dernière destination jusqu'à la fin de la guerre. Les drapeaux rouge et noir trônent toujours au-dessus de la cheminée et dans le hall qui mène aux chambres. Un nouveau, plus grand encore, a trouvé sa place dans la salle à manger où les enfants l'accueillent.

Ils ne l'ont pas oublié, pas plus qu'Ursula et Hermann, exempté de mobilisation en 1942 à cause de son cœur malade et de sa participation à la guerre de quatorze. Antoine ignorait jusqu'alors qu'Hermann avait fait la Première Guerre et qu'il fêterait bientôt ses cinquante ans. Il le trouve beau pour son âge. Ursula, elle, vient de célébrer ses trente ans et regrette qu'il n'ait pu assister à la fête.

Ce soir-là, il est convié à leur table plutôt qu'à celle des domestiques et garçons de ferme.

Peu à peu Antoine reprend du poids, des couleurs, et retrouve le sourire en s'amusant avec les enfants à toutes sortes de jeux qui n'exigent pas qu'il comprenne bien la langue. Car, hormis quelques ordres et autres injonctions, toujours les mêmes, son allemand ne s'est guère amélioré.

Les enfants s'essaient à quelques mots de français, *bonjour, comment allez-vous ?...* Ce qui fait beaucoup rire Ursula. Antoine prend conscience qu'il aime entendre rire Ursula.

Les jours d'accalmie durent quelques semaines. Il raconte à ses hôtes la venue d'Himmler dans son Kommando, son attitude, en prenant soin de ne pas les offenser. Il comprend, d'après leurs commentaires, l'immense honneur qui a été le sien de croiser la route d'un homme comme lui. Le plus grand de tous les chefs militaires au monde, s'enthousiasme Hermann. Chaque fois qu'il demande plus de détails sur le fonctionnement du camp, le couple semble s'étonner du traitement qu'il a subi, invoquant des manquements dans les relais, sans doute quelques éléments malintentionnés qu'Hermann ne manquera pas de signaler à ses amis haut placés. Les discussions politiques ne s'éternisent pas. Il leur arrive de partager une bière, comme avant, avant qu'Antoine ne soit réquisitionné pour les unités de renfort du Kommando, avant le cauchemar dont, d'un tacite commun accord, ils ne parlent pas.

Cette période demeure une parenthèse agréable dans sa mémoire, même si, inévitablement, la suite des événements vient mettre à mal les perspectives communes.

Le débarquement des Alliés en Normandie et leur avancée sur le territoire allemand rallument bientôt l'espoir des prisonniers. Et même si, dans la grande majorité des cas, les Américains assurent l'ordre en évitant les débordements, des rumeurs de révoltes dirigées par d'anciens détenus dans les coins les plus reculés s'épanouissent comme le lierre en ce printemps. Mais les Américains n'ont pas encore franchi les portes d'Unna quand celles des premiers prisonniers se sont ouvertes.

Ce matin-là, Hermann est nerveux, il ne boit pas son café qui refroidit devant lui. Pour la seconde fois, Ursula l'a mis à réchauffer. Antoine n'a pas eu accès à la maison comme de coutume. La colère d'Hermann se fait entendre depuis les baraquements où Antoine loge avec les autres. Ces derniers jours, Hermann s'est fait plus distant, il lui est difficile de partager une bière avec lui, d'échanger quelques mots. Il se retranche avec sa famille.

Il est tout juste neuf heures du matin quand des bruits de tirs et les premiers cris les surprennent. Des évadés d'un camp voisin de celui de Dortmund, Polonais, Russes, Français et Tziganes, ont entrepris de libérer les prisonniers des stalags et fermes alentour. À leur arrivée devant celle d'Hermann, Antoine tente de les raisonner. Il leur propose même un *bon café* et de quoi déjeuner convenablement. Ils n'ont qu'à poser leurs armes et à se joindre à eux pour discuter. Il dit cela le plus sérieusement et le plus calmement du monde, mais les autres, après l'avoir fixé de leurs yeux ronds, font gronder leur moteur, le doigt cramponné à la gâchette de leur fusil en direction de la maison. Antoine a beau essayer de les rattraper, il est trop tard.

Il est des matins où le désir de vengeance surpasse celui d'un bon café.

Ces hommes, Antoine le comprendra des années plus tard, ont tant attendu dans le vide, suspendus entre la vie et la mort, qu'ils ne savent même plus s'il vaut mieux rentrer la tête pleine de toutes ces saloperies ou mourir ici en bourreaux. On voit certains commettre l'irréparable en prétextant libérer les leurs, simplement parce qu'ils ne savent plus comment retourner chez eux. Peur que la guerre ait fait d'eux des étrangers dans leur village. Antoine peut le comprendre aujourd'hui.

Ce matin-là, il ne comprend rien.

Il voit des hommes armés débarquer, appeler dans leur langue à les rejoindre. Les Alliés, les Américains en tête, investissent l'Allemagne. C'est fini, les Allemands sont les grands perdants, les prisonniers peuvent prendre la route du retour, ils sont libres.

Antoine met du temps à comprendre ce qui se passe. Il ne saisit que lorsque ses yeux cognent ceux d'Hermann. Son hôte se précipite dans leur direction, fébrile, hurlant à sa femme et à ses enfants restés à l'intérieur de se barricader, semblant ignorer que, là où ils sont, ils ne peuvent pas l'entendre. Il n'a pas le temps d'arriver jusqu'à eux, les types surgissent, tirent plusieurs balles dans ses jambes. Il se retourne, comprend trop tard qu'ils ne discuteront pas. D'autres lui tirent dans le dos sous les yeux d'Ursula qui percutent les siens depuis la fenêtre de l'étage. Antoine court vers Hermann pour l'aider, plaide sa cause dans le vent.

La guerre ne s'embarrasse pas de nuances. Hermann est un nazi, il doit mourir, sa femme et ses enfants avec lui, si l'on veut éviter qu'ils se reproduisent. Est-ce qu'il ne veut pas éviter cela ? Est-ce que tout ça, toute cette merde autour de lui, ça ne lui suffit pas ?

C'est ce que disent les hommes armés. Le cauchemar reprend à contre-courant et Antoine se sent pris au piège d'un tourbillon de haine.

Ursula se met à courir derrière la maison d'où elle s'est échappée avec les enfants par une porte dérobée, munie d'un fusil. Tandis que les autres, occupés au saccage, piétinent la dépouille d'Hermann au milieu de la cour, Antoine fait démarrer la voiture. Il contourne le bâtiment à la hâte et emmène Ursula et les enfants en direction de n'importe où. Hors de portée de la fureur. Le temps que dure le trajet, Ursula ne prononce pas un mot. Maya appelle son père.

Antoine veut que tout s'arrête, que la voiture tombe d'une falaise surgie au détour d'un virage, qu'avec eux tout prenne fin.

Il les dépose finalement à l'entrée d'une petite ville où Ursula et les enfants se réfugient dans un centre postal. Elle jette un dernier regard à Antoine, son fusil sous le bras, et dans ses yeux, comme dans ceux de Brunhilde trente ans plus tard, *se disputent la fureur et l'effondrement.*

Antoine Carette, lieu-dit, 1977

Des années qu'Antoine n'a plus revu ces yeux-là. Ils sont restés tapis dans l'ombre de ce bureau de poste, à des centaines de kilomètres de là, tout près d'Unna, dans le coffre scellé du passé.

Qu'ont fait Ursula et les enfants après cela ? Qu'est-il advenu du corps d'Hermann ? Tout est allé si vite. Le maelström emportait tout, ne laissant aucune chance d'envisager les choses différemment. Antoine a repensé plusieurs fois à ce qu'il aurait pu faire pour sauver Hermann, pour les sauver tous.

Il a finalement rejoint une ville à la frontière et il est rentré chez lui. Les cinq ans de guerre qu'il a passés en Allemagne, tout ça, englouti en quelques minutes expéditives. Il n'a eu le temps de rien, juste celui de survivre. Et de s'en aller.

Mieux vaut ne pas y penser.

Lui a toujours préféré le calme aux réjouissances et, après cette journée passée à démonter la grange du père Murat, il revient tranquillement jusqu'à sa maison, laissant les autres fêter leur victoire collective sur l'obscurantisme.

Mais pour Antoine, ces choses-là ne se fêtent pas, elles s'éprouvent dans le temps. Ce soir, plus encore, il veut être seul. Son passé le rappelle et il doit être là, parfaitement disponible, pour le cas où il lui donnerait de leurs nouvelles.

Thierry Blaise, lieu-dit, 1977

Où Martin Murat a l'impression de commencer à mourir

Thierry Blaise, lui, n'attend aucune nouvelle du passé. Les seules nouvelles qu'il serait susceptible d'attendre sont celles de Brunhilde, qui depuis quelques jours a gardé sa porte fermée la nuit, tout occupée à veiller Mariella. Il est le premier à entrer dans le bar, où ce soir-là se trouvent Martin Murat et son frère Pierre. Les autres sont en route, excités à l'idée de partager quelques verres après la dure journée passée à tenter d'effacer la souillure commise par les fils Blaise et Murat.

Thierry n'a pas vécu la guerre. Ses temps de confusion sont ceux qu'il traverse depuis quelques jours. Toute la journée, tandis qu'il aidait les hommes à démembrer la grange où vivait Mariella, ses pensées allaient vers son frère et cet enfoiré de Murat. Tout le temps passé à ôter les clous, porter les meubles et les fenêtres, il a eu devant les yeux les images que lui a rapportées le père Rivière, dans ses mots simples. Et celle de la silhouette de Brunhilde, happée ailleurs.

Son frère et le fils Murat entrant dans la grange de Mariella au milieu de la nuit.

Le récit, sans fioritures, a pris une dimension qu'il a du mal à digérer. Depuis toutes ces années, Pierre et Martin ont fait les quatre cents coups, des bien vicelards, sans que personne dise quoi que ce soit. Le fils Murat est le fils de qui il est, mais Pierre reste son petit frère et rien n'empêche un aîné de remettre son cadet dans le droit chemin.

Voilà sans doute la raison pour laquelle, quand il ouvre la porte, à la vue de Pierre aux côtés de Martin en train de ricaner au comptoir, tout déborde. Thierry se précipite sur eux, lance son poing et frappe son frère au visage. L'autre n'a pas le temps de réagir. Le coup tombe et Pierre entend les os de son nez se briser. Martin hurle et tente faiblement de repousser Thierry, qui se dirige vers lui après avoir laissé Pierre à terre.

Qu'est-ce que tu vas me faire ? Tu vas me tuer ?

Ne me donne pas des idées, pauvre merde !

Les hommes du village présents tentent de le retenir, mais Thierry les surpasse de plusieurs dizaines de centimètres.

T'en prendre à des femmes, des gamines !

Parce que toi t'en as peut-être, des scrupules, à te taper une boche ? À être à leurs bottes comme un clebs ?

Thierry bondit et, sans que personne ait le temps de l'arrêter, crochète ses mains autour du cou de Martin Murat qui maintenant peine à respirer.

Ferme bien ta grande gueule si tu veux pouvoir la rouvrir un jour.

Les doigts de Thierry le serrent si fort qu'il a l'impression de commencer à mourir. Quand il relâche son étreinte, Martin tombe à côté de Pierre qui, sonné, se relève à peine. Marguerite au comptoir exige que les gars sortent régler leurs comptes ailleurs, ici, on ne veut pas de ça. Mais il est trop tard. Thierry est là qui tient le siège et il ne sortira pas tant que les deux autres n'auront pas dégagé.

Humiliés, les gamins se laissent traîner jusque sur le parking. Au même moment, la camionnette du père Rivière se gare, les autres en descendent. Jean jette un regard furtif à Thierry qui s'apprête à monter sur sa mobylette.

Viens ici, viens avec nous.

Vous deux, il dit sans même regarder Martin et Pierre, je ne veux plus vous voir ici.

Maison de Mariella, décembre 2022

Mariella balaie de la main les fragments échappés de la boule à thé.

J'ai entendu parler par Émile et Brunhilde de ce qui s'est passé au bistrot entre Thierry et son frère. Ça m'a un peu étonnée, parce que Thierry et moi nous n'étions pas si proches que ça. Je pense qu'il avait déjà vu des choses avant et que cette histoire a fait déborder le vase, tu vois ?

Je hoche la tête.

Je pense aussi qu'il en pinçait pour Brunhilde. Ce ne sont pas les ragots qui manquaient au village à leur sujet, mais ni l'un ni l'autre ne commentaient. Ils laissaient dire. C'était pire, j'imagine, pour certains !

Longtemps que Lili n'a pas bougé. Elle écoute avec l'attention des enfants, sidérée et impatiente. Inquiète.

Lucien a bien évoqué tout cet épisode, mais sans que nous prenions réellement la mesure de l'agression et de ses répercussions.

La façon qu'elle a de scruter Mariella sans le faire, je la connais par cœur. Cette manière de sonder, murmurer, consoler et finalement, quand cela ne suffit pas, de parler.

Je suis contente de te voir, tu sais.

Moi aussi, Lili.

C'est toute cette sale histoire qui nous a conduits aux bulles, reprend Lili d'un ton enjoué.

Ah les bulles ! Ça oui, c'était inouï. Peut-être mes plus belles années avant la naissance des enfants.

Comment vous avez eu l'idée ?

Eh bien, grâce à une ex d'Émile, elle était architecte et avait étudié ces habitations que l'on trouvait à l'époque ailleurs dans le monde, en Afrique je crois. Émile a voulu refaire ça ici pour, surtout, n'habiter la maison de personne, mais un lieu neutre. La moindre des choses, pour une Suisse, non ?

Les bulles, automne 1977

Ou la création d'espaces biomorphiques aux structures alvéolaires et ovoïdes totalement dénuées d'angles droits

Émile a eu une idée, Antoine ! Des bulles !

Les trois pointent leurs têtes dans l'embrasure de sa porte.

Mais on va encore avoir besoin de vous, articule calmement Brunhilde.

Plusieurs semaines se sont écoulées depuis la nuit dans la grange de Murat. Mariella retrouve peu à peu le goût des choses. La peur a mis tout ce temps à s'évaporer de son corps.

Les jours qui ont suivi, même Émile et son violon, ses pinceaux, tout ce qu'il mettait en œuvre pour l'animer, étaient sans effet. Mariella luttait. Digérer sa peur et ses trop nombreux effets prendrait du temps. C'est ce qu'Antoine avait pris soin d'expliquer à Brunhilde et à Émile. Il faudrait être patient.

Je vous écoute, il dit de sa voix claire en leur servant un café fumant, ses bergers allemands postés à ses côtés, leurs museaux appuyés sur le banc en bois.

Brunhilde a toujours trouvé ces chiens très beaux. Ils ressemblent trait pour trait à ceux avec lesquels elle a grandi. Aujourd'hui en Allemagne et certainement pour un bon bout de temps, plus personne n'ose s'afficher avec un de ces animaux. La race porte la salissure nazie et les pauvres bêtes subissent à peu de chose près un sort similaire aux déchus.

Eh bien, se lance Émile, une amie à moi, qui a beaucoup étudié l'architecture à travers le monde, m'a fabriqué en Hollande un atelier bulle.

Le visage d'Antoine dessine des arcs de cercle. Émile poursuit :

Il s'agit d'une technique d'architecture isolante qui nécessite très peu de matériaux pour sa fabrication. On utilise des grillages auxquels on donne une forme arrondie et sur lesquels on accroche du polystyrène. Ensuite, on projette du béton dessus. Le tout posé sur de grandes dalles de béton aussi. On peut tout à fait accoler trois, quatre, cinq bulles pour avoir des pièces, des espaces différents.

La porte s'est ouverte dans un fracas et Lucien est apparu. En voyant la bande installée à la table de sa cuisine, son visage s'est éclairé. Il se déchausse et s'empresse de venir s'asseoir à côté de Brunhilde.

Sympa de venir prendre le petit déj avec nous. Qu'est-ce qui vous amène ?

On va construire des bulles, répond Brunhilde comme on plante un clou.

Devant le visage coi de son père, Lucien laisse échapper un rire sonore, sitôt réprimé par un regard sombre de Brunhilde. Un temps mort s'installe, avant qu'elle éclate de rire à son tour.

Tu me fais marcher ! lance Lucien, soulagé.

Pas du tout. Émile, *setze fort* ! Continue !

Je disais qu'il suffit de peu de matériaux pour construire un lieu très agréable avec l'avantage de ne pas avoir à bâtir de murs et de profiter d'une meilleure isolation. Ils appellent cela des constructions organiques.

Antoine et Lucien l'écoutent avec attention. Lucien observe Émile, qu'il voit de près pour la première fois. Ses cheveux longs éclaircis par le soleil, sa peau hâlée, ses mains délicates et fines de musicien, ses mains de femme. La façon qu'il a de prononcer les mots, le son qu'ils font quand ils sortent de sa bouche le fascinent. Malgré tout, ses bras sont saillants sous son pull de laine trop serré et ses épaules larges. Des gars comme ça dans le coin, il n'y en a pas, et il a beau parcourir quelques kilomètres en pensée, il n'en a jamais vu en vrai.

Mais comment tu fais pour faire tenir les murs ronds ? Sans coffrage ?

Justement, c'est du fer à béton, un grillage que l'on pose avant et sur lequel on projette le béton. On ne le coule pas et quelques centimètres de polystyrène suffisent. La technique existe depuis la fin des années cinquante en France. Peut-être que vous avez déjà entendu parler de Claude Costy ou de Pascal Haüsermann ?

Le reste de l'assemblée ne l'écoute déjà plus. Tous ont les yeux rivés sur le plan que vient de déplier Mariella sous leur nez.

On a dessiné ça cette nuit.

Sur une grande feuille blanche, cerclées de vert, se tiennent une succession de huttes arrondies. Aussi rondes que les monts autour. Ils ont même pris soin de recouvrir d'aquarelle verte les toits des abris.

Une, deux, trois, quatre, six pièces ! s'exclame Lucien. Et on peut vivre là-dessous ?

Sans problème, répond sobrement Mariella, son œil vif de retour.

Tous scrutent dans un silence d'église le précieux document. Tout y est représenté avec un soin infini. Les arbres, la rivière en contrebas, même le gris-bleu du ciel semble avoir été prélevé directement à la source et délicatement placé sur le papier. Lucien et Antoine découvrent le lieu qu'ils connaissent par cœur sous un jour nouveau. Au loin, la croix qui joint les quatre routes et le haut de la Grande Montagne. Les bulles sont parfaites, elles semblent avoir été déposées là par la brise.

Et vous ne craignez pas que ça s'effondre ? Lucien rompt le silence.

Non, c'est prévu pour. Ça tient très bien, dit posément Émile.

Et ce champ, sur lequel sont installées vos bulles, c'est le mien, plaque Antoine de sa voix douce et grave.

Absolut, chef ! répond aussitôt Brunhilde, plongeant ses yeux sans détour dans les siens.

Mariella se lève pour lui sauter au cou, tandis que Brunhilde dépose un baiser sur sa joue et qu'Émile serre sa main sans plus la lâcher.

Merci ! *Danke schön ! Danke schön*, Antoine ! répètent-ils.

Bon, maintenant il va falloir trouver des bras pour nous aider à monter vos cahutes !

Y a que ça par ici, des bras, père Carette !

C'est bien vrai ça ! D'ailleurs Brunhilde, prends les tiens

pour nous servir une gentiane ! Regarde, toi qui es grande, dans l'armoire là-haut.

Brunhilde s'avance et, ouvrant l'armoire, y trouve tout un tas de paperasse entassée. Les bouteilles sont sur la dernière étagère. Elle se hisse sur la pointe des pieds.

Ça ? Ça va ?

C'est parfait ! Ramène !

Alors que Brunhilde referme la porte de l'armoire, un bout de papier s'échappe qui finit son vol à ses pieds. Une photo en noir et blanc sur laquelle figurent des hommes et des femmes en tenue de ferme, des paysans. Auprès d'eux, des chiens et quelques poules. Au centre, un homme et une femme, jeunes, très beaux, blonds comme des enfants. Juste sous sa main à elle, l'épaule solide d'Antoine, accroupi. Il est là, au milieu d'eux, souriant, sa casquette sur la tête et ses yeux, les mêmes, allégés de quelques rides. En fond, la bâtisse solide d'une belle propriété avec, en étendard au-dessus de leurs têtes, le drapeau, le seul de cette époque-là.

Tu t'en sors ? la surprend Antoine.

Ja ! Ja ! Pardon.

Elle retourne à leurs côtés, verse la gentiane dans les petits verres disposés sur la table, ses pensées toujours scotchées à l'image qu'elle tenait entre ses mains quelques secondes plus tôt.

STATION III

Le pays des bulles

Petit îlot submergé de musique la nuit tombée, décembre 1977

Ou ce qu'il faut de bras de paysans pour bâtir un monde

L'opération a mobilisé une partie des forces vives du hameau des semaines durant, sous le commandement du duo en chef, Antoine Carette et Jean Rivière. C'est un mois de décembre lumineux et clair, un peu humide, évidemment, mais la météo est de leur côté. Tous suivent les instructions données le matin même par les maîtres de chantier. Émile, Brunhilde et Mariella ont étudié les plans et produit d'autres dessins qui ont émerveillé leurs amis. On y voit, esquissés sur les collines, là encore verdies avec soin à l'aquarelle par Mariella, les abris parfaitement ronds, fondus au milieu du vert, au nombre de six. Six petites bulles censées abriter les fous qui à cet instant même exposent leur plan aux villageois présents.

Mais comment allez-vous faire pour vous doucher et même, pour avoir de l'eau potable ?

Eh bien, elles iront un peu plus haut, dans mon pré il y a un puits et l'eau est potable, a répondu Jean à Gisèle qui scrute avec soin le dessin.

Et pour les toilettes ?

Pas toi, Boris, l'a taquiné Antoine.

Tous ont ri.

Mais il n'y a pas de fenêtres dans vos bulles ?

Si, des hublots et des velux, répond Mariella.

C'est fou un truc pareil. Les gens vont penser qu'on est complètement cinglés d'avoir un truc comme ça, a lancé Jean-Marc, le garçon de ferme qui depuis peu aide Lucien aux champs.

Les gens penseront bien ce qu'ils voudront !

Gisèle est très emballée. Elle se voit déjà peindre les murs en couleur, dessiner elle aussi des choses folles sur les parois, elle s'imagine sous ces bulles. La construction lui paraît tout à fait moderne et elle ressent une certaine fierté de participer à un tel projet. Tout le monde ne peut pas se targuer de pareilles aventures dans sa vie et ces bulles sont vraiment futuristes. Sans doute les gens viendront-ils de l'autre bout du monde pour les observer. Elles offriront au hameau un souffle neuf, une singularité que les villages alentour n'ont pas. Rien ne sera plus jamais comme avant et ce changement, cette révolution survenue avec l'arrivée des filles, sera, grâce aux bulles, effectivement inscrit dans le paysage. Plus personne ne pourra ignorer que c'est ici qu'elles se sont installées, que c'est ici qu'elles ont choisi de rester. Le jour où elles seront des artistes reconnues dans le monde entier, le hameau deviendra un lieu de pèlerinage.

Des journées entières, ils s'affairent.

L'acmé de l'installation fut l'acheminement du piano jusque dans la bulle principale. Émile et Mariella avaient acquis l'instrument chez un brocanteur du haut pays. Un somptueux piano à queue, qu'Émile a intégralement rénové, réaccordé et verni d'un rouge profond, lumineux. Lorsqu'ils avaient vu l'objet arriver en haut du pré d'Antoine, ligoté sur la remorque de Jean tout à sa manœuvre, tous avaient été stupéfaits. Ils en tirèrent un tel sentiment de fierté que longtemps après, les vieux contèrent à leurs petits-enfants comment un piano digne des plus grands orchestres du monde avait fait son entrée dans *les côtes*. L'installation du piano fut suivie par celle, moins spectaculaire mais tout aussi inattendue, des nombreux violons d'Émile qu'il fit descendre de son appartement parisien.

Gisèle pensait que tout ce qui rejoignait l'espace des bulles semblait soudain tout à fait nouveau, étranger, surprenant. Elle supposait qu'il en était de même pour elle et s'autorisait de grands éclats de rire, des blagues et même quelques chansons qu'elle entonnait pour se donner du courage.

Point d'orgue de la création, un four central fait de briques et de béton, surplombé d'un conduit en alu qui donnait à l'ensemble, depuis la colline, des allures de coiffe et servirait à chauffer les bulles. Tous avaient à cœur d'achever l'ouvrage pour la fin de l'année et ne ménageaient pas leurs efforts. Gisèle apportait de quoi ravitailler les troupes, quelquefois accompagnée de Frédéric, qui marchait maintenant. Elle voulait qu'il soit aux premières loges du grand changement à l'œuvre.

La toute première soirée passée dans les bulles eut lieu en plein hiver, quelques jours avant Noël, à la chaleur du four carburant à plein régime. Tous étaient là. Même Lisette. Jean avait insisté pour qu'elle vienne passer un peu de bon temps avec eux et qu'elle cesse de se faire des idées sur les filles, et les autres. Des tapis étaient jetés sur la grande dalle de béton. Il faisait froid bien sûr mais très vite, les verres d'alcool et la chaleur du four alimenté avec énergie par les hommes finirent par produire leurs effets. Jean avait apporté de la charcuterie pour un régiment, Gisèle son aligot, d'autres du pain et des pommes de terre que l'on cuisait à même le four.

Un instant comme un flash, Gisèle crut avoir été parachutée ailleurs, dans l'un de ces coins du bout du monde où toutes les règles sont inversées. Puis ses yeux se posèrent sur son Boris, accoudé sur le piano devant Émile en train de s'installer.

Jamais de sa vie Gisèle n'avait entendu quelqu'un jouer du piano en vrai. Encore moins de cette façon-là. Une manière désordonnée, anarchique, qu'il appelait *jazz* et qui donnait envie de danser.

Et précisément, tous autant qu'ils sont dans cette pièce ronde qui n'en est pas une, autour de ce four, ils dansent, boivent, fument, rient, chantent. Elle regarde les filles mener la danse et c'est à ce moment-là qu'elle se rend compte.

Au peuple des bulles ! lance-t-elle en l'air dans la pièce en même temps que son bras tendu tenant son verre.

Les autres entonnent derrière elle : Au peuple des bulles ! Le geste lui rappelle celui des mariages, des cérémonies religieuses. Ces verres qu'au choix on lève ou on brise pour marquer ces instants sacrés qui ouvrent les ères nouvelles. Elle repense à tout ce qu'il a fallu au village pour en arriver là. À Jean, Mariella, Brunhilde, Antoine, son Boris et les autres. Tout ce qu'il a fallu de volonté, de joie, d'entraide, d'optimisme, et toutes ces images débordent de ses yeux. Elle se met à pleurer des larmes chaudes, celles qui accompagnent les moments qui comptent.

La musique reprend de plus belle et tous dansent sous les bulles au milieu de la fumée et des effluves de nourriture et d'alcool. La fête s'étire.

Antoine sort respirer l'air du pré. Cet air qui lui a tant manqué quarante ans auparavant. Émile attaque Django à la guitare sous les cris des autres, échauffés par le vin et les gestes des femmes qui deviennent plus langoureux. *Minor Swing*. C'est comme une lettre, une lettre d'amour gaie et trop courte dont on voudrait qu'elle continue encore et encore, que ses phrases ne cessent jamais de caresser. Une qui n'arriverait jamais, dont les mots comme les notes s'égrènent dans le vide. Ces notes, bondissantes, intrépides, imprévisibles, il a eu beau les entendre plusieurs fois dans les clubs de jazz de Châtelet, il lui semble que toujours, elles fuiront. Mais elles n'échappent pas à Émile, qui se donne du mal, sous la bulle comme un monde. Un instant ou une étoile filante, Antoine se dit qu'à bien y regarder, ces bulles sont un monde. Le leur. Qu'ils se sont bâti. Gisèle a raison.

Petit îlot de paix submergé de musique au milieu de la nuit, isolé du monde et de ses problèmes.

Il décide de s'asseoir un instant sur le rebord de la large dalle coulée trois jours plus tôt avec ses amis, pour elles. *Pour eux tous*. Il le sait maintenant.

Le ciel est clair, les étoiles toujours plus nombreuses qui dessinent des formes irréelles au-dessus de sa tête. Juliette est là, elle aussi, elle lui sourit depuis la Voie lactée. Pour la première fois depuis très longtemps, Antoine a le sentiment inestimable que tout est à sa place. Il entend la voix de Jean, simulacre de ténor, totalement ivre, qui résonne sous les bulles, et il est heureux.

Il a tant pensé à ce ciel. Il a tant attendu de le retrouver. Ce ciel et l'odeur de l'herbe autour, l'odeur de son pré, de ses bêtes. Un grand calme emplit sa poitrine. Ce soir, ses prières ont été entendues.

Une présence légère et souple avance vers lui, elle se déploie et s'assied à son côté.

Brunhilde lui tend un joint qu'il décline d'un sourire.

Cette gamine n'a rien qui permette de la rattacher à quelque chose de connu, de parfaitement familier, à part peut-être le bruit du vent dans les branches la nuit.

Vous n'aimez pas la musique, Antoine ?

Si, beaucoup. J'avais juste besoin d'un peu d'air frais.

On étouffe là-dessous.

Ils restent là quelques minutes parsemées de notes et de voix en fond qui prolongent la fête.

Vous y pensez parfois ? murmure Brunhilde dans la nuit.

Antoine n'est pas surpris. Il savait que cette discussion aurait lieu.

Ça m'arrive.

Souvent ?

Depuis que vous êtes arrivées, oui.

Et de quoi vous souvenez-vous ?

Rien qui vaille la peine d'être rapporté par une nuit comme celle-ci.

Brunhilde ne dit rien. Elle attend, quelque chose lui souffle qu'Antoine ne s'en tiendra pas à cette réponse.

Ce n'est pas très joli Unna.

Il sourit dans l'obscurité en direction de son visage.

Je vous l'accorde, on a connu des destinations touristiques plus excitantes.

On a tous vécu des choses pas faciles là-bas. Y compris toi, peut-être, il lance comme une sonde au fond de l'océan.

Brunhilde esquisse un mouvement dans la nuit. C'est la première fois qu'elle entend cet homme parler avec autant de sérieux dans la voix. Elle a envie de l'aider, de l'encourager à poursuivre, mais craint que l'initiative ne freine ses mots.

J'ai été bien traité, tu sais. Personne ne comprendrait ici que je dise une chose pareille. Et peut-être que tu m'en voudras aussi…

Brunhilde se retient de le rassurer, de lui dire que si bien sûr, elle peut tout entendre, qu'elle en a déjà tellement entendu.

Mais…, reprend Antoine. J'ai rencontré des gens, j'ai vécu près d'eux, en ami. Je n'ignore rien de ce qu'ils étaient. Des nazis. Je ne cherche d'excuses à personne.

Brunhilde sent gonfler comme une présence oppressante sous sa poitrine.

Je veux juste, aujourd'hui, être en paix avec mes souvenirs. Ils ne sont pas tous à brûler.

Brunhilde acquiesce sans le regarder.

Je me doutais que tu me demanderais. J'imagine que pour les gamins de ton âge, ce n'est pas évident de penser à tout cela. Je ne sais pas ce que l'on t'a raconté, mais ce que je peux te dire, c'est que j'ai été bien reçu dans cette famille pour laquelle j'ai travaillé à Unna. J'ignore tout d'eux. Si en dehors de cela ils étaient des gens de parole, des gens bien. Le camp qu'ils ont choisi m'interdit toute hésitation, de toute manière. C'est ainsi que les choses sont.

Brunhilde n'ose plus bouger, de peur qu'Antoine se réfrène. Les notes s'accélèrent, toujours plus véloces, plus nombreuses encore que les étoiles par-dessus leurs têtes.

J'y pense souvent. Je ne sais pas si j'ai raison de te dire tout ça. D'ailleurs je comprends peu de choses finalement de ce chaos qui nous a tous emportés ces années-là, et celles qui ont suivi… Mais ces gens m'ont accueilli en frère, m'ont nourri, soigné quand j'en ai eu besoin, et leurs enfants m'ont aimé comme un ami. Voilà ce qui résiste en moi. Tu es la seule personne à qui je puisse en parler. Je le sais depuis le jour où vous avez débarqué. Ne me demande pas pourquoi. Parfois j'ai même une idée folle. En réalité j'y ai souvent pensé depuis mon retour. Des années après, je me suis dit que j'allais essayer de les retrouver, leur écrire, leur dire que je ne leur en veux pas, qu'ils ont été bons pour moi. Leur demander pardon pour ce qui s'est passé ensuite, même si je sais bien que je n'y suis pour rien. Et tu vois, je déroule ça dans tous les sens, parfois des nuits entières pour que la plupart du temps, au matin, il n'en reste rien, rien qu'un grand vide, un regret qui s'étire avec les années.

Brunhilde ramène son genou sous son menton. Le piano continue de jouer, accompagné de la guitare et des voix toujours plus discordantes.

Je peux vous aider à faire ça.

Quoi ?

À leur écrire. À ces gens d'Unna. Peut-être que mon père les connaît. Je peux les retrouver.

Peut-être. C'est la première fois que tu me parles de ton père.

Et vous de ce temps-là.

Tu as raison. Mais on ne va pas embêter ton père ni qui que ce soit d'autre pour panser les regrets d'un vieux fermier, tu ne crois pas ?

Je crois au contraire que si tout le monde soignait les bobos des uns et des autres, le monde irait mieux.

Antoine ne sait plus quoi dire, une boule remonte depuis son estomac jusque dans sa gorge. Il n'ose pas la regarder.

Si tu veux, après tout. Ne le cherche pas lui, ce serait peine perdue, il est mort le jour où j'ai quitté Unna. Mais si jamais tu retrouves cette femme ou ses enfants…

Il a pris un stylo qui traîne toujours dans la poche de son gilet de paysan et un vieux reçu, et y inscrit leurs noms.

Si ton père sait à quelle adresse je peux leur écrire, alors je leur écrirai.

Brunhilde a pris le papier, l'a plié et glissé dans la poche de son veston sans manches.

Je vais avoir besoin de toi pour écrire.

On va écrire, père Carette, elle lance en même temps que sa main dans sa direction pour l'inviter à se lever. Maintenant on va danser ? Vous les Français, ce que vous êtes bavards !

Les deux silhouettes passent la porte des bulles. Dans la lumière jaune des flammes, leurs ombres dessinent sur les parois concaves des figurines dansantes, semblables à celles ornant les murs des tombeaux des pharaons dans ces pyramides d'Égypte qui, paraît-il, figurent parmi les sept merveilles du monde.

Grange de Mariella,
décembre 2022

Où Mariella semble tirer le même constat que l'autrice. À moins que ce ne soit l'inverse

Quelle soirée ça a été ! Nous avons dansé jusque très tard. Si tu avais vu ton père et ta mère. Deux enfants. Comme je regrette que nous n'ayons pas de photos de ce moment-là. Ta mère adorait Émile. Déjà, il était plus vieux que moi, il avait quarante ans quand j'en avais vingt-deux et il parlait beaucoup, lui, contrairement à moi. Il me disait toujours, tu es bête, tu devrais parler avec eux, leur raconter ta vie, comme ça ils n'auraient plus à l'inventer. En plus, il jouait du violon et ça, Lisette, ça l'impressionnait beaucoup.

Elle tire une grande latte sur sa cigarette en posant son regard sur le tableau accroché au mur. Un très beau avec des couleurs nuancées, des formes simples qui laissent un sentiment de plénitude. Je me souviens d'avoir pensé en le regardant que Mariella avait dû être heureuse avec Émile. Deux enfants et quarante années plus tard, des tableaux aux quatre coins de la pièce et plus d'Émile, j'ai le sentiment qu'elle tire le même constat, avant de revenir à nous.

Je n'ai jamais su ce que Brunhilde et Antoine se sont dit cette nuit-là, mais après l'un et l'autre n'étaient plus tout à fait les mêmes. Ça a fait jaser ! Les commères s'en sont donné à cœur joie. On voyait Brunhilde et le père Carette s'attabler au bistrot pour écrire des trucs, vous imaginez un peu ? Le prisonnier et la boche ? Sûr qu'ils étaient tous sur le coup. Quand j'y repense, c'est vrai que c'était quelque chose, nos bulles. Je me souviens des vieux et de certains habitants des villages voisins qui venaient nous épier depuis la route au-dessus de nos têtes. Tu te rends compte que certains venaient même jeter leurs ordures sur nous ? Et les gendarmes ! Ceux-là ils rêvaient de nous jour et nuit. Combien de fois on les a vus débarquer, la botte en avant et le bras en l'air avec leurs papiers, leurs questions. Avait-on l'autorisation ? Un permis de construire ? Je ne sais pas comment il se débrouillait, mais Antoine trouvait toujours les réponses adéquates. Quant à ton père, il ne perdait pas une occasion de leur servir un canon, ce qui, il faut bien le reconnaître, avait tendance à les détendre.

Et les Murat ?

Eux, ça a été plus compliqué. Tu n'as jamais su, Lili ?

Ma mère fait signe que non.

Eh bien le père Murat, Henri, s'est pointé un jour pour prendre un peu des nouvelles, voir ce qui se tramait. Depuis l'embrouille avec Thierry Blaise et l'attitude de ton père que Martin avait dû rapporter à ses parents, on ne les avait plus vus depuis un moment. Il est réapparu seul, tout sourire. Seulement, ton père, tu le connais un peu, n'avait pas passé l'éponge et il a renvoyé Murat en lui expliquant qu'il devrait avoir honte, que son fils n'était jamais venu le voir et que des comportements pareils, il n'en voulait pas. Que si lui n'était pas capable de tenir son fils, eh bien il n'était plus le bienvenu auprès d'eux. Ça lui a fait un sacré choc au père Murat, ils étaient bien amis avant cela. J'ai essayé d'arranger les choses, de dire à ton père que ça irait, qu'il n'était pas obligé de se disputer avec son ami. Il m'a dit que ça n'avait rien à voir, que c'était un coup de trop, que je ne savais pas tout.

Mariella a levé les deux paumes en l'air devant elle, comme le font les enfants qui n'ont pas la réponse. Lili souffle, exaspérée, je le sais, par cette tendance qu'il avait à faire justice lui-même.

C'est comme ça que les Murat ont été mis au ban. Pour un temps du moins.

Une notification sur mon portable interrompt notre conversation.

Pardon, je pensais l'avoir mis en mode avion.

Normalement, ici tu n'en as pas besoin. *Mode vallée*, c'est suffisant pour tout couper. Je suis d'ailleurs étonnée que tu captes quelque chose. Tu as de la chance. Personne ne reçoit bien le réseau ici. Ce doit être un message important s'il est arrivé jusque-là malgré tout. Tu devrais regarder.

Les deux me fixent, elles insistent sans dire un mot. Je cède.

L'Ukraine. De nouveaux bombardements dans la nuit à Kharkiv.

Elles lorgnent la table d'un air las et l'idée me surprend que finalement, même le *mode vallée* est impuissant à contenir la guerre.

Tu sais… Mariella a planté ses yeux dans les miens et il m'a semblé voir ses pupilles se dilater. Tu es sur la bonne route.

Je ne suis pas sûre de comprendre.

Il y avait mille raisons pour Brunhilde et moi de venir nous perdre dans un coin comme celui-ci.

Elle boit une gorgée de thé et garde ses paupières closes quelques secondes.

Je sais que tu sais cela. Tu l'as compris depuis un moment, avant même de rentrer dans ma maison. Mais la raison qui précède toutes les autres, ce n'est pas ici que tu la trouveras. Moi-même je l'ai longtemps cherchée ici, chez moi. Je me trompais… ou me mentais. Sans doute les deux. Je vais te faire gagner du temps, si tant est que cela soit possible dans la vie qui est comptable de tout. Va la voir. Tu dois aller la voir. Tes yeux dans les siens, chez elle. Et si tu fais cela comme tu l'as fait avec moi, alors je crois qu'elle te montrera.

Elle devrait me montrer quoi ?

Mon histoire à moi s'arrête ici. Tu peux l'écrire dans ton carnet. Clore mon chapitre. Le reste, c'est à elle.

Lili et Mariella ont échangé un sourire et dans un de leurs gestes miroirs ont tiré sur leurs cigarettes.

Quelle forme a cette raison que je dois chercher ?

Les yeux sombres de Lili me réprimandent.

La tienne, conclut Mariella.

L'hôtel du Bout du monde, décembre 2022

Où ce qui est difficile, ce n'est pas d'aller à Hong Kong, mais de quitter Vilvoorde

Tu crois que Mariella parlait d'un document officiel, un acte de naissance, de décès… ?

J'ai attendu que Lili s'allume une cigarette avant de lui poser la question.

Je ne sais pas.

Tu l'as trouvée comment toi, Mariella ?

Plutôt bien.

Nous avons retrouvé l'hôtel et nos hôtes. Dans la salle du restaurant, je fais les yeux noirs aux types installés deux tables derrière ma mère.

Arrête de faire ça, tu veux ? C'est quoi le problème ? Qu'est-ce qui te contrarie ?

Je n'arrive pas à comprendre pourquoi elles se sont disputées.

Tu as bien entendu ce qu'a dit Mariella, elles ne se sont pas disputées à proprement parler. Simplement, à un moment donné, elles se sont mises à voir les choses différemment. C'est tout.

Et cette discussion… entre Antoine et Brunhilde…

Tu devrais la rappeler. Il n'y a qu'elle qui pourrait te dire. On ne peut pas partir d'ici sans…

Je sais, je l'ai coupée.

Je me suis levée, me suis dirigée vers la véranda. Lili m'a emboîté le pas et s'est assise en face de moi sous la lumière bleue des néons.

Quand la voix de Brunhilde à l'autre bout du fil a résonné dans la pièce vide, ses yeux se sont éclairés.

Nous avons rendez-vous chez Brunhilde à quinze heures. Sa voix au téléphone m'a surprise. Une voix calme, teintée d'un accent germanique élégant. Tout s'est déroulé simplement, contrastant avec les réserves de Lucien trois jours plus tôt. Je me suis présentée, je lui ai parlé de mon intérêt pour son parcours sans trop donner de détails et nous sommes convenues de nous rencontrer le lendemain dans l'après-midi, sa matinée étant dédiée au rangement des céramiques qu'elle exposerait le jour même au marché de pays. Et, du reste, de ses propres mots, elle avait vieilli et devait faire la sieste en début d'après-midi.

À l'évocation de mon nom, elle a dit quelque chose à propos de mon grand-père, qui m'a échappé, quelque chose qui signifiait son attachement à lui, une complicité demeurée intacte. Plus tard, je trouverai dans le regard de Brunhilde sur ma mère, dans sa façon de s'adresser à elle, la tendresse qui lui reste de ce paysan qu'elle appelait, à la fin de sa vie, *pépé Rivière*.

Après la soirée passée à regarder les Bleus à la télé faire de grands signes de remerciement à la foule venue nombreuse les acclamer sur la terrasse de l'hôtel Crillon, malgré la défaite en finale de la Coupe du monde, Lili a rendu les armes dans son pyjama à pois. De mon côté du lit, je rumine. Comment Brunhilde nous accueillera-t-elle ? Bien sûr elle a été tout à fait courtoise au téléphone, même amicale. Mais elle a aussi dit : Oh ben ça va faire jaser ! Sûr qu'ils auront des choses à dire de cette visite.

Qui « ils » ?

Par ces mots elle me signifiait que la hache de guerre n'était pas enterrée, des ressentiments vivaces persistaient. Je me figurais les quelques maisons encore occupées et passais en revue leurs habitants. Il devait rester quoi, une dizaine de personnes au hameau. Qui pouvait bien lui en vouloir ? À moins que ce ne soit elle qui leur en veuille. Avoir passé tant d'années à cohabiter pour en arriver là, à se faire la guerre à trois, dans un village déserté ? Quel genre de ressentiment conduit à cela ?

Le sommeil me tente sans pour autant réussir à s'installer. Je me replonge quelques heures en arrière dans la maison baignée de lumière de Mariella, la fumée de leurs cigarettes, l'odeur du thé au riz soufflé, les tableaux d'Émile, son visage souriant. Tout le temps qu'a duré notre échange, elle a été enjouée, précise quand il s'agissait de me décrire les scènes, le fonctionnement des bulles, les relations qu'elle entretenait avec les uns et les autres. Je me repasse les instants de notre discussion, prends plaisir à détailler de nouveau la pièce, l'ambiance qui y régnait, les plis des yeux et les mains agiles de Mariella. Une mélancolie sourde s'épanouit à mesure que je me souviens. Je connais la solitude, j'en suis adepte. De longues plages d'écriture remplacent pour moi toutes les prières et toutes les discussions du monde. Je sais comme être seule dans un lieu que l'on connaît, que l'on aime, avec un objet, un texte, quelque chose à façonner, peut être satisfaisant et au-delà. Mais une intuition tenace entache l'image d'Épinal. Une impression qui flirte avec la déception, le retrait, la fatigue, le froid aussi, celui de la pièce, qui a fini par gagner mes os et aussi celui qui s'est installé au fil des ans entre la jeune fille qu'était Mariella et la femme qu'elle est aujourd'hui. Quelque chose s'est cristallisé quelque part entre le hameau et cette grange, isolée, à quelques kilomètres de là où elle a décidé de poursuivre sa vie. Seule.

Le lendemain matin Lili, comme à son habitude, déborde d'énergie devant son café au lait et sa biscotte.

Ça te dit d'aller faire le tour du bourg ?

Pourquoi pas.

J'aimerais revoir mon lycée.

Nous y voilà. De plus en plus, je me dis que ce Bout du monde n'a de *Bout du monde* que le nom.

Trente minutes plus tard, nous déposons les clefs comme chaque matin sur le comptoir à l'entrée de l'hôtel, sous le regard patibulaire du gérant sans doute intrigué par la présence de ces deux femmes dans son établissement. Les autres ont des raisons objectives d'être là, les commerciaux, les ouvriers, les travailleurs, de payer cent vingt euros la nuit l'une des cinquante chambres au papier défraîchi, agrémentées de pots de fleurs factices et d'une télé minuscule accrochée à un bras. Mais elles… Elles, qui sont-elles ? Des amantes ? Des cousines ? Une mère et sa fille ? Mais que feraient une mère et sa fille, plus si jeunes, ensemble dans un hôtel du centre de la France à quelques jours de Noël ? Pas du tourisme. Personne ne visite plus rien ici à cette époque de l'année, hormis un parent malade ou isolé. Voilà une piste plausible.

Et en quelque sorte, c'est bien de cela qu'il s'agit.

Nous laissons derrière nous la place du village enguirlandée de quelques cahutes en bois comme elles pullulent partout en France au mois de décembre, et son église romane austère à souhait. Nous marchons en direction d'une grande bâtisse grise au toit intégralement recouvert de lauzes et au portail monumental qui se revendique *lycée public* en lettres capitales.

C'est là. Ça n'a pas changé. Tu te rends compte un peu ? Je vivais là toute la semaine, à l'internat. Tu respires un peu l'ambiance ? Tu comprends pourquoi je voulais m'évader ?

Je fais oui du peu d'espace de tête resté libre entre mon bonnet et mon écharpe. L'humidité est partout. Je fais de petits bonds sur moi-même en sortant de sous mon manteau mon carnet rouge.

Pour être tout à fait honnête, hésite Lili, je dois quand même reconnaître aujourd'hui que ces murs m'ont aussi apporté mes émotions les plus pures, grâce aux livres, aux gens que j'y ai rencontrés. Sans doute parce que c'étaient les premiers. Note pas ça, ça n'a aucun intérêt.

C'est mon texte.

Comme tu voudras.

Elle revient sur ses pas et colle son nez à la devanture de ce qui fut autrefois un bar.

C'était là.

Je la rejoins et l'imite.

Tu sais quand je te racontais qu'on passait « Angie » à fond en séchant les cours, ce fameux après-midi où l'on a décidé de partir. C'est ici que tout a commencé, dans ce bistrot, avec ce gigantesque juke-box. Tu sais comme la musique peut changer la vie en rêve. À ce moment-là, je crois qu'on ne faisait plus la différence. Ça a été le déclic, on ne s'est même pas dit que nous aussi on avait droit à un peu d'aventure, de soleil et de folie. Non, on est juste parties. Suzanne, Marie et moi. On n'a rien dit à personne, pas un sou en poche, on a fait du stop. Je crois que je n'ai jamais plus ressenti un tel sentiment de liberté.

Notre hôtel du Bout du monde n'a sans doute pas surgi au hasard dans notre périple. Lili s'agite, passe d'une porte à l'autre, scrute l'intérieur avec avidité.

C'était le 5 décembre, elle dit comme on coche une croix sur un calendrier.

J'ai l'impression d'être l'otage d'un voyage dans le temps qu'elle aurait orchestré sans que je m'en rende compte. La certitude que c'est moi qui suis à la manœuvre dans cette affaire s'ébranle de plus en plus. J'aurais pu m'en douter. Trente-quatre ans de pratique.

Un type jeune, très sympa, un routier, nous a conduites jusqu'à Bordeaux, elle poursuit. On a même dormi chez lui. Impensable qu'un truc comme ça se passe aujourd'hui.

On dirait l'intro d'un épisode de *Faites entrer l'accusé* !

Le lendemain matin il nous a déposées à la gare de Poitiers et c'est là que l'aventure a pris une autre tournure.

Le mec de *Faites entrer l'accusé*, comment il s'appelle déjà ?

Hondelatte.

C'est ça, eh ben Hondelatte il fait pareil. *C'est là que*

les choses ont mal tourné pour Isabelle…, je me lance dans une imitation douteuse. Avec cette voix-là, tu sais…

Elle sourit et reprend :

Toujours est-il qu'on faisait la manche pour avoir de quoi monter dans le train et les gens n'avaient pas particulièrement envie de nous aider. Je me souviens d'un type, le genre cliché de banquier ou notaire ou comptable, un truc carré quoi, qui nous avait fait la morale, allez bosser, tout ça. On a erré comme ça quelques jours jusqu'à Paris. On s'est retrouvées chez les parents d'une amie d'amies à Anthony…

À côté d'Orly, l'aéroport ?

Oui, pas loin.

Glauque.

Ça a dû jouer, le lendemain on a décidé de se rendre.

Se rendre ! Carrément.

Oui, c'est comme ça qu'on disait. On est allées au commissariat, ils nous ont payé les billets retour direction le lycée, conseil de discipline. J'ai été virée trois jours avec obligation de voir un psy.

Il t'a dit quoi Jeannot ? Et Lisette ?

Rien. Je crois qu'ils n'étaient pas plus inquiets que ça. Et puis, j'ai découvert qu'ils me faisaient confiance. Tous les deux. Ils savaient que moi aussi j'avais besoin de trouver ma gare. C'était fait. Maintenant que je savais où elle se trouvait et quel était le prix à payer… Je crois qu'ils ont pensé que ce n'était pas si mal. Il n'y a pas eu de réprimande, pas de charge de culpabilité. Je me demande même si mon père n'était pas un peu fier. Et en soi, c'est vrai que c'était une sorte de répétition. En tout cas, ils étaient avec moi. Tout le temps.

Elle marque une pause à mesure que nous longeons les

murs du lycée hauts comme des murailles de château fort. Je me souviens à cet instant d'une autre histoire que Lili m'a rapportée.

À dix-sept ans, elle s'était rendue en Angleterre pour avorter. Jean l'avait laissée faire. Simone n'avait pas encore fait vibrer la tribune de l'Assemblée nationale. Elle m'a raconté cette histoire sans affectation. C'est ce genre de contrats qui fait la puissance de leurs liens. Elle avait voulu avorter, ils avaient donné leur accord, elle avait voulu partir, ils avaient accepté l'idée.

En traversant les lieux, une image me revient, une que je regardais quelques années auparavant sur les bancs de Sciences Po. On y voyait Jacques Brel, la belle quarantaine, sur une vidéo en noir et blanc, qui clamait de son immense bouche et avec ses yeux clignotant à travers la fumée de sa cigarette : Ce qu'il y a de plus dur, pour un homme qui habiterait – il hésite une fraction de seconde – Vilvoorde ! Et qui voudrait aller à Hong Kong, ce n'est pas d'aller à Hong Kong, c'est de quitter Vilvoorde. C'est ça qui est difficile, c'est que ça qui est difficile. Parce que après Hong Kong, tout s'arrange. Il suffit d'avoir une santé, et puis une folie. Hong Kong est à la portée de tout le monde, mais quitter Vilvoorde. Ça c'est dur.

Je me souviens d'être allée voir sur Internet à quoi ressemblait la Vilvoorde en question, une ville assez quelconque de Belgique. Et ce matin je me dis que Vilvoorde est ici, sous mes yeux, sa grande place vide, ses bâtiments gris, son ciel trop lourd assis sur nos têtes.

Ma mère interrompt le cours de mes pensées :

Toujours est-il que j'ai vu le psy en question. Il était très sympa au demeurant, on a pas mal discuté. Soixante-huit était passé par là. Je crois que ça les a rassurés, ils ont dit *crise d'adolescence*. On avait juste envie d'autre chose et cette envie-là devenait irrépressible, c'était le seul constat à faire, la seule chose à accepter vraiment.

On a continué à marcher au milieu de la petite ville grise, les croix vertes des pharmacies nous montrant le chemin. Quelques déambulateurs, des pancartes publicitaires pour les Stannah. Les cabanes de Noël sont encore fermées. Nous retrouvons la place quand la silhouette de ma mère s'éloigne vers une agence d'assurance agricole. Elle entre. Je la suis.

Bonjour. Vous savez si le café Simone est fermé ?

Bonjour ! Oh oui ! Ça fait un moment.

Je suis de passage avec ma fille et je voulais lui montrer où on faisait la fête ici.

La dame coquette et souriante est rejointe par un homme soigné.

Sûr qu'y en a eu des fêtes ici. Moi aussi j'y ai passé quelques soirées, intervient-il.

Vous étiez au lycée ? demande ma mère.

Il acquiesce, curieux.

Moi aussi. Mais vous êtes plus jeune que moi.

Une heure plus tard, nous quittons finalement les lieux sous les au revoir du couple dont les silhouettes restent un moment sur le seuil de la grande bâtisse qui leur tient lieu d'agence.

Je savais que ça me ferait drôle, lâche Lili dans un murmure.

Brunhilde, janvier 1978

Où je ne sais pas trop comment commencer cette lettre…

Est-ce que Brunhilde, comme Lili, a voulu quitter Unna très tôt ? Presque dès le début de sa vie ? Est-ce que, comme Jacques Brel, elle s'est rendu compte que le plus dur n'est pas de rejoindre un pays inconnu, mais bien de s'en aller de son Vilvoorde à elle ?

Brunhilde n'a pas osé dire à Antoine que son père était mort. Que la dernière fois qu'elle l'avait vu remontait à plus de six ans. Pourquoi, dans ce cas, avoir brandi son spectre comme le meilleur moyen de retrouver la trace d'Ursula ? Elle-même l'ignore. Antoine lui a confié cette première lettre après avoir longuement hésité. Ils ont tenté de la réécrire, au bistrot, sous les yeux éberlués des quelques clients se demandant ce que ces deux-là pouvaient bien trafiquer, à gratter du papier avec autant de fébrilité. Et maintenant la lettre est là dans sa version définitive, sous ses yeux, et il va falloir se débrouiller pour la mener à bon port. Plus que tout, Brunhilde espère ne rien avoir trahi des mots d'Antoine. Elle s'est procuré un dictionnaire franco-allemand, qu'elle est allée chercher tout spécialement dans la ville la plus proche, accompagnée d'Antoine. Au moment de payer, il a insisté pour l'acheter lui. Elle attend maintenant que l'encre sèche avant de plier la lettre et de la glisser dans l'enveloppe. Demain matin, elle ira la poster. Après cela, advienne que pourra.

Liebe Ursula,

Ich weiß nicht, wie ich diesen Brief beginnen soll. Daher scheint mir, dass alles, was ich sagen könnte, unangebracht wäre. Beginnen Sie vielleicht damit, Ihnen zu sagen, dass ich viel an Sie alle gedacht habe. An die Kinder, an Hermann und natürlich an dich. Auch heute noch schrecklich. Wie oft habe ich diesen Moment in meinem Kopf wiederholt, unzählige Male ?

…

Lieu-dit, France, janvier 1978

Chère Ursula,

Je ne sais pas trop comment commencer cette lettre. Il me semble que tout ce que je pourrais dire serait inopportun. Peut-être commencer par vous dire que j'ai beaucoup pensé à vous tous. Aux enfants, à Hermann et à vous, bien sûr, Ursula. À ce jour terrible aussi. Combien de fois ai-je repassé dans ma tête ce moment, un nombre incalculable ?

Imaginant à chaque fois une nouvelle façon de nous sortir de là, tous.

Longtemps, je me suis couché le soir avec le petit visage de Maya appelant son père à l'arrière de la fourgonnette qui nous a conduits dans ce relais de poste. Il n'y a rien qui me serait plus dommageable que de savoir que ma lettre vous a importunée. Dans ce cas, faites-le-moi savoir. Je comprendrais fort bien. Tout cela se passe de développement. Dans le cas contraire, vous feriez de moi un homme heureux. Il y a tant de questions que je me pose sur les enfants, sur vous. Votre santé. Le lieu où vous vivez. Les enfants ont-ils pu grandir sereinement malgré le climat difficile dans lequel ils ont eu à évoluer après tout ça ? Je n'en poserai pas plus de crainte de vous assommer dès ce premier courrier.

Mon entreprise vous paraîtra sans doute un peu folle. C'est que ce que nous avons partagé vous et moi l'est aussi. J'ai bien vieilli aujourd'hui mais ces moments passés à vos côtés restent gravés dans ma mémoire. Vous avez été une famille le temps qu'ont duré ces horreurs et je repense souvent à ce moment où, depuis le grillage du Kommando, je vous ai vue arriver et réussir à me ramener chez vous pour la deuxième fois.

On n'oublie pas une chose pareille.

Chère Ursula, je vous salue et j'embrasse les enfants qui doivent être bien forts et gracieux à présent si je me fie à la génétique. Dans l'attente de votre retour.

Amitiés,

Antoine

Maison de Lucien Carette, décembre 2022

Où, loin de ressentir l'urgence d'ailleurs comme Jacques Brel, Lucien est devenu maire de son Vilvoorde. Certes, après avoir été foudroyé.

J'ai entendu dire que mon père et Brunhilde se retrouvaient quelquefois au bistrot. C'est ce que disaient des gens du village, mais ça ne m'émouvait pas plus que ça, dans la mesure où tous les hommes du village et Brunhilde allaient au bistrot. C'était un lieu où on se retrouvait, on discutait. Si vous vouliez voir quelqu'un, c'est comme ça qu'il fallait faire, y avait pas encore toutes ces choses électroniques, il fait en montrant mon portable du doigt, dont l'appli dictaphone continue de défiler. Sinon on se rencontrait comme ça, au hasard, devant la clôture d'une grange ou au marché.

Mon carnet est recouvert de mots bleus et de signes ésotériques à présent. Antoine du haut de son mur affiche une mine satisfaite. Le portrait de Juliette, lui, s'est éteint en même temps que la lumière du soleil au-dehors. Reste la faible lueur d'une petite lampe de chevet posée sur la tablette en bois à côté du lourd fauteuil pour éclairer le bas de son visage. Le chien ronronne aux pieds de Lili, repu de nos voix.

Mais c'est vrai que ça a fait parler. La mère Murat

surtout. Pour changer ! souligne Lucien. Et je me demande si ces deux-là ne le faisaient pas un peu exprès, comme ça, pour s'amuser. C'est bien possible. Elle exerçait cette influence-là sur mon père, la Brunhilde. Mais ces lettres, moi, je ne les ai jamais vues et il ne m'en a jamais parlé. Je ne suis pas sûr qu'elles aient réellement existé, si tu veux mon avis. Faudrait demander à Brunhilde…

Lucien sonde le fond des yeux clairs du portrait de son père au mur.

Cela étant, il ne me disait pas tout. C'est naturel, non ?

J'ai acquiescé et Lili m'a imitée.

D'autant que cet hiver-là, Lucien, il s'est passé quelque chose de très grave, je tente de l'aiguiller, qui a pu dissuader Antoine de te raconter ce qu'il entreprenait. Tonton m'a rapporté quelque chose…

L'air surpris de Lucien me désarçonne. Lili insiste :

Cet hiver-là, ce n'est pas l'hiver où… il t'est arrivé cette chose terrible ? On comprend que tu n'aies pas eu la tête aux lettres, ou à toute autre chose du reste.

Un silence s'éternise. De toute évidence Lucien ne voit pas à quoi nous faisons référence.

Lili n'y tient plus :

La foudre, Lucien !

Ah, ça !

Lucien, lieu-dit, janvier 1978

Ce soir-là, comme chaque soir de l'année et par n'importe quel temps, Lucien avance dans le pré de la Grande Montagne, le plus haut du village, qui surplombe la vallée. Celui-là même que nos visiteurs ont longé la première fois qu'ils sont entrés dans le village, un an et demi plus tôt, en ce jour d'été radieux. Celui depuis lequel, par temps calme, on peut croire observer la mer par-dessus les montagnes. En tout point contraire à ce jour d'hiver qu'est en train de vivre Lucien. Il suit ses vaches pour les reconduire à la grange où elles passeront la nuit à l'abri, il fait un froid de canard, pas à décorner les bœufs mais un de ces froids qui, par leur étreinte, imprègnent la peau, la chair puis les os.

Aux côtés de Lucien, il y a Jean-Marc, le jeune garçon de ferme qui l'aide de plus en plus souvent, à mesure que le père prend de l'âge et qu'il lui est plus difficile de tout assumer seul avec son fils. Les deux hâtent le pas car l'orage approche. Ils peuvent voir depuis le point culminant du pré de grands éclairs dans la vallée. Le troupeau est effrayé, il se disperse et les garçons ont un mal fou à réunir les bêtes. Jean-Marc crie des mots dans sa langue de paysan, les chiens courent autour des vaches et font tout ce qu'ils peuvent pour les maintenir ensemble. Mais l'électricité de l'orage approche, elles ont peur, certaines s'échappent. L'une d'elles en particulier fait une embardée et dévale le pré à toute blinde, coursée par les chiens. Jean-Marc et Lucien accélèrent, ils s'essoufflent. La pluie tombe en trombes à présent et ils ne voient presque plus rien. Ils se fraient comme ils peuvent un chemin dans la boue déjà épaisse qui se forme sous leurs pieds. Maintenant le troupeau est immobile, figé par la pluie et l'imminence de la foudre. Lucien devine à peine devant lui la grande parka sombre de Jean-Marc, il compte le temps qui s'écoule entre deux éclairs. Un, deux, trois… la lumière frappe. Plus rien.

Au même moment, Brunhilde sursaute, recroquevillée sous une couverture, devant sa fenêtre. Elle a vu la foudre s'abattre et une flamme embraser l'arbre du pré d'Antoine, avant de s'éteindre presque aussitôt. À moins qu'elle ne se fasse des idées. Depuis quelques semaines, une petite flamme s'allume certains soirs sous sa fenêtre, elle veille. Comme celle d'un briquet. Souvent à la même heure, par n'importe quel temps, elle entend des pas dans la nuit et le silence de sa maison. Une présence est là tout près qui vient lui rendre visite. Elle n'en a encore parlé à personne mais elle a accepté le merlin que lui a vendu un vieux paysan pour une somme dérisoire au marché l'autre jour. Si la présence venait à entrer en contact avec elle, elle la trouverait. L'hypothèse devient de plus en plus réelle, lorsqu'elle y pense. Elle imagine l'homme sortir de sa planque et la masse frappant son crâne. Elle ne craint pas. Plusieurs fois elle a rejoué la scène. La réalité n'a qu'à passer la seconde, elle est prête. L'autre soir, elle a ouvert la porte et s'est mise à hurler dans sa langue. Elle sait que, de toutes les langues, l'allemand est celle que les Français craignent le plus, homme et bêtes confondus. Elle a empoigné la masse et s'est mise à la soulever dans les airs, menaçant la bruine et les ombres alentour. Rien. La présence s'est défilée. Pour autant, elle n'a pas renoncé et ce soir, malgré l'orage, il lui semble qu'elle n'est pas loin.

Maison de Lucien, décembre 2022

Où, lorsque la foudre frappe,
Jean-Marc n'a plus besoin de rien

Trou noir. Je n'ai plus rien vu. La seule chose dont je me souvienne à mon réveil, c'est que je pensais être tranquillement allongé sur du regain, c'était doux, j'étais bien et je voyais une belle lumière comme une étoile, j'étais sous une bulle.

Lili s'allume une cigarette.

En réalité, j'avais la tête dans une flaque. Un fermier du coin qui passait par là nous a vus allongés au milieu du pré depuis la route et il a prévenu les gendarmes et les médecins. Deux morts, il a dit. L'ambulancier était là au-dessus de ma tête. Il tombait toujours des cordes et, mais ça je ne l'ai su qu'après, ma combinaison de ferme… tu sais, ces combinaisons avec les doubles fermetures des deux côtés ?

Nous acquiesçons de concert.

Brûlée ! De haut en bas ! Restait que les fermetures éclair en métal, plus un bout de tissu, tout avait cramé. De ma casquette, il restait juste la visière, rien d'autre. Peut-être tu pourras la trouver sur Internet, elle est exposée au musée de la Foudre à Marcenat.

Ta casquette ?

Et pas que ! C'est un chasseur de foudre qui l'a amenée là, il s'appelle Alex Ermand. Il est venu après, pour me demander s'il pouvait embarquer ma casquette, une fois que j'étais sorti d'affaire à l'hôpital. Idem pour mes chaussettes, brûlées, chaussures ouvertes. Tout ça est dans ce musée que je te dis.

Il marque une pause et jette ses yeux dans ceux de sa mère au mur.

Quand j'ai repris connaissance, j'étais encore par terre, immédiatement j'ai dit aux secours, allez voir Jean-Marc, il a besoin d'aide ! Il a besoin d'aide ! Je dis au médecin, je peux attendre un peu, allez voir Jean-Marc. C'est là que le docteur m'a dit cette phrase : Jean-Marc n'a besoin de rien.

Je n'ai pas compris tout de suite. Je suis tombé dans les vapes et parti en réanimation, j'y ai passé huit jours. C'est en me réveillant à l'hôpital qu'on m'a donné des trucs pour me calmer, parce que apparemment, je tremblais beaucoup, je criais après lui la nuit, je l'appelais dans mon sommeil. C'est qu'à ce moment-là que j'ai compris qu'il était mort. Et que j'aurais dû l'être aussi. On a pris l'équivalent de vingt mille volts sur le caillou qui nous ont fait faire un bond de quinze mètres en arrière.

Je détaille le visage de Lucien.

Je n'ai pas eu de séquelles, il me devance, c'est un miracle. Quoique, il ironise sans jamais se départir de cet air gai qui le caractérise. Peut-être qu'une des séquelles postérieures au choc, ce serait d'être toujours en vie, d'avoir survécu à un tel coup du sort. Jean-Marc est mort là, au milieu de mon champ, à vingt-deux ans. Quand l'orage nous a pris, on se touchait.

Lili garde le visage tourné vers le chien qui s'est allongé sur ses pieds.

Ils m'ont fait tout un tas de tests. Ils n'en croyaient pas leurs yeux que j'aie survécu à un truc pareil. Ils m'ont fait ce prélèvement, là, le CPK, pour évaluer le taux de créatine phosphokinase dans mon sang. Apparemment on fait ça après un traumatisme ou un choc très violent pour voir les implications sur les muscles, le cœur, les organes. C'est une enzyme que sécrète le corps après un truc terrible quoi. Et moi, ils ont vu rapidement que ça allait. J'ai remarché quelques semaines plus tard, alors que le chirurgien m'avait dit qu'il ne pensait pas que je marcherais de nouveau un jour.

Lucien a ramené ses jambes contre les pieds de sa chaise, en lieu sûr.

La foudre, ça a été une longue histoire pour moi. Quand je suis rentré au village, les gens venaient me voir comme si j'étais un fantôme ou un genre de spectre étrange revenu de la mort. Mais c'est vrai que je l'ai vue, la lumière blanche. Ça oui. C'était beau. Après ça, ça a été un vrai carnaval au hameau. Une femme, une réalisatrice, connue hein, a même fait un documentaire sur moi, l'été qui a suivi. Elle m'a demandé de me remettre en situation, de lui montrer comment ça s'était passé. Tu peux le voir sur Internet. C'est après que j'ai eu la visite du CNRS. Vous comprenez, le département Foudre, ce n'est pas souvent qu'ils ont un type sous les yeux en capacité de parler de son foudroiement. Ils m'ont dit qu'en un millième de seconde j'avais reçu ce qu'EDF produit en un an. Jean-

Marc, lui, il n'avait aucune marque sur le corps. Il était juste bleu. Tout bleu il était. Et je vous dis, ma casquette est au musée de la Foudre. À Marcenat, tenu par ce M. Alex Ermand, qui a monté ce musée en tant que chasseur de foudre, il est passé à l'émission *Faut pas rêver*. C'est lui qui m'a signalé au CNRS. Ça m'étonne que vous ne m'ayez pas vu à la télé. J'ai fait peut-être dix émissions.

Eh bien je vais retrouver ces archives, Lucien, bien sûr.

Alors plus fort encore, la foudre m'a amené au Moulin Rouge.

Comment ça ? rigole Lili.

J'embrouille un peu tout, mais je suis allé à La Machine du Moulin Rouge. Elle, la dame du documentaire, elle avait loué La Machine pour réunir tous les gens qui avaient vécu la même expérience que moi. On était cinq.

Ma mère sort de nouveau une cigarette, je lui fais les gros yeux.

Ça vous ennuie ?

Non, j'ai fumé du maïs, moi.

Ma mère lui tend le paquet.

Non merci, j'ai arrêté.

Le ciel rose et bleu se laisse deviner à travers la vitre. Lucien prend quelques secondes pour l'observer.

Donc, chacune des personnes qui étaient là avait été foudroyée, comme moi. Il y avait une fille tétraplégique, pour elle, c'était arrivé sur la dune du Pilat. Un toubib sur un bateau et un autre, mon ami Richard, qui lui avait des séquelles.

Lucien sourit comme un môme qui cache un secret.

Chaque fois qu'on le voyait, il disait, Bonjour, c'est moi Richard !

Ma mère éclate de rire, Lucien s'esclaffe sans retenue.

Lui, il avait une station-service à la frontière. Il avait toujours son perroquet sur l'épaule avec lui pour servir l'essence. Au moment où la foudre lui est tombée dessus, le perroquet… grillé.

Pauvre bête, s'est accablée ma mère.

Ça a dû t'occasionner pas mal de terreurs par la suite ? je m'inquiète.

Disons que je n'aime pas trop aller dehors quand il fait de l'orage.

Il hésite.

C'est vrai que ça, c'est un fait marquant dans ma vie.

Il me regarde de ses yeux ronds et éclate de rire. Au même moment une lueur furtive éclaire le portrait d'Antoine.

Pour autant, tout ça n'a pas fait taire les ragots. Pire, entre-temps, certains villageois ont décidé que Brunhilde était ma sœur et qu'elle venait ici pour tout nous prendre, nous soutirer nos terres à papa et moi, et que la foudre qui me tombait dessus au même moment n'était pas le fruit du hasard. J'ai même surpris certaines, le *gang des dévotes*, comme les appelait mon père, venir faire, en cachette, des signes de croix devant la maison pendant ma convalescence. Tout un tas de rumeurs se sont développées tandis que mon père était à mon chevet. Comme quoi ses voyages répétés à Paris trois fois l'an étaient bien la raison de l'arrivée de Brunhilde chez nous. Tout était clair pour elles. Et je dois reconnaître que leur logique tenait la route, même que ça m'avait mis un petit coup au moral.

Ma mère m'a jeté un coup d'œil discret.

Pour elles, reprend Lucien, mon père avait entretenu

une relation avec une boche durant la guerre. Une fois la guerre terminée, ils avaient continué de se voir à Paris à l'occasion de retrouvailles organisées. C'est là qu'ils avaient eu Brunhilde dans la plus grande discrétion, loin du village, et aujourd'hui que sa mère devait être décédée, la petite venait réclamer l'argent et la reconnaissance de son père. Français qui plus est, ce qui en l'état actuel de son Allemagne maternelle ne pouvait pas mieux arranger ses affaires. Voilà, c'est comme ça qu'en quelques semaines, elle est devenue *la bâtarde du père Carette.* Ça se tient, la romancière ?

Ça se tient.

Quand je vous dis que par chez nous on a le sens de la dramaturgie, il ironise. C'est que ça allait même plus loin. Elles sont allées jusqu'à décréter que la foudre qui s'était abattue sur moi, dans le pré du père, était un signe. La preuve que les Allemandes, dans leurs plans pour réduire le village en cendres, avaient le soutien du démon. Tant et si bien qu'au bout d'un moment, il a dû monter au créneau, fait Lucien en désignant le portrait de son père du doigt. Un beau matin, il s'est rendu à l'église. Si Dieu et ses fidèles avaient des choses à lui reprocher, eh bien ils n'avaient qu'à le faire à visage découvert, il disait. C'est comme ça que, pour la première fois depuis qu'il était rentré de la guerre, il est retourné à la messe. Je me souviens de l'avoir vu quitter la maison depuis ma chambre à l'étage et m'être dit que l'office, pour une fois, risquait d'être divertissant. Mais je parle, je parle, j'en oublie les règles de base de l'hospitalité. Ce ne serait pas l'heure de la Suze ?

J'ai hoché la tête et Lili a levé les yeux au ciel en concédant un *Allez.*

Après ça, il reprend en versant le liquide jaune dans les petits verres à moutarde décorés de dessins enfantins, les médecins disaient qu'il fallait me surveiller au début, tu comprends, on ne savait pas trop ce qui pouvait arriver après un truc pareil, des séquelles inattendues. C'est qu'ils n'avaient pas de précédents. Alors Brunhilde venait souvent me rendre visite le matin comme ça. Ça me faisait bien plaisir à chaque fois. Même… Quelquefois, elle me roulait une de ses cigarettes magiques comme elle disait. Pour la douleur tout ça. Je dois dire que c'était drôlement efficace. Qu'est-ce qu'on pouvait rire après. Et justement, tiens ! Le jour où le père s'est rendu à la messe, entre-temps, Brunhilde était venue me trouver. Quand il est rentré, elle était là, elle pourra vous raconter peut-être aussi l'état dans lequel il nous est arrivé.

Antoine Carette, lieu-dit, printemps 1978

Où vous vous trompez d'ennemi, mon fils !

Quand il entre dans l'église, l'office a déjà commencé. Combien de temps qu'il n'est plus entré ici ? Quarante ans. Peut-être plus. Les plus vieux ont pris place aux premiers rangs, tandis que les gamins bavardent, planqués derrière leurs paumes, réprimandés par leurs parents. Rien n'a changé. Antoine se faufile entre les bancs en bois et s'installe discrètement. Le prêtre officie en latin. L'odeur des cierges et l'humidité du lieu le réconfortent. Les pensées affluent, qui lui rendent les mains de sa mère appuyées sur le dossier du banc devant eux, sa voix :

Ne reste pas sous le boisseau
Ta place est sur le lampadaire
Si tu es l'homme des tombeaux
Qui rendra gloire à Dieu le Père ?
Ta flamme vient du jour naissant,
Porte-la donc à tout vivant.

Au premier rang, la mère Murat donne de la voix, émettant des sons de flûte indienne que l'on entend parfois sur les marchés. Antoine, s'il n'avait à cœur d'observer un comportement exemplaire en toutes circonstances, laisserait exploser un fou rire. La pauvre femme cramponnée à son époux qui dort debout déploie des efforts remarquables pour que sa voix se détache de l'assemblée. Nul doute que Dieu lui-même, de là-haut, endure la performance. À leurs côtés, Martin, leur fils, banni depuis plusieurs mois du bistrot, demeure immobile, les yeux rivés sur ses chaussures. La famille Blaise est là aussi. Le grand dos de Thierry, celui voûté de Pierre balançant de droite à gauche, instable, et, au milieu, la silhouette hasardeuse de Fonfon, mains recroquevillées et dos en escabeau. Auprès d'eux, droite et encore gracieuse pour son grand âge, la mère, l'air absent. Antoine a toujours apprécié la mère Blaise, elle a été bonne avec lui et s'entendait à merveille avec Juliette. Après sa mort, ils n'ont pas eu le courage de se retrouver, chacun préférant faire son deuil de son côté. Mais Antoine a vu le chagrin dans son regard et il s'est senti moins seul. Juliette était jeune, personne au village n'avait pris la mesure de la maladie qui la frappait. Tous pensaient à une mauvaise bactérie, un virus qui passerait son chemin. Le mal en question l'a emportée en quelques mois seulement, laissant Antoine veuf avec son jeune fils.

Ils ont fait front et gardent de cette épreuve une complicité singulière qui baigne la pièce où Lucien nous reçoit, Lili et moi, des années plus tard. Comme si, en mourant, le corps de Juliette s'était mué en autre chose, une matière liante, enveloppante, qui depuis les maintient ensemble.

Le prêtre accuse réception de son arrivée. Antoine a croisé l'homme de Dieu à quelques occasions au village. La dernière fois, il était avec Jean au bistrot lorsqu'ils avaient vu passer la robe blanche et noire.

Il va chez la Marguerite acheter son tabac, monsieur le curé, avait lancé Jean en sirotant son café. Je te jure, c'est fou que les gens soient encore autant attachés à cette mascarade. Qu'est-ce qu'il leur faut de plus que deux guerres et des millions de morts ? Et encore je dis ça, c'est juste du côté de chez nous. Ailleurs c'est pareil, voire pire, et ça fait un moment que ça dure. Mais voilà, il leur faut les robes, les bougies, les chants, tout ça. Mais ils n'étaient pas là pour nous chanter des chansons quand on décrochait les cadavres à Tulle ou à Oradour. Là y avait personne.

Les yeux de Jean s'étaient perdus dans la contemplation de la machine à café devant lui, son reflet y apparaissait déformé. Antoine ne disait rien. Comme chaque fois que Jean digressait sur la guerre, il se taisait, attendait que ça passe. Le sujet ne méritait pas dissertation. La vie se chargeait de mettre les points sur les i, régulièrement. Ses parents, Juliette, ses amis de galère continuaient de lui causer de temps en temps dans le silence de la nuit, le bruissement des feuilles dans les arbres, et même dans les yeux de ses bêtes.

Vous pouvez vous lever, a finalement ordonné le prêtre après une longue litanie. Mes enfants, dit le Seigneur, gardons-nous de l'idolâtrie. Sachons raison garder devant les airs qui nous entraînent à penser d'une manière corrompue. Ces musiques qui résonnent dans notre vallée, que l'on dit modernes et qui accompagnent des mœurs dissolues, préjudiciables à nos enfants. Que voulons-nous pour eux ? Interrogeons-nous ensemble. Les laisser vivre dans des terriers, comme des cloportes, terrassés par la drogue et une morale déchue ? Nous savons par le monde les dégâts de la débauche qui partout gagne du terrain. Nous savons les chemins que prend le mal pour séduire et corrompre les plus fidèles d'entre nous. Méfions-nous de ses manœuvres habiles à nous détourner de notre foi et de ses valeurs… Méfions-nous de ce qui, étranger, tente de nous rendre étrangers les uns aux autres… Le Seigneur veille sur vous, Il sait les combats que vous menez pour demeurer justes et vous préparer à Son royaume. Soyez de bonne foi. Ne vous laissez pas abuser par les attraits les plus racoleurs qui, ces temps-ci particulièrement je le sais, vous perturbent, vous et vos proches. Sachez que vous n'êtes pas seuls à souhaiter que la paix regagne notre village. Il arrive que le Seigneur mette sur notre chemin des obstacles afin de tester notre foi, notre amour pour Lui. Certains d'entre vous ont vécu des moments fort difficiles dans leur vie et aspirent désormais à l'apaisement. Pour cela…

Le prêtre a visé un groupe d'hommes placés les uns derrière les autres, casquette à la main, déjà coupables.

Évidemment, la fréquentation des cafés, où l'on s'enivre au propre comme au figuré d'illusions de joie, est à éviter. Tout comme il est important que chacun prenne la mesure de sa place et du rôle qui est le sien dans l'ordre social de la communauté. Il est bon que les plus âgés servent de modèles et ne prennent pas part aux vices de la jeunesse encore naïve. Qui plus est quand ces jeux ont à voir avec la débauche et le dévergondage. Dieu nous le dit à travers Ses textes, mes enfants, prenez garde de ne pas tomber dans les pièges de la flatterie. Nous le savons, les attraits en ce monde des femmes, notamment des jeunes femmes, sont là aussi pour vous aveugler de désir et vous faire perdre le sens des responsabilités. Pour ceux qui seraient munis d'un téléviseur, j'imagine que vous avez tous eu le loisir de voir cette jeunesse décadente, ces hippies comme on les nomme aux informations, envahir et salir nos campagnes, semant à loisir le désordre et le chaos.

Ça suffit ! l'interrompt Antoine comme on braque une arme.

Tous se tournent vers lui. Les dévotes du premier rang se signent les unes après les autres devant les yeux rougis de colère et la voix rageuse du père Carette, à coup sûr sous le coup de quelque sortilège. Le démon rôde.

Mon fils ? Que se passe-t-il ?

Le prêtre tente de conserver son rôle.

Pardon mais…, se reprend Antoine.

C'est la première fois que je vous vois, mon fils, je me trompe ? le coupe le curé.

C'est exact. Je voulais simplement vous faire remarquer combien vos mots comptent pour certains ici. Qu'ils portent votre avis, vos jugements en haute estime.

Il poursuit de sa voix claire et forte. L'assemblée demeure silencieuse, absorbée par la silhouette d'Antoine qui, de toute évidence, à voir les spasmes qui agitent son corps, a perdu ce calme qui fait l'admiration de tous au village. L'homme de Dieu a compris que quelque chose se trame, il attend.

Vous montrez du doigt ces jeunes gens, ces femmes, mon fils et tous ceux qui, comme moi, ont décidé de les accueillir. De se comporter en hôtes dignes de ce nom selon les préceptes de fraternité soi-disant si chers à votre

Église et à votre Dieu. Ce n'est pas en brandissant des démons et des cataclysmes à chaque prêche que vous empêcherez la vie de s'épanouir.

Antoine remet sa casquette sur sa tête. Il s'apprête à quitter les lieux quand l'autre le relance :

Mais ce n'est pas mon intention, vous vous trompez d'ennemi, mon fils. Je vous parle des hommes mais sachez que, puisque vous semblez soucieux du sort réservé à nos concitoyennes, des femmes, des épouses, des sœurs, des mères que vous voyez là, il fait en pointant du doigt le rang de son fan-club, sont aussi venues me trouver pour me dire les nombreux dérèglements que la présence de ces personnes occasionne dans leur foyer. Leurs mœurs, leurs façons qui ne sont pas les nôtres ont semé la confusion.

Beaucoup d'entre nous ont vu des changements profitables et ressentent de la joie à leur présence, lance Antoine au milieu de l'allée centrale tandis qu'il se dirige vers la porte.

Le prêtre poursuit :

Bien entendu… Il en va ainsi de ceux pour qui les plaisirs de la chair, les désirs immédiats, comptent plus que le reste. Toutes ces choses dont vous dites qu'elles vous enchantent aujourd'hui feront le malheur de tous, le vôtre y compris. Que cela vous plaise ou non de l'entendre, il est de mon devoir de vous en informer. Vous courez à la catastrophe en cédant à ce point aux désirs de ces personnes. Acceptez du moins que d'autres s'en inquiètent. N'est-ce pas ce que nous souhaitons pour nos enfants ?

Antoine s'est avancé, poings serrés, il résiste :

C'est irresponsable. Vous devriez avoir honte. Ne soyez

pas étonné que les bancs de votre église se vident. Vous en êtes le fossoyeur.

Il claque la grande porte derrière lui dans un fracas, sans s'apercevoir, aveuglé par la lumière rendue du jour, qu'une frêle silhouette de femme lui emboîte le pas.

En remontant la longue route jusqu'à sa grange, Antoine sent que son cœur se consume. Depuis quelques mois, une douleur vive l'empoigne par moments sans prévenir. Il lui faut alors s'asseoir ou interrompre ce qu'il est en train de faire pour respirer plus amplement et prendre la mesure de ce qui lui arrive. Il l'a signalé au docteur. Ce dernier lui a prescrit des examens complémentaires, à la ville, mais la motivation manque. Comme si la situation concernait quelqu'un d'autre que lui. Son regard se pose sur le sommet du pré de la Grande Montagne et son troupeau paisible. La Jeannette, la plus grosse de ses vaches, se tient à l'écart des autres, elle d'habitude toujours au centre. Antoine tente de faire le compte de son troupeau, essaie de comprendre ce qui se passe. Il cherche du regard le petit veau quand son cœur l'arrête d'une contraction puissante, inédite. Tout son corps répond en s'immobilisant aussitôt, ses jambes plient sous son poids et il se retrouve allongé, sur le côté, les yeux rivés sur le fossé au niveau du sol sans pouvoir rien faire. Tétanisé. Tout le monde déjeune à cette heure-ci, aucune voiture à l'horizon. Antoine tente de se relever. En vain. Son corps ne répond plus. Sa tête lui fait un mal de chien. Ses tempes se rapprochent l'une de l'autre, prenant en otage son cerveau. Une nausée violente en même temps qu'un grand spasme secouent son corps. Puis le noir.

Maison de Lucien Carette,
décembre 2022

Où les morts sont parfois bien plus drôles que les vivants

Midi passé, on se demandait ce qu'il pouvait bien faire. Brunhilde attendait qu'il soit de retour pour aller déjeuner avec Mariella et Émile aux bulles. On commençait sérieusement à s'inquiéter. Elle était sur le point de partir à sa rencontre quand elle l'a vu débarquer au bout du chemin. Au début, on s'est dit qu'il faisait la grimace à cause de la montée. Mais pas du tout ! Seulement, comment vouliez-vous qu'on sache, nous autres, qu'il venait de faire un infarctus tout seul dans son coin, le père ?

Lili fait les yeux ronds. Par mimétisme, le chien s'est redressé.

Et au fur et à mesure qu'il s'approchait de la maison, que Brunhilde remettait son manteau, on a vu que quelque chose clochait. Il n'avait pas sa tête de d'habitude.

Qu'est-ce qu'elle avait sa tête ? lance Lili.

Elle était tout de travers.

Lili a un de ses fous rires des yeux que je connais si bien. Je me retiens.

Tu veux dire qu'il a fait un infarctus sur le bord de la

route, qu'il s'est réveillé et qu'il est rentré chez lui à pied, comme si de rien n'était ?

Tout à fait, claironne Lucien avec un regard appuyé sur le portrait de son père.

C'est vous qu'il faudrait canoniser à survivre à des trucs pareils, lance ma mère. Ça ne s'invente pas, le fils foudroyé, le père qui se relève de son infarctus et rentre tranquillement chez lui.

Attends Lili, écoute un peu la suite. Il y a quand même cette histoire de tête.

Il marque une pause.

Toute cette partie-là, elle était, comment dire, toute stressée.

Lili éclate de rire.

Comment ça, toute stressée, Lucien ?

Bah, elle faisait des plis si tu aimes mieux.

Je suis avec attention les gestes de notre hôte, tente de remettre un peu de solennité :

Il a eu une paralysie faciale ?

C'est ça ! approuve Antoine.

Et ça a duré longtemps ?

Suffisamment pour que ce soit Brunhilde qui aille faire les courses pour nous. Ses éclopés, qu'elle nous appelait ! Je vous jure, elle a dû avoir une sorte de flash, parce que quand mon père s'est assis à côté de moi, avec sa tête sens dessus dessous, toute proche de la mienne qui n'était pas beaucoup mieux à ce moment encore, avec mes sourcils brûlés et mes paupières toutes gonflées, elle s'est mise à rire. À rire ! Un fou rire qui a duré, sans mentir, bien dix minutes. Impossible de l'arrêter. Elle arrivait même plus à respirer, la pauvre, elle a dû se servir un verre d'eau. Et là encore, elle nous l'a à moitié recraché dessus. Il s'en fallait de peu qu'elle finisse dans le même état que nous. Je vous jure ! Quand elle a repris ses esprits, elle a dit un truc, d'abord en allemand, *Ein Picasso ! Ein Picasso !* qu'elle répétait.

Lili s'esclaffe.

C'est là que le père a compris et qu'avec sa bouche tout en zigzag, il s'est mis à rire encore plus fort. Jamais je ne l'avais entendu rire comme ça ! Qu'est-ce qu'on a pu pleurer de rire ce jour-là. Finalement, c'est un bon souvenir. Y a que les chiens.

Quoi les chiens ?

Ma mère essuie les larmes au coin de ses yeux.

Ses chiens, ils le regardaient d'un drôle d'air. Un surtout.

Merde, laisse échapper Lili.

Oui, ils se plantaient devant lui et ils faisaient cette tête, tu sais comme font les chiens quand ils ne comprennent pas. D'un côté puis de l'autre, avec leurs oreilles bien en pointe, comme ça, il fait en croisant les doigts au-dessus de sa tête.

Je sens ma mère capable de repartir à tout moment. À la vue de mon air sérieux, elle se réfrène.

Les chiens si tu veux, ils restaient devant lui et ils devaient se demander ce qui était arrivé à leur maître. Ses chiens, c'est fou comme ils comprenaient tout, si vous aviez vu ça. Tout. Et surtout quand c'est le père qui ordonnait. C'est comme s'ils étaient son prolongement. Ce qu'il pouvait les aimer, ses chiens. Tu sais bien ça toi, Lili, un fermier ça ne va pas sans son clébard. Ton père il avait plutôt des beaucerons ou des épagneuls, il a eu les deux je crois. Mais nous c'étaient les bergers allemands. Ça, pour rien au monde le père il aurait pris une autre race que des bergers allemands.

Et Antoine n'a pas eu de séquelles ? je m'enquiers.

Non. Pas une seule. Sa tête est redevenue droite quelques jours après et tout est rentré dans l'ordre. Personne n'a jamais rien su de cette histoire. On lui a bien dit de retourner à l'hôpital faire des examens mais il n'a rien voulu entendre. Il répétait : faut bien partir de quelque chose. Tu sais bien Lili, le père Rivière pour ça, c'était le même. Dieu les a entendus ! Paix à leurs âmes.

Lucien a descendu cul sec son verre de Suze, Lili l'a imité, et c'est là que j'ai compris pour la première fois qu'on pouvait rire avec les morts et qu'ils étaient même, parfois, bien plus drôles que les vivants.

Antoine Carette,
avril 1945

La libération, ou l'importance d'être accompagné d'un ami sur la route du retour

Quelques jours se sont écoulés depuis qu'Antoine a laissé Ursula et les enfants au relais de poste de la ville dont il ne se souvient plus du nom. Tout est flou, à commencer par le nombre de jours qui le séparent de l'événement. Il a roulé de longues heures depuis Unna, traversé des lieux désertiques, d'autres où il a croisé des gens qui marchaient, beaucoup, en file indienne en direction de la frontière. Certains portaient des tenues rayées, d'autres avaient le crâne rasé, tous étaient très maigres et on devinait d'étranges tatouages sur leurs avant-bras.

Antoine prenait la mesure du chaos qui avait frappé le monde. Depuis son arrivée à la ferme d'Ursula et Hermann, il avait été relativement protégé et ne s'était pas aperçu que l'horreur, partout autour, gagnait du terrain.

La camionnette dans laquelle il roule a beau appartenir à l'armée allemande, les Français qui s'en sont emparés l'ont grimée de partout avant de l'abandonner sur le bord de la route. Il roule à visage découvert, en ex-prisonnier désormais libre. Mais libre de quoi ? Rester ici et rejoindre les autres ? Régler ses comptes ? Lesquels ? Il ne se sent pas l'âme d'un justicier, encore moins d'un vengeur. Rentrer chez lui ? Que racontera-t-il à Juliette de tout cela ? Il faudra faire le tri dans sa tête avant, avant de se retrouver en face de ses yeux pleins d'attentes. Il ne se sent pas prêt, pas encore. Il a l'impression que jamais il ne se défera du prisonnier qu'il a été. Que pour le restant de ses jours il devra composer avec lui, ses calculs, ses terreurs, la douleur fantôme de ses doigts engourdis quand le froid pointera, la peur de manquer, le pain sec, les cauchemars, les aboiements des chiens, le bruit des bottes, la pluie, les pleurs, les barbelés, l'odeur du sang, la peur de la mort, la peur de la mort. La peur de la mort.

De temps en temps, Antoine fait des haltes dans les villes qu'il traverse pour trouver de quoi se ravitailler. Il occupe ses journées à visiter les installations SS, les casernes, les villas, les dépôts et les chenils qui ont abrité leurs chiens. Ces bêtes que tous redoutaient au Kommando.

Aussi, quand il entre dans ce chenil et tombe nez à nez avec un berger allemand fauve et noir, Antoine a beau se savoir à des centaines de kilomètres d'Unna, il ne peut s'empêcher d'y penser. Le chien dans la cage a été oublié là par un maître pressé de fuir. Il décide de libérer l'animal et de trouver une corde, afin de le garder auprès de lui. Seulement, Antoine a beaucoup maigri et le chien, lui, doit bien peser dans les soixante kilos, si ce n'est plus. Soixante kilos de muscles tendus tout entiers vers lui. Il lui montre ses crocs et grogne d'une manière tout à fait explicite. L'attitude du molosse ne dissuade pas Antoine pour autant. Il poursuit ses manœuvres d'approche. Pour l'amadouer, il lui lance des biscuits d'os broyés abandonnés dans le chenil.

Il reste ainsi aux côtés du chien trois jours, s'enquérant de son état, lui apportant à boire et à manger. Profitant de la nuit pour lui parler des choses que sinon il aurait gardées pour lui. L'animal s'accoutume à sa présence, s'adoucit, se laisse approcher. Un matin, Antoine décide qu'il est temps de reprendre la route, d'avancer vers Juliette. Les jours passés occupent toujours autant ses pensées mais il recouvre un peu d'espoir. Depuis quelque temps, les musiques, les cris de joie et les premières caravanes de prisonniers libérés lui indiquent le chemin de la maison.

Il ouvre donc la cage. Si lui se libère, alors le chien aussi sera libre. À sa grande surprise, face à la porte béante de sa cage, l'animal ne bronche pas. Il reste immobile, le museau aplati sur le sol, les yeux tournés vers lui. Parfois, les chiens comme les hommes ne savent plus être libres.

Antoine l'incite à sortir par de petits cris, il se poste devant la cage avec des biscuits, rien à faire. Au mieux le chien ramasse le gâteau et retourne se blottir à l'intérieur. Après plusieurs tentatives infructueuses, Antoine se décide à partir. Lorsqu'il franchit le seuil du chenil, le chien fonce dans son dos à toute blinde et le fait tomber en lui sautant dessus de tout son poids. Antoine a peur, il se protège le visage de ses avant-bras avant de se décrisper. Le chien le lèche, il remue la queue, lui fait la fête. Antoine n'ose plus bouger, de peur d'être mordu. Quand il se relève, le berger allemand s'assied à son côté comme le font les chiens avec leurs maîtres. Comme il les a tous vus faire avec les SS.

À plusieurs reprises, sur la route, il demande à des camarades russes ou français de garder le chien auprès d'eux, finalement c'est un Américain qui lui proposera de le lui acheter un bon prix. Mais le chien refusera d'être vendu et restera accroché à la place du passager, crochetant ses griffes au siège, sans équivoque. Contraint de renoncer, Antoine fera son retour à la ferme accompagné de son nouvel ami. Jusqu'à sa mort quelques années plus tard, l'animal sera un chien de berger exceptionnel, obéissant au doigt et à l'œil à Antoine qui toujours, en le regardant courir vers lui depuis les hauteurs de son pré, jouer avec son troupeau, se remémorera le chien du bloc 42 du Kommando d'Unna.

Jusqu'à sa disparition, l'animal sera le moyen de garder le prisonnier qu'il a été à portée de vue. Quelques mois après, devant l'état absent d'Antoine, Juliette reviendra du village avec non pas un, mais deux chiots bergers allemands.

Thierry Blaise,
pré de la Grande Prairie, 1977

Où l'idée de croiser une balle
se fait plus pressante

Dans la vie, certains survivent avec optimisme à des infarctus, des foudroiements, à la violence des hommes et son déferlement, là où d'autres songent à la mort, simplement d'être assis seuls dans un pré sans perspectives d'amour. Je dis *simplement* et je juge, me direz-vous. Je m'en rends compte. Car le manque d'amour est une chose dont on meurt, n'est-ce pas ? Ce constat est vrai pour les bêtes, les enfants, toutes ces vies primitives qui exigent qu'au-delà des soins, on les remplisse de confiance et d'amour. Loin de moi l'idée de juger Thierry Blaise, qui depuis le pré de la Grande Prairie, son fusil de chasse à la main, est tenté, pour la deuxième fois de sa vie, de retourner son arme contre lui. Au contraire, je suis très affectée par son état et ne sais comment m'y prendre avec lui. Je me sens bien impuissante. Ses pensées ne lui apparaissent pas spécialement sombres à dire vrai, *simplement*, encore une fois, elles ne suffisent pas à lui donner envie de persévérer dans l'existence. Depuis l'enfance et plus encore l'adolescence, il doute de l'intérêt de sa présence sur cette terre, pour les siens, les autres, et surtout pour lui-même.

Persister à être lui coûte. C'est une chose bien étrange dont il ne peut s'entretenir avec personne. Surtout pas avec sa pauvre mère, qui a déjà maille à partir avec Pierre et Fonfon.

La première fois qu'il l'a eue, il chassait avec Pierre et son père. Le ciel était brun et bas. Il se sentait piégé. Les canons des fusils retentissaient au loin et c'est là que, sans qu'il comprenne, est rentrée dans sa tête l'idée saugrenue, nouvelle et folle à la fois, de croiser une balle.

Les autres au village le disent taciturne, mais il sait aussi se montrer gai, artificiellement gai. Il sait comme ils ont fini par craindre ses changements d'humeur. Parfois, il s'est laissé prendre à quelques distractions pour se convaincre, et eux avec, qu'il savait faire cela, s'amuser. Puis Brunhilde est arrivée et avec elle la fin du cinéma. Quand il est auprès d'elle, tout près, il oublie qui il est. Le reste du temps, la présence de Pierre, celle de Fonfon, le renvoient à ses pensées comme des lames.

Il sait qu'il plaît aux femmes. Elles, ne lui plaisent que rarement. Il en a eu quelques-unes, très jolies, douces et aimantes, qui le réclamaient. Il a eu des moments forts d'excitation et de passion dans les prés ou dans les chambres de certaines d'entre elles, pour les plus mûres. Mais la vilaine manie qu'il a de ne pas persévérer dans les choses de la vie qui enchantent tant les autres les a éloignées. Il sait d'expérience que peu de choses tiennent la mort en respect comme le désir et le sexe. Mais ces passions fugaces ne l'apaisent plus, ne le réconcilient plus avec l'existence.

Elle lui plaît. Non. C'est autre chose. Avec elle, il se sent lui-même. Quand leurs corps se mêlent et qu'il lui donne du plaisir, qu'il voit sa nuque se détendre et son corps appeler le sien, il se sent à sa place. Le reste du temps, les heures passent. Il faut faire. Il donne le change devant les autres, mais pour combien de temps ?

Et voilà l'idée folle qui le talonne. Le plus dur est d'imaginer le visage de ses parents quand il pense comme ça. La mère, elle a déjà Pierre et Fonfon. Si elle avait un gamin mort, qui se serait tué lui-même en plus… Thierry ne veut pas faire de mal à sa mère. Le canon du fusil est là entre ses mains qui attend. Brunhilde ne lui a plus donné de nouvelles depuis un long moment. C'est elle qui décide des horloges, des nuits où ils se retrouvent. Lui passe tous les soirs à la même heure, quand le soleil se couche, et elle laisse, ou non, un foulard à la fenêtre pour lui signifier s'il peut entrer. Si le foulard est noué, il est le bienvenu. Dans le cas inverse, il trace jusqu'au bistrot ou dans le pré de la Grande Montagne, les soirs d'été, s'étendre au milieu des vaches.

Il voudrait la sentir pour se rappeler ce que c'est que la vie parfois. Cette odeur qu'elle peut avoir et qui vous prend le ventre, les idées et tout ce qui va avec. C'est devenu un état dont il a du mal à se passer. Thierry est amoureux. Du moins c'est comme ça que disent les gens, il l'imagine, quand ils sont à ce point happés par une personne. Chez lui, ce manque ne s'assortit d'aucune espèce d'idée romantique, de grand espoir, comme on décrit dans les livres. Lui attend, il attend que de nouveau, une nuit, elle l'invite, lui ouvre sa porte et s'allonge pour qu'il la prenne. Qu'il voie dans ses yeux cette flaque sombre qui s'épanouit à mesure qu'il la pénètre, comme si sa tristesse trouvait enfin un territoire où s'étendre sans entraves.

Faire l'amour avec Brunhilde, c'est donner une terre à son âme nomade. Le corps de cette fille n'est pas beau, il l'est indéniablement, mais il est chargé. Impossible de frôler un corps pareil sans s'en trouver bouleversé. Comme le sien, le corps de Brunhilde parle. C'est peut-être ce qu'il aime le plus avec elle. Leurs discussions sans mots. Ce langage qu'ils ont inventé, rien qu'à eux, et qui pour la première fois de sa vie lui donne le sentiment de ne plus être seul.

Sans qu'il y ait prêté attention, sa main s'est détachée de son canon. Il gît dans l'herbe, à côté de lui. Il sait comme les journées sont longues et les pensées qu'elles trimbalent le conduisent tout droit en enfer. Thierry est lucide, conscient de ses trous noirs. Il lutte. Il sait que Brunhilde seule décide. Il sait qu'il attendra toujours son corps dans le sien, sa main sur sa peau brûlante. Jusque-là, il voudrait qu'elle le juge digne d'être auprès d'elle, aussi souvent que possible.

L'autre soir dans la pénombre de sa chambre gelée, à la lueur de la bougie, elle a embrassé sa barbe et murmuré une phrase. Ils étaient nus, sa main à lui posée sur son ventre à elle : *Je te sens*. Rien à voir avec le fait qu'il soit en elle ou non, il ne l'était pas. Il ne l'était plus et pourtant elle continuait de le sentir. Avec cette courte phrase, Thierry a compris que Brunhilde savait. La lutte continue pour l'éclaircie. Et elle voulait qu'il le sache.

Thierry l'ignore, mais il est bien le seul homme à qui Brunhilde aurait pu tout raconter. Jusqu'à lui montrer la raison de toute cette folie, la lui confier. Que quelqu'un d'autre, enfin, *la* tienne entre ses mains. Qu'elle ne soit plus seule avec son *secret*. Elle a failli, lors d'une nuit d'ivresse, avant de se raviser devant son reflet trop sombre offert par la nuit sur la vitre de la fenêtre. La lueur d'une bougie renvoyait sur le fond opaque sa face déformée. Soudain, les flammes s'étaient mises à lécher le bas de son visage en miroir.

Monstrueuse, elle avait pensé.

Maison de Mariella,
décembre 2022

Où il est question de la photo qui a accompagné l'écriture du roman que vous tenez entre vos mains

Lili pose sa main glacée par-dessus la mienne abandonnée sur la table.

On va y aller.

Oh je ne vous chasse pas, je vais travailler cet après-midi, j'ai une livraison qui est arrivée hier et maintenant que mon nouveau four est installé, je vais pouvoir m'y mettre ! Je suis contente de vous avoir vues.

Mariella sourit soudain.

Nous aussi, dis-je, ne sachant trop comment traduire en mots ma reconnaissance.

J'espère que tu as ce qu'il te faut pour ton livre ? Tu peux toujours m'appeler ou m'écrire par mail.

Merci. Je n'y manquerai pas.

Elle pose sur moi un regard bienveillant.

Sais-tu comment je peux suggérer à Brunhilde de me confier cette raison dont tu parlais ?

Tu ne peux rien. Elle décidera. Elle marque une pause. Moi-même, je… je n'aurais pas dû.

Nous quittons la pièce lumineuse pour rejoindre l'étage et l'atelier, où nous retrouvons ses rubans de porcelaine. Lili slalome au milieu.

Tu arrives à en vivre ?

Mariella laisse échapper un rire franc.

Oui, heureusement. Bon, pas largement évidemment, mais tout de même. C'est fou tout ce qu'il y a à payer, à faire, à entretenir.

À cette simple pensée elle semble accablée.

Attends, elle m'interpelle tandis que je me dirige vers la porte. Venez là !

Nous la suivons dans une pièce vitrée adjacente à l'atelier, où se trouve un piano à queue rouge laqué, en parfait état. Je comprends qu'il s'agit de celui qui se trouvait dans les bulles et contourne l'objet avec fascination. J'ai le sentiment de toucher du doigt un peu de leur rêve. J'imagine Jean, Lisette, Boris et Gisèle, Antoine, Lucien, Brunhilde, Mariella et les autres dansant autour, s'appuyant dessus pour réclamer à Émile une chanson. La marque circulaire d'un verre. Ils sont tout près. Une grande bibliothèque s'étire devant la large fenêtre. La pièce est froide mais lumineuse, comme au rez-de-chaussée. Au-dessous, une banquette recouverte d'un tissu coloré. À l'autre extrémité de la pièce, un ordinateur autour duquel Mariella s'affaire. Je la vois qui se hisse sur la pointe des pieds pour atteindre les étagères supérieures, dont elle finit par extraire une photo en noir et blanc, grand format.

Tiens.

Elle dépose le cliché sur le piano. Nous nous penchons dessus Lili et moi, happées comme dans un trou noir.

Je dois avoir vingt-trois ans là-dessus.

Merveilleuse, laisse échapper Lili.

Je ne dis rien, tout entière absorbée par le visage radieux de Mariella. Un visage d'enfant. Je crois qu'avant de voir cette photo, je ne mesurais pas. Je veux dire, le visage, le regard, l'attitude que l'on a à vingt-trois ans. Une enfant. Partout autour, les branches des arbres, dépouillées de leurs feuilles. Ce doit être l'automne ou alors une très belle journée d'hiver, car la lumière est crue et fait ressortir chaque détail du paysage. Mariella est pieds nus, en sarouel, manches courtes, vêtue d'un de ces gilets sans manches qui rappellent ceux des peuples mongols ou des ménestrels d'autrefois. Plus que tout, ce qui frappe sur la photo, c'est l'éclat de son sourire et ses bras grands ouverts, comme si elle courait vers quelqu'un qu'elle n'aurait pas vu depuis longtemps. Une personne aimée ou la vie elle-même. Mais c'est sur le toit des bulles qu'elle court, ses bulles, comme une enfant au milieu d'un terrain de jeux. Ses pieds ne touchent même pas le toit. Elle est en parfaite lévitation. Aérienne. Il émane du cliché une telle joie, une telle solarité, qu'il m'est difficile de m'en détacher.

Comme ça tu as une petite idée de comment c'était, dit-elle en rallumant sa roulée.

Merci. Merci, je répète sans savoir quoi ajouter.

Je voudrais avoir devant moi cette jeune fille, son sourire, ses yeux, sa fougue qui irradie de la photo. Je me mets à regretter de ne pas l'avoir connue plus tôt, de ne pas avoir été son amie. Je réalise qu'elle est là, tout près de moi, quand Lili me devance :

Tu n'as pas changé.

Mariella rigole, comme à son habitude.

Ça t'ennuie si je la prends en photo ?

Non bien sûr, vas-y. Ce sont mes enfants qui m'ont offert le cliché agrandi pour mes soixante ans. C'est Émile qui avait pris cette photo. Tu te rends compte…

Elle semble instable, suspendue au-dessus du vide.

Nous quittons la grange en laissant Mariella sur le seuil. Elle nous envoie de grands signes d'au revoir. En montant dans la voiture, j'ai un sentiment désagréable d'incomplétude, de manque insondable, de ceux que laissent les ruptures, les rentrées des classes, les fins de vacances. La petite silhouette de Mariella disparaît dans le rétroviseur à mesure que nous remontons le chemin recouvert de feuilles mortes, jusqu'à la route.

Lili ne dit rien. Je sais qu'elle voyage quelque part dans le coin, je la laisse flâner dans ses souvenirs. Jamais elle ne se perdra par ici.

Cette photo est aujourd'hui mon fond d'écran, elle a été mon repère, ma mémoire, mon étalon, tout au long de l'écriture de ce livre et même au-delà.

Je l'ai tellement regardée qu'elle m'apparaît comme une photo de famille. Est-ce à dire que dans le visage radieux de Mariella j'ai retrouvé tous les enfants de ma vie ? Ma mère, ma sœur, moi-même, mon fils, et tous ceux que j'aime. La puissance de cette photo réside en cela, elle dégage une chose irrésistible, qui a à voir avec l'envie de courir, sauter, découvrir, vivre, qui nous a tous traversés au moins une fois dans l'existence. Elle renvoie à l'élan originel, à la curiosité qui l'accompagne, au courage d'être *seule* sur le toit de son monde. Elle m'est devenue indispensable.

Seule. Peut-être est-ce là le gouffre qui m'appelait tout

à l'heure tandis que la silhouette de Mariella rapetissait dans la vitre arrière de la voiture. Celui a surgi alors que nous la quittions. Bien sûr je sais qu'il n'est rien à plaindre, rien à regretter de cette vie-là tout à fait pleine et hors du commun qu'elle s'est choisie, au contraire. C'est chez moi qu'elle crée le vertige. Et à en croire le visage fermé de Lili, elle n'y est pas étrangère.

Tu n'as pas trouvé qu'il faisait très froid ?

Si.

Tu sais, de plus en plus, je crois que vieillir, c'est accepter le retrait.

Je n'ai rien dit après cela. Mais j'ai pensé, après coup, que j'aurais dû répondre quelque chose, c'était mon rôle de fille, de soutien. Mais je n'ai rien dit. J'aurais pu arguer que justement certains profitent de la retraite, de ce temps retrouvé, pour s'investir plus encore dans des associations ou des activités de quartier, pour voyager ou s'adonner à de nouveaux hobbies, mais non. Même si tout ça est parfaitement réel, je n'ai pas eu envie. Cela m'aurait paru artificiel, comme égrener la liste des activités disponibles dans un club de vacances. Elle a parfaitement conscience de tout ça et me lancer dans une telle démonstration aurait été indigne des raccourcis qui sont nos liens. Je sais trop quelle sorte de retrait convoque ma mère et je n'ai pas à cœur de disserter sur celui-ci. Ce genre de choses s'apprécie pour soi-même. Une discussion intérieure. Que j'en aie été le témoin, je le sais aujourd'hui, relève presque du hasard. Même si avec elle, le hasard a du fil à retordre.

Quand nous entrons dans le café pour déjeuner en attendant qu'il soit l'heure d'aller trouver Brunhilde, le silence se fait. Tous les regards convergent sur nous, comme dans ces westerns où les protagonistes font leur entrée dans le saloon du coin. Nous prenons place, escortées par une jeune femme aux cheveux courts coiffés en brosse, un tee-shirt trop large sur le dos, comme elles en portent souvent par ici. Déjà, enfant, quelque chose m'intriguait dans cette façon de se vêtir, de se coiffer. Ce n'est pas tant de porter des vêtements larges ou une coupe très courte. Petite, ma sœur elle-même détestait les robes et tous les accessoires censés incarner de près ou de loin la féminité. Elle fut ce que longtemps l'on a nommé de cette expression abjecte, un *garçon manqué*. Néanmoins, chez les filles du coin, c'est autre chose que je ressentais et qui créait le malaise en moi. J'ai le souvenir de jeunes femmes souvent négligées et je sentais que cela n'était pas un hasard ou le fruit d'un désintérêt. Non, j'étais adolescente moi-même et savais faire la différence. Je pense à l'une de ces filles en particulier que j'aimais beaucoup. Je trouvais son visage très beau, sa voix, sa façon de s'adresser à ma sœur et moi m'enchantaient. Elle était à peine plus âgée que nous et la compagnie d'autres enfants était tellement rare dans le coin que nous nous sommes liées d'amitié très vite. Sa grâce contrastait avec sa tenue et le manque de soin criant qu'elle accordait à son apparence en général. Avec le temps, je constatais qu'au-delà de la rudesse du climat ou des travaux, ce culte de la négligence tenait lieu d'armure, de camouflage. Je devinais que, depuis l'enfance, ces femmes-là endossaient leur costume, cherchaient à se fondre dans la masse brune des bêtes, des hommes, des fermes et de la terre pour, surtout, ne pas à avoir à assumer, en plus de tout le reste, le poids du genre et son cortège d'injonctions.

À midi, plat du jour, bavette et aligot.

Parfait, deux, répond Lili après m'avoir consultée d'un coup d'œil.

Vous prendrez du vin ?

Deux verres de rouge.

Pichet ?

Pichet.

Merci.

Une grande tablée a pris place derrière ma mère, tandis que nous passions commande. Je me fais l'effet d'un poisson rouge dans un bocal lorgné de trop près par des enfants. Leurs yeux ne nous lâchent pas. Sans même se retourner, Lili balance :

T'imagines un peu, on est en 2022 et de passage. Je suis ta mère et j'ai soixante ans passés. T'imagines ce que ça a dû être pour elles ? Deux gamines ou presque qui débarquent dans un lieu comme celui-ci en 1977 ?

Je souffle en leur direction pour les dissuader de nous scruter, au moins les embarrasser. En vain. J'engloutis mon aligot tel un routier à sa pause déjeuner dans la station-service du bord de l'autoroute. Je comprends que ça ne suffira pas. Brunhilde avait beau se comporter avec brutalité et forcer son côté rugueux, ils ne devaient pas la lâcher.

C'était dur. Pour toutes ! laisse échapper Lili en regardant en direction de la grande table. Autant de travail que les hommes, voire plus, et une reconnaissance hypocrite, uniquement de leur statut d'épouses.

Tous la dévisagent, avant de retourner à leurs assiettes.

Mariella, les bulles, été 1983

Où les bulles prolifèrent comme 99 Luftballons

Le ventre de Mariella atteint des proportions stratosphériques cet été-là. Elle est censée accoucher dans quelques semaines et la chaleur accablante la tient immobilisée la plupart du temps. Elle a pris sa décision, contre l'avis du médecin, tout se passerait là, à la maison, sous ses bulles.

Tout cela fait beaucoup de bulles et Émile a trouvé son hymne pour cette nouvelle vie : *99 Luftballons*, le tube de Nena, résonne au moins trois fois par jour dans la maison, alors ils dansent, sautent comme des gamins, enfin lui surtout, et le soir à la fraîche.

Au début de l'après-midi, quand les températures deviennent insoutenables, ils descendent à la rivière. Elle plonge ses jambes dans l'eau glacée et éprouve une sensation de fraîcheur qui la soulage. Quelquefois elle s'avance un peu plus sous les yeux vigilants d'Émile et, quand le liquide recouvre presque tout son ventre, elle sent que le petit être réagit à la fraîcheur. Elle caresse sa peau tendue et lui souffle des mots pour lui seul. Dans ces moments elle voudrait que la terre s'arrête de tourner, que tout s'interrompe pour profiter pleinement de cette présence en elle qui déjà, à grands coups de pied, annonce son émancipation imminente.

Des années qu'elle n'a pas vu sa mère, depuis la mort de son père. Comme si, une fois lui disparu, son enfance et leur vie ensemble étaient devenues quelque chose d'immatériel capable de s'incarner uniquement dans le souvenir. Tout s'est passé comme si l'enfance n'avait été qu'un songe. Ensuite, elle n'a pensé qu'à fuir, partir, voyager, rêver d'autres liens, d'autres mondes que les Alpes froides et bleutées qui ont abrité son monde des origines. Toute sa vie, elle tentera de recréer un univers à elle, aussi pur et dénué de violence que celui du commencement. Mariella sait bien que Brunhilde n'a pas eu la même chance qu'elle pour ce qui est de la violence. Trop souvent les gens croient qu'elle est la bourgeoise protégée et Brunhilde, la paysanne rompue à la rudesse. Il n'en est rien. Brunhilde a grandi dans un milieu privilégié, dont elle sait peu de choses certes, mais dont elle a compris l'essentiel.

Malgré tout, il existe chez Brunhilde une douceur qui confine à la force quand il s'agit de Mariella, de la protéger, de l'aider. Toujours, elle s'est tenue à son côté. Combien de fois a-t-elle deviné la présence de cette violence, sommairement dissimulée ? C'est aussi grâce à elle que certains se sont tenus à distance. Elle s'est toujours sentie en sécurité auprès d'elle. Maintenant que la vie prend toujours plus de place en elle, Mariella sait que l'éloignement devient inévitable. Qu'elles ne parviennent plus à s'entendre aussi bien qu'avant. Émile en a été la première cause. Mais très vite, elles ont trouvé le moyen de poursuivre leur relation d'une façon différente. Moins fusionnelle mais tout aussi puissante. Maintenant, c'est différent. Tout est différent. Mariella le ressent sans pour autant chercher à retranscrire cela en mots. Une telle entreprise serait vaine et amputerait leur expérience d'une partie de sa magie.

Souvent la question s'impose, *pourquoi ici* plutôt qu'ailleurs ? Celle dont, elle le sait, les villageois se font le relais depuis des années. Elle ne connaît pas la réponse, mais au plus profond d'elle-même, elle est heureuse de se trouver là, son ventre rond flottant dans l'eau de la rivière sous le regard attendri d'Émile. Au milieu des champs, à quelques mètres en aval de leur maison, ces bulles qui incarnent à elles seules son rêve tout entier. D'une bulle à l'autre, s'amuse Mariella en faisant la planche, ne lâchant pas des yeux ce mont qui n'en finit plus de pointer au-devant d'elle. Ce sentiment d'être privilégiée, toujours. Chérie de ses parents dans ses Alpes bleutées, chérie de Brunhilde, de ses amis, de ses amants, d'Émile et bientôt, elle l'espère plus que tout, du petit être qu'elle va mettre au monde.

C'est cet *art à vivre* coûte que coûte qui m'a enveloppée à peine franchi le seuil de la maison qu'elle habite seule désormais, où nous nous sommes rendues avec Lili. Entourée de ses créations, de ses tableaux, de ceux d'Émile, de sa baignoire et de son four, de son piano, vert de la vallée autour. Un art qui a à voir avec la gratitude. La plénitude. Quelque chose de très simple.

Est-ce que Brunhilde aura un enfant elle aussi, un jour ? Le désire-t-elle ? Rien ne le laisse penser. Mais son amie n'est pas le genre de personne à autoriser les autres à aborder un sujet aussi intime. Pas même elle. Pourtant, il y a bien Thierry avec qui elle aime faire l'amour sans un mot. C'est ce qu'elle lui a tout de même fait comprendre, à demi-mot, qu'ils ne parlent pas. Du tout. Seuls leurs corps savent quoi faire et ça lui va bien. Il est fort et doux et bon. Brunhilde ne souhaite rien de plus et Mariella imagine que le pauvre Thierry en fera les frais tôt ou tard. Il y a bien eu cet Italien, puis l'Américain. Rien qui soit suffisamment sérieux pour que Brunhilde les invite à rester chez elle plus longtemps. Finalement ça aussi, c'est simple. L'envie d'être seule.

Puis il y a Émile. Est-ce que Brunhilde pourrait désirer Émile ? Et lui ? C'est une supposition à laquelle elle préfère ne pas songer mais qui, parfois, surgit malgré elle.

Allez ! Sors de là, tu vas attraper froid, petite truite bombée !

Mariella s'étourdit un instant, en plongeant la tête dans la rivière, avant de ressortir, la peau de son visage anesthésiée, figée sous un masque de glace. Un mouvement sec en elle la fait sursauter. De ses deux mains elle enlace son ventre puis vient s'étendre sur l'herbe chaude du regain, offerte au soleil brûlant, parfaitement nue sous les yeux d'Émile.

Gisèle,
lieu-dit, 1983

Ne jamais sous-estimer
les effets du vin blanc

Quand elle aperçoit la silhouette de Brunhilde assise, immobile sur le rocher devant le parterre de fleurs, Gisèle est heureuse. Jamais personne ne lui a proposé d'aller boire un verre, encore moins une fille, une copine. Avec Boris ils ont bien partagé quelques verres avec les voisins, à l'occasion de bals ou de fêtes de village, mais jamais de cette manière. Tout naturellement. Comme si se rendre ensemble au bistrot pour discuter et partager un moment entre amies était pour elle la chose la plus banale qui soit. Bien sûr, Gisèle a mis un point d'honneur à dissimuler son excitation quand Brunhilde est venue le lui proposer. Elle s'en veut un peu et se dit qu'elle n'a pas été très polie. Mais elle sait aussi que Brunhilde ne s'embarrasse pas de trop de manières et que, sans doute, elle ne lui en tient pas rigueur.

Guten Morgen, madame ! elle lance en direction de Brunhilde en se penchant pour lui ouvrir la porte côté passager.

Salut, Gisèle ! On y va ?

Brunhilde s'est glissée dans l'habitacle et avec elle une

humeur opaque. Gisèle sent que quelque chose ne va pas, son amie semble préoccupée, peut-être même en colère. Pour détendre l'atmosphère, elle la questionne sur son travail, lui demande comment s'est passé le marché du matin et d'autres banalités. Brunhilde répond poliment, mais un voile demeure entre elles. Gisèle gare la voiture devant le bistrot, puis elles s'y s'installent après avoir salué les habitués au comptoir. À la surprise de Brunhilde, le père Murat est là qui ne la regarde même pas lorsqu'elle entre. Il est entouré d'un de ses garçons de ferme et d'autres types que Brunhilde a déjà croisés au village.

Je vous sers quoi, les filles ?

Deux blancs, s'il te plaît, répond Brunhilde à Marguerite sans prendre la peine de consulter Gisèle.

Oui merci, sourit-elle en direction de la patronne.

C'est rare de te voir ici en plein après-midi, Gigi. T'as pas ton p'tiot à t'occuper ? C'est le Boris qui s'occupe de lui torcher le popotin ?

Tu comprends vite, frappe Brunhilde en gardant les yeux cloués sur la toile cirée vichy.

Marguerite tourne les talons, vexée.

Ça te gêne pas, ces réflexions à la con sur ta vie ?

Si bien sûr, s'excuse presque Gisèle.

La discussion reprend entre les filles. Brunhilde commande un pichet, puis un autre. Gisèle se confie sur sa vie avec Boris, son bébé, lui dit tout le bien qu'elle pense de leurs travaux, comme leur arrivée lui a été profitable. Les heures défilent en même temps que les verres, si bien qu'il fait déjà presque nuit quand la conversation prend une autre tournure. À cet instant, les molécules d'alcool s'épanouissent partout en elles. Gisèle peine à suivre.

Quelques heures plus tard, quand Boris, dans un mélange d'inquiétude et de colère, lui demandera : Qu'est-ce qui s'est passé ? Qu'est-ce qui a déclenché tout ça ?, elle ne saura quoi répondre. Incapable de se souvenir à quel moment précis les choses ont mal tourné. C'est souvent le cas avec l'alcool, fera-t-il remarquer. Toi qui n'as pas l'habitude de boire, qu'est-ce qui t'a pris de t'enfiler tous ces pichets ? Gisèle ne sera plus en état de se justifier et comme seule réponse offrira à son mari son regard imbibé de remords et de vin. C'est seulement après que Boris aura couché le bébé, après qu'il aura fait couler l'eau froide un moment sur son corps nu, recroquevillé dans la baignoire sabot, que des bribes lui reviendront.

Gisèle se souvient qu'elle venait d'évoquer sa relation à son petit Frédéric et la grossesse de Mariella, quand Brunhilde a commencé cette longue réflexion sur le rôle de la famille. Comme quoi, au fond, la mère a beau faire tout ce qu'elle peut, si un gamin ou une gamine n'est pas aimé de son père, ou abandonné, ou que sais-je, mais que le père déconne, alors… y a de grandes chances pour que toute sa vie, les choses ne soient jamais bien réglées dans sa tête. Tu me diras, l'inverse ça marche aussi. Tous les psychopathes ont un problème avec leur mère, c'est bien connu. N'empêche que moi, je le sens de plus en plus, je dis bien de plus en plus, elle a insisté en pointant du doigt le nez de Gisèle sous les yeux moqueurs des spectateurs toujours plus nombreux. Eh bien je me dis que si mon père s'était comporté autrement, je n'en serais pas là. Tu comprends ça, Gisèle ? Mon père, si tu savais ce qu'il a fait. Ah vous voulez savoir, vous tous là ?

Elle commence de les apostropher.

Eh bien mon père il m'a… Non je déconne, vous ne saurez rien, bande de petites fouines. Regarde-moi ça, leurs têtes de petits rongeurs bien alignés qui attendent leur morceau de fromage.

Elle laisse éclater un rire sonore.

Mon père c'était UN NAZI, elle crie, c'est ça que vous voulez entendre, hein ? Vous en rêvez au fond, avouez ? Mais non, ce n'est pas ça que je veux dire, ce n'est pas vrai.

Elle met sa main devant sa bouche à la façon d'un enfant qui aurait dit une bêtise. Les autres au comptoir trépignent en pouffant de temps en temps devant le spectacle de l'Allemande en perdition. Elle se racle la gorge et reprend le plus calmement du monde, faisant oublier la scène grotesque qui précède. Elle semble sincèrement affectée, presque sérieuse soudain.

Tu sais ma Gigi, au fond, les pères ils ne trouvent jamais que leurs enfants sont assez bien pour eux. En tout cas le mien il trouvait que, elle baisse d'un ton tandis qu'autour le silence se fait, chacun y mettant du sien pour ne rien rater tout en faisant mine d'être occupé à d'autres conversations, le mien, ma tête ne lui revenait pas. Pas du tout même, elle pouffe en manquant de recracher son vin. C'est ce qu'il me disait sans cesse, Brunhilde ton nez est trop gros, tes pommettes sont comme celles des poules, tes yeux trop écartés, on dirait un hibou. Tout ça un jour, il a réussi à me le reprocher en une seule fois. Il a trouvé le mot qui mettait tout ça ensemble, mon nez trop gros, mes yeux, ma bouche, ma peau : *juive*. Voilà ce qu'il a fini par trouver, le mot qui surclassait tous les autres, j'avais une tête de Juive.

Plus personne n'ose bouger. Le lieu est comme frappé par un sort qui tient tous les protagonistes parfaitement immobiles. Seule Marguerite fait diversion en essuyant ses verres d'une manière plus appliquée que d'habitude. Les autres gardent leurs yeux collés sur chacun de ses gestes. Gisèle a accusé réception du récit de son amie en reculant sur sa chaise.

Et tu sais quoi ? Comme ça ne lui suffisait pas, un jour, il a décidé qu'il fallait faire quelque chose pour ça. Se débarrasser de cette tête-là. Je devais avoir six ou sept ans quand il a fait venir ce type à la maison, soi-disant un médecin. Je ne sais pas ce qui s'est passé ensuite, mais je me suis retrouvée peu après dans le lit des parents avec une douleur comme je ne souhaite à personne d'en ressentir une un jour et la face tout enrubannée. Des rubans pleins de sang collés à mon visage. T'as compris l'histoire, Gisèle ? Et les copains au bar, ils ont compris ?

Elle pousse sa voix dans leur direction.

Ces cons-là m'ont refait le nez, ils me l'ont raboté, pour que j'aie l'air moins juive. Et s'ils avaient vu le tien alors, elle rit en s'adressant à Gisèle. Ma pauvre, ils ne t'auraient pas ratée non plus !

Les deux se mettent à glousser sous le regard interdit de l'assemblée.

Vous en pensez quoi de mon nez vous les gars ? elle les interpelle, debout, en tendant son profil. Il est pas mal ? Il vous plaît à vous ce nez-là ?

Les autres se détournent.

Vous aimez les têtes de bonnes Allemandes comme moi ?

Et aussi, je sais que l'un d'entre vous vient le soir devant ma porte pour me mater avec son briquet, sa petite flamme. Alors ? Lequel d'entre vous ? On ne dit plus rien ? Je vous annonce à vous tous que j'ai acheté un beau merlin et que celui que je surprends encore devant chez moi, je lui fracasse sa tête. Je n'hésiterai pas une seconde à faire tomber l'outil sur vos faces de dégénérés, elle lance dans leur direction avant de se rasseoir. Ah ! On fait moins les malins maintenant que la boche a fait sa sortie de route sur son papa nazi et son nez de Juive qu'on lui a tout cassé ! Y a plus personne pour fanfaronner. Et ce soir, qui c'est qui va avoir des choses à raconter à sa bonne femme ? C'est toi Murat ? Tu vas lui dire quoi à la mère ? Tu sais, la boche elle a craqué au bistrot, elle a raconté que son père le nazi lui avait pété le nez, c'est pour ça qu'elle est venue se planquer ici. Et toi, Delpierre ? Tu vas lui raconter comment à maman ?

Gisèle sent le sommeil la gagner quand Marguerite envoie un des gars chercher Boris. L'un d'eux se propose de la ramener chez elle, mais Brunhilde s'interpose :

Gisèle rentre avec moi, pas avec vous, on ne sait jamais comment ça peut finir. Je la connais l'histoire. Viens ma Gisèle. On s'en va. Et vous savez quoi, je vais vous en dire une bien bonne. Tout ce que je viens de vous raconter, tout ça, c'est qu'un tissu de conneries. Mais au moins, voilà, vous aurez des choses à commenter ce soir. *Arrivederci*, les amis ! elle lance en calant Gisèle contre son épaule.

Les autres les regardent tituber à travers la vitre. Brunhilde fouille dans les poches de Gisèle pour trouver la clef de la voiture. En vain. Après dix minutes, le père Murat sort du bar dans le silence, sous le regard sidéré des autres. Il s'approche des filles.

Brunhilde, est-ce que vous me laisseriez vous ramener, Gisèle et toi ? Ce n'est pas sérieux de conduire comme ça, vous allez avoir un accident.

Sans un mot, elle lui tend la clef finalement tombée de la poche de Gisèle, qu'elle dépose sur la banquette arrière comme un ballot de foin, et prend place à l'avant, les yeux injectés de colère. Elle résiste :

Tu déposes d'abord Gigi.

Boris accourt à la vue de sa 2 CV conduite par le père Murat en bas du chemin qui mène à sa grange. Récupère sa femme. Brunhilde descend aussi de voiture, aidée par Murat qui la laisse à côté, devant sa porte.

Bois de l'eau et dors ! il dit en partant.

Compte pas sur moi pour te remercier, vieux cochon !

Brunhilde puise dans ses dernières ressources avant de s'effondrer au pied de son lit.

Personne n'a jamais eu le fin mot de l'histoire concernant cet épisode du nez de Brunhilde. Disait-elle vrai ou toute cette scène n'était-elle que la conséquence d'une exaspération débordante assortie de trop de vin blanc ? Dans les semaines, les mois, les années qui suivront, les habitants traqueront la cicatrice, le détail, une légère brisure au niveau de la naissance de son nez qui attesterait de la véracité de son récit. Toujours, depuis le scandale, elle devra faire avec leurs regards appuyés sur son visage, traquant la preuve de l'acte nazi originel. Certains la trouveront, d'autres non, alimentant encore les théories les plus extravagantes. Le récit de son supplice, cent fois enrichi depuis par chacun d'eux, voyage aujourd'hui encore comme une légende.

Grange de Brunhilde, lieu-dit, 1983

Où Brunhilde, qui aurait pu voir en Jean un père, aime mieux encore ce qu'il est devenu

On toque à la porte. Ou plutôt, on enfonce la porte.

Jean.

Petite ? T'es là ?

Vingt-quatre heures plus tard, Brunhilde ne s'étant pas présentée pour l'assister à la coupe du foin, le père Rivière fait vibrer la porte de la grange. Brunhilde a très mal à la tête, l'impression qu'une enclume est venue se loger entre ses tempes durant son sommeil. Elle se lève péniblement et avance jusqu'à la porte. À peine a-t-elle entrouvert que Jean se précipite à l'intérieur.

Non mais ça va pas ? Qu'est-ce qui t'a pris ? Tout le monde raconte tes exploits au village.

Qu'ils causent, père Rivière, ça me fait une belle jambe, elle dit en descendant une rasade d'eau directement depuis le pot à eau. Je m'en fous complètement. Si vous les aviez vus, ils n'attendaient que ça, des révélations, des choses croustillantes à dire sur les Allemandes, ils sont servis pour longtemps, elle poursuit en se roulant une cigarette.

Tu devrais arrêter avec ça.

Je suis pas votre fille, père Rivière.

Oh que non, je peux te dire que si c'était le cas…

Ils explosent de rire de concert devant la tournure qu'est en train de prendre la conversation. Elle lui indique une chaise où s'asseoir et lui tend une tige qu'il accepte.

Bon, raconte-moi.

Y a rien à raconter. Ou trop. La seule chose que je peux vous dire, c'est que le pinard de la Marguerite, c'est pas du petit-lait.

Un rictus soulève les rides autour de ses yeux.

Qu'est-ce qui t'a pris de balancer des horreurs pareilles ?

Quoi, vous êtes venu faire l'interrogatoire pour savoir si c'est vrai ou faux ? Ce sont eux qui vous envoient ?

Arrête ça. Je viens m'assurer que tu vas bien.

Je vais bien.

Pourquoi tu tiens tant à ce qu'ils te prennent pour une nazie ?

Parce c'est ce qu'ils veulent, ou redoutent, dans tous les cas ils en rêvent.

Et alors ?

Alors je suis fatiguée de devoir faire croire que je suis comme ci ou comme ça, je voudrais juste qu'on me fiche la paix. Et si le prix à payer c'est d'être la fille du nazi, alors soit, c'est ce que je serai. Je laisse tomber.

Tu sais…

Il a ôté sa casquette, l'a posée sur la table en même temps que son regard, immobile.

Quand j'étais réquisitionné au STO, les types qui nous faisaient marcher, au début, ils me voyaient comme un esclave, une bête de somme, un type qui ne mérite pas qu'on lui adresse la parole. Sauf que j'ai pas attendu qu'on me laisse la parole et petit à petit, poliment, j'ai commencé à discuter avec certains. Crois-moi ou pas, quand j'ai réussi à me faire la malle pour rejoindre les FTP, je suis sûr qu'ils étaient déçus. Ils avaient beau me traiter de tous les noms, me mépriser en tant que Français et perdant de leur grande loterie, je les ai pas lâchés. J'ai toujours cherché à garder le fil, le lien, tu vois. Parler, leur montrer qu'on n'était pas si éloignés, eux et moi.

Et alors ? Ça a marché ?

Disons que, je crois bien qu'au moment de me tirer, l'un d'eux m'a vu et n'a pas sonné l'alerte. Je crois qu'il faut rester droit pour ça. Pour cette chance qu'un jour les choses se passent bien.

Je suis fatiguée.

T'es qu'une gamine.

N'empêche que je suis fatiguée quand même.

Bois du sang de mes cochons, tu verras.

Beurk ! elle fait en ôtant un brin de tabac resté collé sur sa lèvre inférieure. Vous pensez réellement qu'un jour ils vont arrêter de me regarder comme la mort incarnée ?

Je l'ai bien fait, moi.

Mais vous, la vraie, vous l'avez vue. Vous savez qu'on ne se ressemble pas tellement, elle et moi. Vous étiez comment pendant la guerre, plutôt à faire des risettes aux Allemands comme vous venez de me le raconter, ou à les étriper pareil que vos cochons ? Parce que ça, vous savez drôlement bien faire aussi. Et j'ai l'impression que quelquefois, ça vous démange un peu.

Elle lui dit ça droit dans les yeux, droite sur sa chaise. Il ne répond rien. Se contente de faire glisser le revers de sa casquette entre ses doigts.

Tu connais la légende de Jean et la fée ?

C'est un truc que vous venez d'inventer, pépé.

Non, c'est un vieux conte d'ici. Très vieux. Un que racontent les mères à leurs enfants.

Vous pensez que j'ai besoin qu'on me dise une histoire avant de m'endormir ?

Jean ne répond pas. Il plonge profond dans sa mémoire.

C'est l'histoire du seigneur Jean et de la jolie fée.

Brunhilde ramène ses genoux sous son menton et rejette ses cheveux dans son dos.

Un jour qu'il était allé chasser, le seigneur se perdit dans la forêt. La forêt était très sombre, jamais le soleil n'y pénétrait. Il essaya à plusieurs reprises mais jamais il ne réussissait à retrouver son chemin. Il s'apprêtait à mettre pied à terre quand soudain, devant lui, apparut une jeune fille à la beauté exceptionnelle.

Tiens donc ! s'amuse Brunhilde.

La belle s'approcha de Jean et lui dit d'une voix douce : Mon bon monsieur, pour sortir du bois, il faut vous diriger par là, en pointant du doigt l'endroit où le soleil se couche. Jean la remercia et suivit son conseil. Il parcourut ainsi le pays et après beaucoup de périples, n'arrivant pas à oublier la douce, il revint la trouver. Elle était là qui l'attendait, lui sauta au cou et le couvrit de baisers.

Bien entendu ! ironise Brunhilde.

Il ne savait pas que la jeune fille, en réalité, était une fée. Il lui proposa de venir habiter son château et la demanda en mariage. Elle accepta à une condition. Je veux bien devenir votre épouse mais vous devez me promettre de ne jamais prononcer le mot *mort* devant moi. Ce à quoi Jean répondit : Madame, jamais un si vilain mot ne sortira de ma bouche. Les noces furent célébrées, et ils furent heureux des années durant. Un été, en juillet, le seigneur attendait que son épouse ait fini de s'habiller pour aller assister à un tournoi de chevaliers. Jean s'impatientait et cria en direction de sa bien-aimée : Ma douce, vous en mettez du temps, on croirait que vous êtes allée quérir la mort. Alors le seigneur entendit une longue plainte. Il avait prononcé le mot interdit. La fée se jeta par la fenêtre. La légende dit que l'on peut encore voir la marque de son corps dans la cour du château.

Brunhilde ne dit rien, hypnotisée.

Alors tu vois, comme je n'ai pas envie qu'il arrive quelque chose à ma fée, je dirai pas ce mot-là et tout le barnum qui va avec. Toutes ces histoires, c'est du passé et les pauvres gens qui sont plus là pour en parler, mieux vaut les laisser tranquilles. Pour ça que la guerre, j'ai mis le temps, mais j'ai décidé de la laisser derrière moi.

Brunhilde hoche la tête.

D'accord pour qu'on arrête avec ces mots-là ? On fait un pacte nous aussi ?

Elle lève sa main pour toper quand, au dernier moment, il enlève la sienne. Dans un rire franc, elle la lui attrape et la serre fort.

Père Rivière. Je vais avoir un enfant.

Fais pas cette tête d'enterrement. C'est pas une maladie. C'est une belle chose ! Puis ça fera un copain pour celui de Mariella.

Mais c'est que… je ne sais pas si j'ai envie.

Et le père ?

Lui non plus.

Lui non plus quoi ?

Je ne sais pas si j'en ai envie.

Il sourit.

Te pose pas trop de questions.

Elle le regarde remettre sa casquette sur sa tête.

Les gosses, c'est important. Ça met du baume au cœur. Te bile pas.

Vous voulez pas rester encore un peu ? Je nous allume un petit gris ?

Allez, il fait, vite convaincu, en se rasseyant sur le canapé, face à la vallée cette fois, tandis qu'elle tasse le tabac.

Il gratte une allumette, prend une première taffe qu'il recrache aussi sec. Brunhilde s'assied et détaille cet homme qui pourrait être son père. Mais elle aime mieux encore ce qu'il est devenu. Un ami.

Un bruit de pas qui butent sur la dalle devant la porte interrompt leur discussion.

C'est lui !

Qui ça lui ?

Le soir parfois, quelqu'un vient. Il a un petit briquet qu'il allume, ça fait des jours que ça dure.

Et tu ne m'as rien dit avant ? Dans ton état en plus ! Attends-moi ici.

Père Rivière, prenez le merlin ! On ne sait jamais.

Jean ouvre la porte comme on frappe. L'ombre saute du perron et se met à dévaler la colline à toute blinde, courant à travers le pré sous la grange. Jean le poursuit, abandonne le merlin au milieu de sa course pour pouvoir accélérer. L'ombre s'essouffle, il entend sa respiration saccadée et son pied n'est pas si alerte. Elle boite presque à la manière d'un animal blessé, empêché. Elle n'est plus qu'à quelques mètres de la rivière quand Jean l'interpelle :

Ça suffit, arrête ça, tu ne vas pas t'en sortir. Tu vas te noyer.

L'argument fait mouche. La présence s'immobilise aussitôt. Jean s'élance et laisse tomber son corps lourd sur l'autre qui se débat. La lueur de la lune dévoile une partie de son visage, son nez en sang. Il pousse des gémissements à la frontière de l'homme et de l'animal.

Fonfon ! Qu'est-ce tu fais là, *miladiou* ?

L'autre tape sa tête contre le sol de plus en plus fort. Jean plaque sa paume sur son front pour éviter qu'il se blesse. Le garçon manque de lui broyer les os de la main tant la force avec laquelle il envoie sa tête est puissante. Jean connaît bien Fonfon, quelquefois il a eu affaire à ses crises et dû aider le père Blaise et Thierry à ramener le gamin à la raison. C'est que tous au village ne lui veulent pas que du bien. Jean a toujours pensé que Fonfon n'est pas une mauvaise âme. Et jusque-là, rien ne prouve le contraire. Les désordres de son esprit se manifestent de manière si particulière parfois que l'on pourrait penser qu'il est une menace. À le voir se contorsionner, frapper ses membres contre les murs, le sol, tout porte à croire que le mal en personne a pris possession du garçon. Mais Jean continue de penser que Fonfon est juste un peu plus faible, son cerveau sans doute entaché à la naissance, ou avant, par quelque erreur de la génétique. Comme c'est le cas avec les bêtes parfois. Il le compare à ce petit veau complètement déréglé qui sautait dans tous les sens et se cognait sans cesse. Une sainte femme la mère Blaise, qu'il porte en haute estime. Elle a élevé son gamin avec tout le courage du monde là où d'autres l'auraient envoyé à l'Assistance. En songeant à elle, Jean se remet sur ses pieds et doucement rassure Fonfon :

Ça va mon gars, calme-toi, je vais te ramener chez toi. Mais faut que tu arrêtes ça. On ne vient pas espionner les dames. Tu comprends ?

Fonfon a fini de se débattre, il le dévisage de ses yeux ronds et vides.

Quelques minutes plus tard, Jean se présente chez les Blaise. C'est Thierry qui ouvre la porte. Il jette sur son frère un regard affolé en voyant son visage couvert de sang.

Il s'est cogné en tombant, dit Jean. Des semaines qu'il va traîner du côté de chez la petite. Tu savais ?

Non, répond Thierry.

Jean n'en croit rien. Il sait que Thierry protégera toujours Fonfon.

Tu vas t'occuper de lui ? Assure-toi qu'il reste chez vous le soir. C'est mieux.

Merci, Jean, conclut Thierry en refermant la porte.

La présence n'est jamais revenue briller, la nuit, devant la fenêtre de Brunhilde.

Le lendemain matin, la camionnette que Brunhilde a empruntée au père Carette gît devant chez elle, les quatre pneus à plat. L'épisode du bistrot a échauffé les esprits et les jours qui suivent, les actes de sabotage se multiplient. D'abord les roues, puis le four, bouché à grand renfort de purin, un écobuage qui dégénère et dont les flammes lèchent le jardin de Brunhilde, dévastant son parterre de fleurs et une partie du chêne sous lequel elle aime tant s'allonger pour la sieste.

Un de ces après-midi surchauffés, ses pieds faisant craquer le reste des branches brûlées dans son jardin, Brunhilde est tentée par le retrait. La dernière fois qu'une sensation pareille est venue la cueillir, elle avait douze ans. Son père l'avait contrainte à rester enfermée deux jours durant pour avoir désobéi. Elle ne se souvient plus de l'objet du délit. Qu'est-ce qui mérite que l'on enferme une enfant deux jours durant ? Sans doute quelque chose dont elle devrait se souvenir. Et c'était presque toujours le cas avec les punitions de son père. L'arbitraire et la dureté se transformaient en rancœur, bientôt en distance. Avec des milliers de kilomètres entre elle et lui, elle se sentait plus libre, plus légère. En sa présence, elle vivait a minima. Ces derniers jours lui donnent une impression semblable. L'énergie déployée par ses détracteurs pour la réduire au silence, l'intimider, a fini par payer. Un sentiment d'angoisse colonise son corps en même temps qu'il s'arrondit. Que feraient ces gens à son bébé, étant donné ce qu'ils sont capables de lui infliger à elle ?

Dans ces moments où le vide s'installe en elle, Brunhilde va marcher dans la montagne, auprès des vaches qui toujours savent la consoler. Il n'est rien de plus réconfortant que les yeux amicaux des vaches, leur présence enveloppante sous le soleil couchant. Elle colle parfois son ventre contre leur panse et sent la chaleur de la vie bouillonnante. Elle aimerait plus que tout autre chose, que le petit être, lui aussi, ressente cela. Cette force vibrante. Dans ces moments de grande solitude, quelque chose d'étrange se produit. Elle se met à regretter des choses dont elle peine à définir les contours, la couleur, le lien même avec elle.

Elle se trouve dans un tel état de manque que ce dernier devient indéfinissable. Tout lui manque, jusqu'à elle-même. La sensation de sa propre existence. De ses errances, elle ne parle à personne, elle tient à ce qu'elles restent aussi informelles que possible. Les garder, silencieuses, enfouies, est pour elle le meilleur moyen de ne pas leur laisser libre cours.

Il est sans doute peu de femmes qui ignorent la peur de l'agression. Nous avons cela en commun, d'une époque à l'autre, d'un côté de l'hémisphère à l'autre, sous toutes les latitudes. Aucune de nous n'ignore ce que veut dire habiter un corps de femme. L'expérience du féminin est une chose unique qu'il n'est pas toujours aisé de préserver et qui exige tant de luttes, tant de larmes et de sacrifices que quelquefois cela donne le vertige. C'est ce genre de vertige qui tient Brunhilde en otage cet après-midi d'été. Il s'alimente de tout ce qui lui passe par la tête. Aussi s'évertue-t-elle dans ces moments de trouble à stopper ses pensées, à les tenir en laisse. Quand la tentation du chaos est trop forte, Brunhilde roule une cigarette magique et dort, parfois toute la journée. Il suffit alors que Jean, Gisèle ou Mariella passe par là et, devinant le vertige à l'œuvre, descende jusqu'à sa grange. Alors elle s'arrache à ce démon qui, de plus en plus, se plaît à lui tenir compagnie. Une tasse de lait chaud, une caresse sur la joue, une chaise installée devant le soleil couchant, suffisent souvent à le chasser.

Bientôt, la chasse s'opère depuis son siège même. Là, juste sous sa peau tendue, à grands coups de pied, le petit être chasse le démon du corps de sa mère. De jour comme de nuit il se cabre et, de ses millions de cellules en gestation, lutte de toutes ses forces pour la vie. La sienne. Alors Brunhilde, de plus en plus, laisse la petite présence lui dire quoi faire. Se lever, marcher, manger, s'asseoir, se reposer, dormir, encore et encore, oublier. Faire de la place dans son corps et dans sa tête. Souvent la cohabitation se passe à merveille, parfois aussi, elle se solde par des nausées, des pleurs, des vertiges.

Mais chaque jour, la présence du petit être s'installe un peu plus tandis qu'une autre, tenace, murmure à son oreille dès le matin, quand les premiers rayons du soleil percent à travers les vitres : *Regarde par la fenêtre, si c'est beau ici. Regarde notre Wunderland, baby.*

À ce stade de l'histoire, il est temps de donner du mou au calendrier…

… de le laisser se dilater, prendre ses aises. Quand le miracle de la vie la fait se multiplier, les horloges ne sont plus tout à fait les mêmes et les heures ne sonnent plus tout à fait au même moment. Brunhilde et Mariella attendent toutes les deux un enfant. Les deux se réveillent plusieurs fois par nuit pour aller aux toilettes, manger des fruits en trop grande quantité ou pleurer quelques minutes au bord de la fenêtre, dans la pénombre. L'une sous sa bulle, l'autre dans sa grange. L'une avec, dans la pièce d'à côté, le père plongé dans son sommeil, l'autre non.

La question du père de l'enfant à naître de Brunhilde est davantage posée par les habitants du village que par Brunhilde elle-même, qui s'imagine de plus en plus l'élever seule. Puis, elle n'est pas seule. Ils sont tous là, au moins un chaque jour. Antoine, Lucien, Jean, Boris, Gisèle, Mariella et Émile bien sûr, même Lisette qui lui apporte du lait frais, et Thierry. Après que tous les hommes du cercle rapproché ont tenu lieu de suspects, Jean et Antoine en tête malgré leur âge, c'est sur Lucien que s'est portée l'attention.

Notre Lucien a beau savoir que non, malgré toutes les magies noires, malgré la protection divine confirmée par l'épisode du foudroiement, l'enfant ne peut pas être de lui, il s'est tout de même présenté chez Brunhilde, un après-midi où elle s'assoupissait en pleine contemplation des premiers boutons de ses rosiers. Elle lui a servi un café, s'est versé du lait et lui a fait remarquer qu'il avait l'air soucieux, fatigué. De fait, son teint oscillait entre le jaune clair, presque beige, et le rose. Elle lui a demandé si tout allait comme il voulait. Ce à quoi il a répondu, soudain écarlate :

Tu sais, rapport à toutes les rumeurs sur…

Quoi, ça ? elle a fait en pointant son ventre.

Oui.

Ah, des nouvelles ? La mère Rivière et Gisèle me rapportent bien de temps en temps ce qui se raconte de neuf mais pas depuis un moment. Faut dire que tout le village y est passé, alors bon, ils doivent être à court d'idées.

Elle se marre en cherchant les yeux de Lucien, désespérément sérieux, la peau de son visage d'un rose qui tourne maintenant méchamment au violet.

Je voulais te dire que…

Il marque un temps trop long.

Je t'écoute, Lucien.

Que pour moi, ça aurait été un honneur.

M'enfin, de quoi tu parles ?

Il ne lui répond pas, baisse les yeux.

Ah ! s'esclaffe-t-elle. Pardon ! Tu parles bien de ça, elle se caresse le ventre. C'est gentil, elle se reprend. C'est très gentil. Tu sais… Oh puis non, je ne vais pas me lancer là-dedans, on se comprend bien assez tous les deux pour pas se dire des mots d'écoliers. Viens là.

Lucien s'avance et elle le serre dans ses bras avec tendresse.

Les années ont passé et les filles sont toujours là, enracinées plus profondément dans le sol brun. Celui où, telles deux graines portées par le vent du hasard, elles sont tombées un beau matin de juillet, un jour de fête nationale qui plus est.

L'époque qui suit est faite de choses simples, de quotidiens joyeux durant lesquels Mariella et Brunhilde travaillent un peu moins leur poterie pour s'occuper de leurs enfants, du moins tant qu'ils sont petits. Mariella a accouché chez elle, assistée par Émile et Gisèle, le plus naturellement du monde. Et cela demeure pour elle un des souvenirs les plus heureux de sa vie. Brunhilde, elle, s'est rendue à l'hôpital. C'est même Jean qui l'y a conduite. Toujours sans père. Elle en est revenue une semaine plus tard, en bus, avec son bébé emmailloté dans une couverture bleue, le visage rose, la peau tendue et même quelques mèches blondes. Jean lui fera une scène de ne pas l'avoir fait appeler pour qu'il vienne les chercher. Une petite fille, belle comme le début du monde, qu'elle a choisi d'appeler Maria.

Le temps fait ce qu'il a coutume de faire et Maria se retrouve bientôt en route sur le chemin de l'école avec Éléa, la fille de Mariella, enceinte de son deuxième enfant, un garçon. Les fillettes s'entendent à merveille malgré quelques chamailleries. Émile est aux anges lorsqu'il est là.

Le reste du temps, Mariella n'en sait rien. C'est qu'il s'absente plus souvent, il a repris ses tournées et le chemin jusqu'aux bulles n'est pas le plus court pour rejoindre la gare, c'est ce qu'il lui dit. Il songe à prendre un appartement en location, à Paris, par commodité. Elle ne s'y oppose pas. Après tout, ce sera plus pratique pour lui. Maria et Eléa jouent à chat perché, s'essaient à leurs premières céramiques sous l'œil maternel. Des étudiants en architecture viennent de temps en temps admirer ces constructions en bulles comme il n'en existe pas d'autres alentour. Les bulles deviennent une attraction vieillissante, sortes d'œuvres d'art locales. Bientôt, seule avec ses deux enfants, Mariella décidera de ne plus y vivre. Elle optera pour une ferme isolée à la sortie du hameau, l'Escoundillou.

Brunhilde n'aura qu'une enfant. Elle aime être mère. Depuis les premiers instants où elle a senti la présence de Maria en elle. Pour autant, la mère et la fille s'opposent souvent. C'est que la petite porte en elle le feu maternel et un sens inné de la liberté qui ne se laisse pas diriger facilement. Brunhilde aime être mère sans y penser. En caressant le petit corps de sa fille, fragile entre ses mains, en sentant l'odeur de sa peau chaude au petit matin à son réveil, en voyant sa bouche rouge téter son sein. Lorsqu'elle sent qu'à son contact elle s'apaise, que ses pleurs cessent, qu'elle arrive à la faire rire, en la voyant dévaler le champ pour la rejoindre, son sourire d'enfant en étendard. La mère et la fille se façonnent l'une l'autre comme la lave le volcan. L'une progressant à mesure que l'autre se consume, parfaitement indissociables.

Malgré cela, lorsque, des années plus tard, Maria plantera ses yeux dans ceux de sa mère en reniant tout ce qu'elles ont été et dont à cet instant elle ne voudra plus, malgré tous les mots qu'elle lui dira comme trop de raisons à son départ, Brunhilde se souviendra de cela, comme d'une synthèse d'elles. Leurs peaux chaudes collées à l'aube l'une contre l'autre dans la pièce froide. Parmi la somme des choses que Maria reprochera à sa mère le moment venu, il en est une dont elle ne démordra pas. Celle que les gens du village, avant elle, ont reprochée à Brunhilde. Cette obsession qu'ils avaient tous et qu'elle avait fait le choix d'ignorer. Sa fille lui posera la même question : *Et mon père ?* Comme des années auparavant avec les habitants du hameau, Brunhilde bottera en touche.

Cela devient un sujet récurrent. Bientôt le seul. Brunhilde ne cède pas. Peut-être refuse-t-elle obstinément de donner un père à l'enfant. Elle aurait été débarrassée du sien plus tôt, que cela ne l'aurait pas dérangée. Pour autant, il avait un visage.

À moins qu'elle ne sache pas réellement qui est le père de Maria. Néanmoins il eût été assez facile de procéder par élimination. L'histoire du père sera le sujet de rupture. S'y ajouteront l'isolement, la rudesse de son environnement, le manque de communication, d'héritage, de connaissances au sujet de sa famille, de son histoire, de l'Allemagne. En un mot, qui depuis que le monde est monde ravage les familles, *le secret*.

Brunhilde demeurera sur ce point inflexible. D'une façon dont elle ne pensait pas l'être un jour. Comme si la naissance de Maria avait achevé de verrouiller cette partie d'elle-même. Maria devra se contenter du Wunderland. Tout ce qui s'est déroulé avant n'a rien à voir avec sa vie.

Cette version choisie unilatéralement par sa mère sera à l'origine de tensions multiples et durables. Maria partira tôt de la maison, elle se mariera et s'installera à Londres.

Brunhilde souffrira beaucoup de cet éloignement, à sa manière, sans plus en dire. Ne parleront que ces yeux que je découvrirai quelques années plus tard, perdus par-delà la fenêtre de la pièce sombre, la rivière, les arbres, les montagnes, les frontières, peut-être par-delà la Manche, quelques centaines de kilomètres au nord, dans cette ville dont elle ne connaîtra que le nom et les bus rouges des cartes postales, une fois l'an. Cette ville pluvieuse et grise où ses petits-enfants grandiront. Et de nouveau la phrase grattée au sujet de Boris, puis de Mariella et Brunhilde, resurgit dans mon esprit : *se perdre pour retrouver celles que l'on a été.* Maria reviendra-t-elle avant qu'il ne soit trop tard ? Je l'espère.

Mais revenons un peu en arrière, en ce temps où, à peine âgée de dix ans, Maria n'a que Brunhilde pour horizon. En ce temps-là, la petite ne quitte les jupes amples de sa mère que pour retrouver le rire de son amie Éléa ou les bancs de l'école. Brunhilde a pris l'habitude de s'interrompre dans ses activités quand le père Carette va voir ses vaches dans son pré le plus éloigné, de l'autre côté de la rivière. C'est que, depuis qu'il est remonté seul de la messe avec sa face sens dessus dessous, son cœur a lâché de nouveau, à deux reprises. La première fois, c'était au bistrot, heureusement. Les autres l'ont aussitôt conduit à l'hôpital, il s'en est sorti sans même un rictus. La seconde, il était seul dans son pré et c'est Boris qui l'a retrouvé. De cette dernière secousse, il garde une légère claudication qui lui donne l'air d'un vieux pirate. Les petites ont ordre de prévenir leurs mères quand elles aperçoivent *pépé Carette* descendre dans un de ses prés. Ce qu'elles font en criant de grands *lalalala* qui alertent toute la vallée. Le pauvre Antoine ne peut plus aller pisser tranquille, de ce que rapporte Jean au comptoir. Les gosses ne le lâchent pas d'une semelle. Puis ce fut au tour de Jean de sentir griller la batterie, comme il s'amusait à répéter. De temps en temps des sursauts le rappelaient à la réalité. Il vieillissait et des années de charcuterie, de vin et de fromage avaient eu bon temps de lui encombrer les vaisseaux, d'autant que voilà un bail qu'il ne s'affairait plus dans ses prés. C'est ainsi que les rôles se sont mis à s'inverser, selon les plans bien connus de la vie. Les deux hommes faisaient l'objet d'une vigilance accrue, ce qui, vous l'aurez deviné, les hérissait au plus haut point. Tant et si bien qu'ils organisaient de temps à autre, dans le plus grand secret, des sortes de fugues, pour aller s'en jeter un au bistrot ou planqués chez Antoine.

Un de ces soirs, chez lui justement, à la recherche d'un dernier fond de Suze, Antoine s'est dirigé vers l'armoire de la cuisine. En extrayant la bouteille, une photo s'est envolée, jusqu'alors collée par le sucre de l'alcool au cul du flacon et sur la planche de l'étagère la plus haute. La même photo que celle que Brunhilde avait tenue entre ses mains à l'automne 1977, celle qui l'avait tant émue sans que l'on sache pourquoi. Fier, Antoine l'a montrée à son ami qui s'est ému à son tour de la beauté de ces gens, *qui, il faut dire ce qui est, étaient sacrément beaux pour des nazis*. Antoine a remis la photo à sa place. C'était la dernière fois de sa vie qu'il la regardait. Peut-être le savait-il déjà, car une larme lourde est tombée sur le papier, qu'il s'est empressé d'essuyer de sa manche.

Bah alors mon vieux, qu'est-ce qui t'arrive ?

Jean essaya de lui soutirer des explications, mais Antoine se contenta de remplir son verre, comme Brunhilde des années auparavant, les yeux inondés du passé.

Il n'a jamais reçu de réponse aux lettres qu'il a écrites à Ursula, avec Brunhilde. Elle s'était pourtant donné du mal pour les traduire. Ils avaient passé des heures à choisir le bon mot, la bonne expression, la plus appropriée une fois traduite en allemand. Brunhilde consacrait beaucoup de temps à la rédaction de ces lettres et cela touchait Antoine au-delà de ce qu'il aurait pu dire. Elle avait tout tenté, par le biais de ses frères, d'autres membres de sa famille, les lettres partaient bien à l'adresse indiquée, mais jamais de réponse. Sans doute Ursula avait-elle fait le vœu de les ignorer, de continuer d'oublier.

Car il faut persévérer dans l'oubli, Antoine en savait quelque chose. On pourrait penser que la vieillesse est favorable à l'entreprise de tri, il n'en est rien. Chez lui, elle se traduisait, entre autres, par une plus grande sensibilité, en même temps qu'une porosité accrue entre les différentes époques de sa vie. Tout se passait comme s'il pouvait indéfiniment osciller entre l'appétit retrouvé, la naïveté de ses dix-huit ans et la conscience implacable de la fin. Les calendriers devenaient une chose bien peu fiable à mesure que son temps se raccourcissait. Comme si tout était prévu pour que, le moment venu, il ait le sentiment d'avoir vécu un grand tout, une expérience débarrassée des comptes, totale et parfaitement unique, qui l'entraîne tour à tour dans le pré de son enfance sous le regard de son père, les bras de sa mère autour de lui, à l'âge où la mémoire n'est pas, la douceur de son sein, le regard aveugle du veau qui vient de naître, celui de Juliette sur le quai de la gare, la main d'Ursula qui le frôle, celle de Lucien qui serre ses doigts pour la première fois, celle de Juliette qui desserre son étreinte jusqu'à laisser à sa merci son corps tout entier, le souvenir de leurs peaux collées, le rire d'Hermann, son dos piétiné, le regard de sa fille dans le rétroviseur, la route et les silhouettes trop nombreuses marchant dans la même direction, les bulles et le ciel étoilé, le pis chaud de ses vaches au petit matin, le club de jazz de Châtelet, ses chiens fidèles, l'éclair qui tombe et frappe son enfant, les prières malgré lui, Jean qui lui sourit de son air ivre en le resservant, le sang du cochon, le fracas des bottes, celui de la batteuse, l'arrivée de la jeune fille blonde qu'il n'attendait pas, le chaud, le froid, le vert et l'odeur du pré, l'ivresse encore, celle des cigarettes et de la fumée, le son des fusils et celui des fanfares, tout cela n'est plus qu'une seule et même matière qui emplit son cerveau sans distinction.

Et après ?

Il reste peu de temps. Le voyage touche à sa fin.

STATION IV

Le temps qu'il reste

Grange de Brunhilde,
décembre 2022

Où les âmes qui ont besoin d'être consolées
finissent par se trouver

Le temps qu'il reste, peut-être celui des au revoir, des adieux, des conclusions, des règlements de comptes, des disputes, des séparations. Celle de Mariella et d'Émile qui ne reviendra pas cette fois, de l'éloignement, les enfants iront le voir à Paris. Les enfants justement, le départ de Maria et Éléa qui grandissent et s'en vont, direction Londres, le Canada, Rio, des villes du bout du monde. Celui des vieux, partis pour l'hôpital, puis l'ailleurs d'où on ne revient pas. Celui des bêtes qui un matin triste, en lieu et place de leur berger, voient débarquer un inconnu qui les transfère dans un autre pré. La mémoire de Boris qui n'en fait qu'à sa tête et l'entraîne toujours plus loin dans sa quête sans horloge. Les granges dont on hérite et qui demeurent vides, toujours plus nombreuses, les meubles qui s'y entassent dont on ne sait quoi faire, même Emmaüs n'en veut pas. Les portraits au mur qui remplacent les vivants, les cartes postales que l'on range dans des boîtes fermées. Le retrait qui finit par se confondre avec le temps qui reste.

Et les vaches ? Comment meurent les vaches ? Je me souviens d'avoir posé cette question à ma mère, vingt ans plus tôt, tandis que nous longions les prés jaunis par la sécheresse de l'été. Assise sur la banquette arrière, ma sœur endormie et mon père au volant. Comme les hommes, elle m'a répondu le plus simplement du monde. Elles s'endorment un jour et ne se réveillent plus. Les nuits qui ont suivi, j'ai lutté contre le sommeil, et des années après encore, des nuits d'insomnie. Le sommeil ou la mort, quelle différence ? avait dit Jean cet été-là, où malgré la chaleur caniculaire qui s'abattait sur nous, il s'éreintait à remonter la pente qui donne sur la grande route pour voir passer le Tour de France.

La sieste ? avait-il rabroué ma mère, qui l'incitait à retrouver la fraîcheur de la maison et le repos. J'aurai bien le temps de dormir quand je serai là-dessous.

Il avait frappé le sol de sa belle canne en noisetier. Ce duel à mort contre la fatigue, cette existence se confondant avec l'action, le travail, la conversation ; je les ai reçus en héritage.

Quand l'hiver et ses journées trop courtes immobilisaient le hameau et coupaient les principaux réseaux de communication, Jean s'adonnait à la vannerie. L'été il faisait provision de joncs au bord de la rivière et, le froid venu, dans la chaleur du cantou ou celle du fournil en surveillant la cuisson des patates pour les cochons, il fabriquait des paniers, des dessous-de-plat et autres compotiers. Il arrivait que quelques courageux viennent le trouver chez lui, pour causer. Il en profitait pour leur dispenser ses cours de philosophie rurale. Toujours à l'ouvrage, meubles, tabourets de traite, tables basses. Outre les boyaux du cochon, le cuir, le jonc et le bois, il coupait aussi les cheveux. Il avait même son fan-club, de ce que m'a rapporté Lili. Certains ne voulaient être coiffés que par lui. Parfois à leurs dépens. Cela était lourdement indexé sur l'humeur du jour.

Du temps qu'il reste, on dispose comme on peut.

Nous partons demain et Lili, pour la dernière fois de notre séjour, pose longuement les yeux sur ce paysage qu'elle connaît par cœur. Dix-huit années à parcourir ces étendues, à longer ces routes, ces granges, à scruter ce ciel, espérer qu'il change de couleur, qu'enfin les nuages s'en aillent alourdir d'autres horizons, au moins le temps que durera le bal.

À la radio, la voix de Shivaree peine à se frayer un chemin sur les ondes contrariées.

Je revois Uma Thurman au volant de sa Volkswagen Karmann Ghia dans *Kill Bill : Volume 2*, cheveux au vent, regard défiant Bill, qu'elle ne tardera plus à retrouver pour lui flanquer une bonne raclée.

Now goodnight moon
I want the sun
If it's not here soon
I might be done
No it won't be too soon'til I say
Goodnight moon

Nous arrivons en avance devant l'entrée de la grange de Brunhilde. Je me gare le long d'un chemin qui croise la route et conduit devant un pré juste au-dessus de sa maison. Lili dit qu'elle ne sait même plus à qui appartient ce pré dans lequel autrefois elle fanait avec son père. Et cela laisse de la place au silence. Mais il en va des prés comme des maisons, des bêtes, des histoires et de la vie. Tout cela finit par ne plus nous appartenir, n'est-ce pas ?

Nous patientons un moment que le temps passe, qu'il nous autorise enfin à redescendre le chemin, à traverser la route au niveau des containers, là où tout a commencé. Ils sont recouverts de mousse et d'eau, les ardoises luisent, parfaitement glissantes et fondues dans le gris autour. Une brume épaisse enveloppe la moindre parcelle de vie. Tout est cerné, y compris nous. L'air est tellement chargé d'humidité que mes cheveux, déjà, collent à mes joues. Lili est derrière moi et prend soin de regarder où elle met les pieds. Elle marque une pause et jette un œil en bas du pré qui borde la maison, dans la vallée, à peine visible. Je l'attends. Je ne ferai pas un pas de plus sans elle. De petites pierres plates au sol indiquent l'entrée de la maison, une grande porte en bois sombre assortie de vitraux anormalement beaux. De ceux qui ornent les églises et les chapelles et donnent au lieu une dimension sacrée. Lili semble se recueillir, la brume glisse sur elle et, l'espace d'un instant, elle a disparu. Je la cherche quand elle réapparaît tout près de moi. Je lui emboîte le pas en direction de la maison. Nous passons devant une large et haute fenêtre, à laquelle il a été apporté la même attention qu'à la porte, un soin qui confine à la sophistication, rare, pour ne pas dire inexistante, dans le coin.

Au travers, je devine, se détachant à peine dans la pénombre, une silhouette. Elle est assise, le reflet des verres de ses lunettes me ferme l'accès à son regard. Juste le temps d'apercevoir les contours de sa tête et le dessin de son cou, lisses. La longue chevelure n'est plus.

Nous montons sur le perron. Une grande dalle grise et glissante semblable aux pierres qui recouvrent les tombes. Elle ouvre et nous entrons.

Brunhilde est grande, élancée et frêle sous son pull de laine gris-bleu. La partie habitée de la maison se réduit à une pièce dans laquelle se trouvent un poêle, deux bancs, une table, un évier et une grande horloge. Au fond, on devine ce qui autrefois devait être un garde-manger. C'est une pièce comme taillée dans la roche, formant des étagères naturelles. Des gouttes d'eau s'échappent du robinet à fréquence régulière. Tout a l'air sur pause ici. Si nous avions surgi dans la maison en 1022, l'atmosphère aurait été la même. Des tissus anciens décorent sommairement les fauteuils. Brunhilde nous invite à nous asseoir, ses cheveux en brosse retiennent mon attention, à travers son pull ses épaules pointent. Elle tient dans sa main une tige roulée, large, qu'elle tasse.

Tu veux ? elle lance immédiatement à ma mère.

J'ai, merci ! sourit Lili en tirant son paquet de cigarettes de sa poche.

Merci de nous accueillir, je dis, intimidée.

À la fenêtre un chat noir se tient aux premières loges.

Lili attend sans doute que Brunhilde fasse un commentaire, à la manière de Lucien ou de Mariella. Comme quoi, avec ses cheveux courts, elle ressemble à son père. Je le sais à la façon qu'elle a de se tenir. Elles s'observent sans le faire, avec une retenue raisonnable. Mais Brunhilde ne dit rien sur Jean, pas encore, et rien qui soit en lien avec les cheveux de ma mère, ou la ressemblance.

Combien de temps que l'on ne s'est pas vues ?

Le mariage de Loïc.

Si loin que ça ?

Oui, je me souviens, tu avais un grand chapeau, affirme Brunhilde comme si elle venait de brandir une preuve incontestable.

C'est juste, je me souviens de ce chapeau, dit Lili, songeuse, en tirant sur sa clope. Lisette l'adorait. Je pense même l'avoir acheté pour lui faire plaisir. Je ne porte pas souvent de chapeaux.

Brunhilde opine du chef, comme si elle était au courant d'une information importante. Je comprends que ces deux-là ont quelques vies d'avance sur moi. Des qui me resteront à jamais inaccessibles. Elles se sourient sans le faire, d'esprit à esprit, et l'atmosphère de la pièce s'en trouve changée.

Moi je me souviens, j'avais acheté des sandales à lanières pour ce mariage. Elles me faisaient mal aux pieds, j'ai terminé pieds nus, reprend Brunhilde.

Je me souviens aussi qu'il y avait de grandes tentes.

C'était chic, j'ajoute, histoire de me rappeler à elles, de prendre part à leurs souvenirs.

Les deux se font face. Menton volontaire, pommettes hautes, cheveux courts.

L'une pourrait être la version dépouillée de l'autre. Les mèches de Lili, bien que domestiquées, tendent à la rébellion spontanée. Elles résistent, là où celles qui leur font face se dressent, indomptées.

Sa coupe courte, en épis, trop courte pour moi, jamais assez pour elle. Les images de Lili, ses récits se confondent. Des verrues sur ses mains que chassait la rebouteuse lorsqu'elle était enfant, la vision de ses frères tétant le pis des vaches, ses yeux plongés trop longtemps dans ceux d'un bœuf l'autre jour encore, la façon qu'elle a de caresser une bête. Son regard cerné illuminé les nuits d'orage, ses formules occultes. Sa passion qui nous porte, celle qui nous accable, celle-là même qu'ils craignent, *eux*. Tout est là devant moi. Ses cris étouffés, ceux qu'elle *leur* a donnés en pâture, sa démarche animale, ses mains de paysanne, ses envies de danser et son œil charbon sont là qui me harcèlent.

Qui crois-tu qu'elle soit ?

Le saurai-je un jour ?

Ses yeux ont transpercé les miens. Je la revois, comme si j'y étais. Enfant, avançant en sandales et chaussettes le long des chemins aveuglés par l'hiver. Elle marche, elle doit avoir sept ou huit ans, ses pieds lui font mal à cause du froid. Cette vision me hante depuis l'enfance, l'âge que j'avais lorsqu'elle me racontait cela devait être approximativement le sien à cet instant où elle évolue dans la pénombre, retenant son souffle. Le point de ramassage scolaire est à trois kilomètres de la grange. Il arrive qu'à cette heure précoce du jour, elle croise quelques créatures. Des lièvres qui déguerpissent lorsqu'une branche craque sous ses pas, des bœufs collés aux clôtures dont le souffle soudain la surprend tout près, des renards, des chouettes. Même des hommes. Quel genre d'enfant faut-il être pour survivre chaque matin à tel périple ? Elle avait beau me dire que la vache rousse des Miriac la protégeait, que le noisetier de la croix veillait sur elle, et aussi que les quatre routes éloignaient les menaces lorsqu'elles la savaient en marche. Tout cela ne faisait qu'alimenter mon intuition originelle. Lili en était. Une élue des forces méconnues de ce monde. Je le sais aujourd'hui, elle est du cénacle de *celles qui passent*. Coûte que coûte. Je me souviens des fois où j'ai eu peur d'elle moi aussi, les mêmes où j'ai eu peur pour elle.

Mais la peur est la matière des sorcières, n'est-ce pas ?

Lili et Lilith comme Dr Jekyll et Mr Hyde, nous en rigolions ma sœur et moi. Lilith aurait-elle pu prendre le pouvoir sur Lili ? Mes yeux croisent sans que je l'aie voulu ceux embrasés de Brunhilde. Elle aussi est mère. Seule.

Demeurer ici, était-ce le moyen de garder au plus près d'elle son pouvoir, sans qu'il puisse être altéré par le monde ? Ce que Brunhilde a trouvé dans l'intimité crue, anonyme et rassurante de la terre, Lili, elle, l'a puisé dans les lumières électriques des villes dont elle avait rêvé. En sorcière dissidente, son exil aurait le visage des villes sans sommeil où l'on peut danser jusqu'à l'aube au milieu d'inconnus. Des villes brûlantes du Sud où elle pourrait gagner sa vie en vendant ses encyclopédies, affublée d'un tailleur sombre, ses épis en étendard, sillonnant les routes au volant d'une Alfa Romeo blanche jusqu'au bord de la mer.

Que serait devenue Lili si elle était restée ici ? Vivrait-elle dans un lieu sans âge avec pour seul compagnon un chat à la fenêtre ? Serait-elle heureuse ainsi ?

Je sais ce qu'elle répondrait à cette dernière interrogation.

Heureuse ? Tu es sûre que ce soit la question ?

Leurs regards se sont calés sur les mêmes ondes, surplombant une terre commune.

L'une est née là et a fui, l'autre a fui pour trouver refuge ici, offrant à Lili le reflet de celle qu'elle aurait pu devenir. Vision kaléidoscopique des possibles, ironie du sort, quelle différence ? *Vida es sueño*, écrivait Pedro Calderón, et à cet instant, à chaque seconde, il faudrait me pincer pour que je sois certaine d'être bien là, bien réelle, avec elles. Ces deux-là s'amusent des lois de la physique.

Toutes ressemblances ne sont ni intentionnelles ni fortuites mais tout bonnement inévitables. La phrase d'Heinrich Böll m'uppercute.

Je devine, à la façon qu'elles ont de se tenir l'une en face de l'autre, que les versions proposées ne leur déplaisent pas. Elles font durer. Apprécient les possibilités sans jugement, débarrassées du monde autour.

Y compris moi.

Les mots sont rares. Pour autant, de nombreuses pensées flottent dans la pièce. Certaines s'installent avec nous autour de la table, j'ai le temps de les sonder, d'autres se contentent de la traverser, en passagères clandestines. Brunhilde raconte comme d'autres prient, ses mots sont choisis et distillés en conscience. Je revois alors Mariella et ses mains agitées, ses yeux rieurs, sa voix enjouée, véloce, débordante parfois, contrastant avec celle tout en retenue de Brunhilde. Néanmoins, leurs récits ont l'essentiel en partage.

J'observe Brunhilde en tâchant de demeurer discrète. Ses traits semblent inchangés, quoiqu'un peu plus fatigués. Je détaille la pièce autour de moi. Contrairement à celle de Lucien dominée par les portraits de ses parents, à celle de Mariella où trônent les tableaux d'Émile et la vallée, ici rien. Rien d'autre qu'elle. Je tente de me remémorer les trop nombreuses histoires dont elle est le personnage principal depuis toutes ces années.

Sa voix est grave et douce à la fois, entre elle et Lili la conversation se passe de mots. Elles discutent brièvement de mon grand-père, l'essentiel là aussi. Brunhilde n'est pas bavarde. Elle fait partie de ces gens dont les yeux et les gestes disent mieux que les paroles. À la regarder, je comprends que Lucien soit resté cet éternel adolescent, impressionné comme au premier jour par cette grande Teutonne au charisme millénaire. Nul besoin de manifestations concrètes, sa présence seule suffit à tenir en respect. C'est tout de même quelque chose d'étrange, ce qui s'immisce en nous et se manifeste mieux dans le silence ténébreux d'une pièce qui pourrait être la même à n'importe quelle époque. Est-ce que Brunhilde aurait été la même en 102 avant J.-C., lors du grand changement climatique où pendant la bataille d'Aix leur roi fut tué ? Aurait-elle été prise pour cible comme les trop nombreuses femmes accusées de sorcellerie dans la région ? Il y a chez elle quelque chose d'impossible à classer, à ordonner dans une époque, comme si elle traversait les âges. Je la regarde, immobile dans cette pièce presque vide, débarrassée de tout, excepté d'elle-même.

Les gouttes d'eau continuent de tomber une à une dans le grand évier en pierre. Peut-être une heure que nous avons franchi le seuil et, déjà, le temps se déforme et n'a plus de prise.

Brunhilde déroule sa version de leurs souvenirs. Le lien est ténu entre elle et Mariella, toujours en place. Même si le chemin qui descend à la grange de Brunhilde et celui qui conduit à celle de Mariella partent dans des directions différentes, les deux donnent sur la vallée. J'en veux pour preuve le récit qu'elles font, chacune de leur côté, des événements qui ont marqué leur vie et qui, une fois inscrits sur mon carnet, sont presque identiques. Je ne sens pas une once d'animosité dans les mots de l'une vis-à-vis de l'autre, au contraire. Reste, suspendue à une sorte de pudeur, une amitié qui court toujours. Inédite, qui a conduit deux jeunes filles vers un bout du monde qu'elles ne quitteront plus. Une destinée en partage. C'est qu'aucune des deux n'a jamais songé à rebrousser chemin. Elles auraient pourtant eu de bonnes raisons de le faire.

À quel moment vous êtes-vous dit que vous alliez venir là, vous installer ? Ce n'est quand même pas banal comme destination.

Je reprends là où tout a commencé. Brunhilde me regarde, perplexe. J'ignore ce qu'elle attend. Je poursuis :

Tout a été dit, supposé, imaginé au hameau sur les raisons qui vous ont poussées à venir ici. Vous avez enduré, surtout toi, toutes les rumeurs possibles. Et ça peut se comprendre.

Elle m'observe un moment. Je ne me leurre pas. La seule et unique raison qui fait qu'elle me tolère dans cette pièce est ma mère et, à travers elle, le souvenir de mon grand-père. Sans cela, nul doute qu'elle m'aurait envoyée paître. Forte de mon fantôme, je compte bien exploiter mon piston :

Cette coïncidence est tout de même… Je veux dire, que tu viennes d'Unna, jusqu'ici, pour t'installer dans le pré d'Antoine qui lui-même a été fait prisonnier à Unna. Difficile de croire au hasard. Tu en conviens ?

Je m'essaie à un sourire complice.

Peut-être, elle concède en se roulant une clope. Mais c'est bien con.

Pourquoi ça ? Je trouve que tout ça appelle une logique au contraire. Quelque chose de raisonnable qui expliquerait que deux jeunes filles en pleine possession de leurs moyens décident d'elles-mêmes de venir ici au lieu d'aller s'éclater ailleurs.

La terre, elle me répond comme on résout un problème mathématique. Le grès. Mariella a dû t'expliquer aussi.

Admettons. Mais au-delà, quand l'ambiance a tourné aussi, que les choses ne sont plus allées dans votre sens, et je pèse mes mots, pourquoi ne pas avoir quitté le lieu ?

C'était déjà chez nous.

Pas déjà.

Qu'est-ce que tu en sais ?

Ma mère me dévisage.

Pourquoi est-ce que ce serait si fou de venir chercher l'anonymat et la tranquillité ici ? Moi ici c'est mon goût. La nature, les bêtes, le Moyen Âge. Même les gens tu vois, finalement. C'est ce que j'aime.

Elle me défie ouvertement.

C'est ça que je voulais et je crois que j'ai eu suffisamment de raisons de le vouloir.

Elle tire sur son joint en tapotant la table de son index.

La question c'est, pourquoi l'idée de ce hasard vous est aussi insupportable ?

Elle inverse les rôles comme on tord un bras.

Je ne dirais pas insupportable, mais disons que ça interroge. Depuis des années ça questionne tout le monde ici. J'ai l'impression que dix livres auraient pu être écrits, chacun avec des intrigues différentes, tant il y a eu de suppositions.

Brunhilde sourit légèrement.

C'est que l'idée même du hasard est insupportable.

Elle s'amuse à sa manière et je comprends une partie de sa légende dans cette façon obstinée de résister, qui a dû donner du fil à retordre à tous. Elle ne se laisse enfermer dans rien, pas même dans sa propre histoire.

Que veux-tu dire ?

Je cède du terrain.

Je veux dire que, de toute façon, les gens, et j'imagine tes lecteurs, n'accepteront pas l'idée du hasard.

Elle fume un moment sans plus en dire avant de reprendre :

Elle est trop terrible. Avec le temps, j'ai fini par comprendre. Toutes ces rumeurs n'étaient finalement que des tentatives. Tentatives d'expliquer, de justifier la venue de deux gamines comme nous ici. Et finalement la curiosité ne venait pas tant du fait que deux gamines des villes, éduquées, libres, débarquent dans ce trou… Regarde un peu les choses dans l'autre sens. Tu es trop comme eux. T'as trop écouté les villageois.

Elle pointe un doigt dans ma direction.

Change ton regard de place. Pourquoi eux, comme toi, trouvent étrange que l'on débarque ? Parce qu'ils en rêvaient de quitter cet endroit, sans se l'avouer. Et que la plupart d'entre eux ne l'ont jamais fait. Il leur a bien fallu inventer tout un tas de conneries pour justifier ça. Ils avaient peur de partir, de trouver leur Wunderland à eux. Donc c'était forcément nous les folles.

La braise de sa cigarette s'incendie et le chat sursaute

de l'autre côté de la fenêtre. Une goutte d'eau s'écrasant dans l'évier a ponctué la fin de sa phrase.

Peut-être aussi que ce n'en était pas un, de hasard. Peut-être que Dieu est sentimental au fond.

C'est-à-dire ? Tu es croyante ?

Je tente de la suivre.

Avec l'âge, ça revient. Ma mère était très pieuse.

À la façon qu'elle a d'incliner la tête, je devine que, comme Lucien, Brunhilde attend quelques réponses de l'au-delà. Ses traits se détendent. Sans doute lui a-t-on répondu. C'est ce que j'ai supposé à la façon qu'elle a eue de dire :

Je crois que les âmes qui ont besoin d'être consolées finissent par se trouver. Les raisons que nous avions Antoine et moi de nous rencontrer étaient soit nulles, soit trop nombreuses.

Tu savais donc qui il était ?

Choisis. Choisis la version qui te plaira le mieux.

Elle me claque de nouveau entre les doigts. Je suis à court d'arguments. Je me suis fait des idées. Brunhilde l'a bien compris, qui s'ingénie à brouiller les cartes. Et pourquoi pas après tout, le hasard ? Bien sûr le hasard. Des choses étonnantes se produisent par hasard dans ce monde. Par hasard, des gens sains tombent malades, d'autres amoureux ou sous une balle perdue. Certains ont des accidents de voiture, d'aucuns sont exaucés et d'autres non. Par hasard on se retrouve, les uns gagnent, les autres perdent, certains vivent, d'autres meurent. Le hasard est immense.

Je m'apprête à abandonner quand une partie de moi, celle qui se trouve à ma gauche, me dissuade de le faire en allumant une cigarette. Brunhilde s'est levée. Lili ferme les yeux pour me signifier que quelque chose d'important est en train d'arriver. Brunhilde se dirige vers un buffet, en sort un petit coffret en bois comme ceux qui contiennent les jeux de dominos. Elle fait glisser le couvercle et extrait une feuille de papier jaunie, enfouie sous une pile de cartes postales sur lesquelles figurent des bus rouges en série. Elle s'avance vers nous, s'assied et dépose la lettre sous mes yeux.

Tout est là. Pour le reste, tu as saisi l'essentiel.

Unna, 5 mai 1962

Lieber Antoine,

Erlauben Sie mir, das zu Ihnen zu sagen, « Liebes » ? Von allen Briefen, die ich in meinem Leben geschrieben habe, ist dies ohne Zweifel der merkwürdigste. Es ist auch so, dass die Zeit, die wir zusammen durchgemacht haben, nichts Alltägliches ist.

Seit jenem schrecklichen Tag, als Sie uns mit den Kindern zu diesem Postamt brachten, wollte ich Ihnen schon lange schreiben. An diesem Tag hast du unser Leben gerettet. An diesem Tag haben wir nichts miteinander gesagt, du und ich. Ich stelle mir im Nachhinein vor, dass es so viele Dinge zu sagen und zu bedauern gegeben hätte. Vielleicht zu viel. Aber wenn es unter all denen, die meinen Weg in den letzten Jahren gekreuzt haben, einen gibt, der sich nie verändert hat, dann ist es meine Dankbarkeit. Dieses Wort, das ich dir nie gesagt habe, Antoine, und das es mich so viel gekostet hat, es für mich zu behalten, obwohl ich es dir gerne hundertmal gesagt hätte. Ich stellte mir vor, als ich Sie bei der Arbeit gesehen hatte, wie sehr Sie für Hermann gelitten haben müssen. Ich weiß auch, dass du, wenn du in diesem Moment vor mir stündest, die sture Eleganz aufbringen würdest, nein zu sagen. Dass dein Leiden nicht das Problem ist.

Ich habe dich genug beobachtet, um das zu wise.

…

Unna, 5 mai 1962

Cher Antoine,

Vous permettez que je vous dise cela, « cher » ? Voilà, de toutes les lettres que j'ai pu écrire dans ma vie, sans aucun doute la plus étrange. C'est que l'époque que nous avons vécue ensemble n'a rien d'ordinaire elle non plus.

Longtemps que je voulais vous écrire depuis ce terrible jour où vous nous avez conduits dans ce relais de poste avec les enfants. Ce jour où vous nous avez sauvé la vie. Ce jour-là, nous ne nous sommes rien dit vous et moi. J'imagine, avec le recul, qu'il y aurait eu tant de choses à dire, à regretter. Trop peut-être. Mais s'il en est une, entre toutes celles qui m'ont traversée ces dernières années, qui n'a jamais changé, c'est ma gratitude. J'ai imaginé, vous ayant vu à l'œuvre, comme vous avez dû souffrir pour Hermann. Je sais aussi que, si vous vous teniez à cet instant en face de moi, vous auriez l'élégance obstinée de me dire que non. Que ça n'est pas le sujet.

Je vous ai suffisamment observé pour savoir cela.

Une fois que vous nous avez déposés dans ce relais

avec les enfants, j'ai réussi à contacter ma sœur qui vivait en Belgique et avait des contacts utiles. Elle s'est occupée de nous comme de ses enfants et m'a permis d'obtenir de nouveaux papiers. Je craignais qu'en rentrant en Allemagne avec le nom d'Hermann, les gens ne nous laissent jamais tranquilles. Je voulais que les enfants aient un avenir, qu'ils puissent vivre sans être harcelés pour ce que nous avions été avec Hermann.

C'est bien la première fois que j'écris une chose pareille.

Grâce à elle, les enfants ont pu avoir une vie presque normale. Si vous voyiez les jeunes gens qu'ils sont devenus. Maya est une belle jeune fille, elle est vive et courageuse. Elle se lance dans l'étude des mathématiques et parle déjà d'être cheffe d'entreprise. Hans, lui, écrit toute la journée, vous saviez son tempérament rêveur. Ses professeurs disent qu'il a du style.

Ils ont beaucoup réclamé leur père. Les semaines qui ont suivi la fin de la guerre ont été un tunnel. Les enfants me posaient beaucoup de questions sur vous. C'est qu'ils avaient passé une partie de leur petite vie à vos côtés. Vous faisiez, pour ainsi dire, partie de la famille.

Quant à moi, l'état dans lequel je me trouvais m'a rendu ces instants plus troubles encore.

Les jours qui ont suivi notre fuite – j'ose le dire maintenant. Avec les enfants, nous avons fui. Il m'a fallu du temps pour accepter notre condition de réfugiés –, ces jours-là ont été bien difficiles. Quand je vous entretiens de mon état, je ne voudrais pas que vous pensiez qu'une trop grande mélancolie s'était emparée de moi ou que j'ai été blessée gravement. Même si à ce moment-là il m'arrivait de penser mal et d'imaginer que la blessure, l'incapacité physique de mener à terme cet état, eût été une meilleure option. Un état que je connaissais trop bien puisque je l'avais déjà éprouvé, à deux reprises.

J'attendais un enfant. J'écris cette phrase en pensant à vos yeux posés dessus, à ce que cela déclenchera en vous, à votre réaction quand vous viendrez à comprendre, à imaginer. Moi-même je ne sais pas. Je ne saurais dire ce que cette guerre a fait de nous. Juste le souvenir de votre corps contre le mien, nos égarements comme un miracle.

Quelques semaines seulement après la mort d'Hermann, notre départ, le vôtre, l'enfant était déjà là qui grandissait en moi.

J'ai maudit cette guerre et le désordre dans lequel elle nous a plongés. J'ai maudit plus encore cet avenir qui m'éloignait de vous si sûrement. Jamais l'enfant. Je voulais que vous sachiez cela.

L'enfant que je portais est devenu celui du hasard. Le hasard d'un amour.

Je me suis souvent demandé ce qui aurait pu advenir si le monde n'avait pas perdu la tête et nous avec. Mais je m'égare. Je ne sais plus. J'ai tant imaginé, voulu, regretté, que je ne sais plus rien.

Six mois après la fin de la guerre, nous sommes rentrés en Allemagne avec les enfants. Ma grossesse s'est déroulée à merveille, parfaitement indifférente au chaos qui l'avait précédée. Je voulais que l'enfant soit allemand, qu'il naisse dans le pays où je suis née.

C'est ce qui s'est passé. J'ai trouvé un appartement en location dans le centre-ville d'Unna, j'ai pu donner naissance à l'enfant. Là encore, une sainte femme, ma voisine, s'est occupée de Maya et Hans tout le temps nécessaire avant et après mon accouchement. Pour le loyer, j'avais trouvé depuis la Belgique un boulot dans un magasin de prêt-à-porter, les enfants sont retournés à l'école et nous avons traversé ces années-là soudés les uns aux autres. Je mentirais en disant que le quotidien était facile, mais je garde de ces moments avec les enfants des souvenirs si pleins qu'il m'arrive de les regretter.

Trois ans après notre retour, j'ai décidé de reprendre mes cours de dessin. Je me souviens de vous avoir surpris quelques fois où je dessinais dans le jardin. Une autre, dans le salon, j'avais aperçu votre ombre derrière la porte. Cela me plaisait de vous savoir là à me regarder. Me voilà rappelée par la laisse du passé.

Je me rendais donc un soir par semaine, mon couffin sous le bras, dans une librairie où des étudiants des Beaux-Arts dispensaient des cours, tandis que les enfants faisaient leurs devoirs chez cette voisine dont je vous parlais plus haut, et avec qui je m'étais fort liée d'amitié. C'est là que j'ai rencontré celui qui est devenu mon mari. Avec lui, j'ai recommencé à avoir envie de rire, d'écouter de la musique. Nous avons été amis d'abord, puis nous nous sommes mariés à l'été 1954, six ans après notre rencontre. Il fallait que le temps passe.

Il sait tout de ma vie. Tout sauf vous. Il a accepté les enfants comme les siens propres. Les trois. Il m'a aidée à subvenir à leurs besoins, s'est occupé d'eux avec une bienveillance infinie. Je crois qu'il avait tout de suite compris que toujours mes enfants marcheraient avec moi. Au cas où vous vous en inquiéteriez, nous sommes pour ainsi dire du bon côté du mur aujourd'hui, en RFA, où nous vivons beaucoup plus libres que ces pauvres gens restés de l'autre côté, dont la plupart se sentent piégés. Mais laissons ici la politique.

Ce que vous allez lire ensuite risque de vous étonner. Il faut que je vous explique cela.

L'été de notre mariage, l'été 1954, quelques semaines plus tôt, j'ai emprunté la voiture de mon futur mari et prétexté une visite à une vieille amie française, que je voulais absolument pour témoin à notre mariage. J'espère que vous ne m'en voudrez pas trop d'avoir fait de vous une vieille amie. Je n'en suis pas fière, mais il fallait que je sache comment vous alliez. Les images de ce jour terrible revenaient sans cesse me hanter comme pour me rappeler que le bonheur d'aujourd'hui n'était que la conséquence de votre geste d'hier. Je n'ose vous dire combien de fois j'ai voulu écrire cette lettre, vous trouver, vous dire que peut-être.

Peut-être.

Je suis donc venue en France. Tout cela doit vous paraître bien fou. Mais c'est vrai.

Je l'ai fait. J'avais retrouvé votre adresse grâce à votre nom bien sûr, et au souvenir de celui de votre village dont vous parliez souvent. Je voulais le voir. J'ai laissé les enfants aux bons soins de mon mari, aidé de notre voisine, et suis venue dans le petit hameau où vous habitez. C'était il y a huit ans. Huit longues années et tout ce temps pour vous l'avouer, avoir le courage de vous écrire. Un été sublime durant lequel j'ai passé deux semaines à voyager, seule, dans votre si beau pays.

Je suis arrivée jusque devant votre grange, vous n'y étiez pas. J'ai longé la route qui court au-dessous en profitant de la beauté des prés alentour. Je goûtais au bonheur de savoir que vous étiez sans doute quelque part, tout proche, dans l'un de ces champs, affairé.

Je ne m'étais pas trompée. Quelques mètres plus bas, je vous ai aperçu au milieu d'un pré, vous marchiez en compagnie d'une jeune femme. J'ai compris qu'il s'agissait de Juliette. Vous en parliez avec tellement d'amour que même Hermann commençait à se dire qu'elle devait être exceptionnelle. Je ralentissais et m'apprêtais à venir à votre rencontre quand a surgi la petite silhouette et avec elle, votre voix. Cette voix que je n'avais plus entendue depuis bientôt dix ans. Lucien ! vous avez crié, et l'enfant a couru vers vous. Votre enfant.

J'ai appuyé sur l'accélérateur. J'ai renoncé.

J'aurais aimé qu'Hermann soit là, avec moi, pour vous dire en face : Merci d'avoir sauvé ma famille.

Je ne sais pas exactement ce que j'attendais de cette rencontre, juste vous dire merci. Je vous ai vus, là, tous les trois, heureux, j'ai perdu le courage. Ma venue vous aurait replongé dans cette horrible guerre et j'ai compris que ce serait une erreur.

Et le hasard. Après tout, je n'étais sûre de rien.

Je suis rentrée à Unna.

Aujourd'hui mon mari s'occupe d'elle comme un père de sa fille, ses frères et sœur la couvrent de tendresse. Dans tout cela j'ai oublié de vous dire qu'il s'agit d'une fille ! Une merveilleuse jeune fille. Elle a gagné dans cette histoire deux frères charmants, du premier mariage de mon mari. Je ne suis plus si jeune et assez fatiguée, mais notez que je suis toujours en vie, malgré les mauvaises nouvelles que me donnent les médecins sur une vilaine maladie qui me grignote le foie.

Mon mari est un homme bon, quoique dur parfois avec la petite, il lui arrive d'être exigeant. La guerre l'a beaucoup marqué, comme nous tous bien sûr, et il m'arrive de penser à toutes ces choses terribles qui doivent vous hanter, toutes ces choses ignobles que vous avez dû voir. Lui a fait la campagne de Russie et il en reste des silences profonds, de la rancœur et de très belles peintures aussi, il faut le reconnaître. Peut-être avez-vous déjà vu certains de ses vitraux dans vos églises, c'est un grand artiste, connu dans le monde entier. Le pape l'a même fait chevalier !

Notre petite chérie commence à me demander des comptes. L'enfant veut savoir qui est son père. Quoi de plus normal.

Je lui ai montré hier soir pour la première fois une photo d'Hermann. Je dois dire que sa réaction a été assez intimidante. Elle n'a rien dit, s'est contentée de détailler la photo comme on scrute un spécimen étrange dans un aquarium. Je n'ai pas osé en dire davantage.

C'est après que j'ai commencé à vous écrire cette lettre.

Vous allez penser à un dédommagement. Vous n'auriez pas tort.

J'ai agi ainsi pour les deux autres. Pour ne pas brouiller le deuil de leur père avec des affaires de grandes personnes. Que penseraient-ils de tout ce temps que j'ai laissé passer sans leur dire ? Leur dire quoi d'ailleurs, puisque je ne saurai jamais ?

Les enfants ont besoin de réponses.

Je n'ai aucune photo de vous à lui montrer. Pas plus

que vous ne savez à quoi elle ressemble. Elle a des cheveux si longs, si épais, on dirait du crin recouvert d'or, et un de ces tempéraments ! Je l'ai appelée Brunhilde, qui renvoie chez nous à l'armure mais aussi à la terre et à sa couleur brune. L'idée m'est venue en repensant aux terres rouges de chez vous que vous nous racontiez.

Je tenais à ce qu'elle ait cela pour elle. Pour nous.

Ci-dessus mon nouveau nom, assorti de ma nouvelle adresse. Je serais si heureuse d'avoir de vos nouvelles.

Prenez bien soin de vous mon cher Antoine. Mon très cher Antoine.

Votre amie pour la vie,

Ursula

Ursula est ta mère, je dis en levant mon visage vers celui de Brunhilde.

Oui. Elle est morte peu de temps après avoir écrit cette lettre. Je l'ai retrouvée plus tard, par hasard, dans un des tiroirs de sa commode que mon père avait laissée telle quelle, avec à l'intérieur ses sous-vêtements et ses foulards, pliés comme elle avait l'habitude de le faire. Jamais il n'a osé y toucher, ce vieux fou. Rien n'avait bougé. Quand je l'ai ouvert, j'ai même senti son odeur. Comme si elle était restée là tout ce temps. J'ai gardé la lettre de peur que mon père finisse par tomber dessus et je l'ai cachée dans l'armoire de ma chambre. Avec mon père ça a toujours été compliqué, et après le décès de maman c'était pire. J'ai passé mon adolescence à voyager un peu partout pour éviter de retourner là-bas. Quand je suis rentrée, il était mort.

Et Hermann ? Tu n'as jamais cherché à…

Non, elle m'interrompt aussitôt. Ma mère a essayé. À l'adolescence, j'ai fait des recherches de mon côté. J'ai trouvé.

De sa longue main, Brunhilde caresse la fente dans le bois de la table, à la façon de ma mère quelques jours plus tôt chez Lucien. Leurs deux gestes se télescopent dans mon esprit. Cette manie de combler la faille du bois de la pulpe de leurs doigts, comme on apprécie la profondeur d'une cicatrice.

J'ai pensé qu'Antoine devait avoir cette lettre, elle reprend. J'ai commencé à la traduire en français, je l'ai recopiée, j'ai sincèrement voulu la lui envoyer. Puis je me suis dit que ce serait trop terrible. Toutes ces années après, recevoir une lettre pareille sans personne en face de lui pour lui dire que c'était la réalité, qu'il ne rêvait pas.

C'est pour ça que…

Oui, elle m'a coupée. C'est pour ça que j'ai voulu la lui remettre en main propre.

Sa main s'est immobilisée sur la table, comme retenue par un lien invisible.

Finalement, ça ne s'est pas passé comme ça. J'ai rencontré Mariella, on s'est retrouvées dans le Berry, la vie a fait des siennes et moi je me suis dégonflée.

Le chat a posé délicatement ses coussinets sur la vitre, avant de se rétracter.

Jusqu'au soir où…

Elle hésite pour la seconde fois.

… j'ai parlé à Mariella de cet endroit dont j'avais entendu dire que la terre était belle. Et la terre est sacrément belle ici. C'est vrai. C'est plus qu'on aurait pu souhaiter. Quand on a débarqué, je ne sais pas… J'avais l'impression d'être chez moi, mais je n'ai pas parlé à Antoine. Rien n'aurait été pareil après. Je crois.

À sa façon de sonder l'invisible, je décèle que le doute n'a jamais disparu.

Bien sûr, c'est resté longtemps dans un coin de ma tête. Tout le temps même.

Donc, Antoine ne l'a jamais lue ? a murmuré Lili.

Jamais.

Un silence.

Ma mère n'avait pas eu le courage ou l'envie de la lui envoyer. Ce n'était pas à moi de le faire, si ? Venir ici, c'était déjà… presque profaner son secret, elle dit en clouant ses yeux sur les pierres grises et bombées qui couvrent le sol.

Le beau visage immobile d'Antoine me revient, suspendu au mur dans le salon de Lucien, lové dans son cadre doré.

Brunhilde a tiré sur son joint et disparu à nouveau quelque part à travers la fenêtre, par-delà la rivière, les montagnes, les arbres et tout ce qui vit, par-delà même la terre et le ciel. Elle ferme les yeux.

Lili me fait signe qu'il est temps de partir.

Merci, je dis.

Et elle nous accompagne jusqu'à la porte en vitrail.

C'est mon père qui a fait cela. Je l'ai récupéré à sa mort. Vous allez penser que c'est une manie à force, récupérer les choses de mes morts. Vous avez raison.

Elle sourit pour la première fois depuis notre arrivée.

C'est très beau, je réussis à dire avant de poser mon pied sur la grande pierre grise qui sert de perron, sans savoir si je parlais des vitraux ou du fait de garder auprès de soi des choses faites par les mains de ses défunts. Une lettre, un vitrail, quelque chose de palpable, de visible, qui dise qui ils étaient. Les deux me paraissent recevables.

Lili m'emboîte le pas sous le soleil couchant réchauffant l'horizon de sa couverture orange avant la nuit. Nous contournons la maison, passons le panneau KERAMIK et longeons la route jusqu'à la voiture, sans dire un mot. Nous marchons ainsi un moment dans le silence, l'ombre de sa silhouette précédant la mienne, encore toutes pleines des mots à l'encre bleue sur le papier jauni, des mots comme on n'en voit plus que dans les archives. Ou les romans.

Elle marque une pause, jette une dernière fois les yeux sur les monts assombris. Un sentiment de plénitude m'étreint en même temps qu'une pensée. Déjà en forme de phrase. Une pensée comme une prière.

Les sorcières gardent le monde.

Un jour, moi aussi je parlerai toutes les langues en silence. Je saurai leurs formules, leurs prières et le nom de toutes choses. Les secrets. Je saurai tous les secrets. Le sien.

Le moment approche. Je me tiens prête. J'écris. J'écris comme on marche vers Compostelle, La Mecque ou Bénarès. J'écris vers elle.

La phrase de mon grand-père m'apparaît pour la première fois comme un leurre. L'un de ces tours qui cachaient tout le reste et dont il avait le goût. Car si tous ne l'ont pas trouvée, la gare, lui non plus. Leur gare a surgi ailleurs, en d'autres lieux, pour certains sans jamais être allés au-delà de la route qui longe le pré de la Grande Montagne. Bien entendu qu'il le savait. Maintenant, je le sais aussi. Sa gare à lui est partout, dans le camaïeu de vert du pré de la Grande Montagne, dans la voix enrouée des vaches, dans le ciel plombé qui leur sert de décor, dans ses souvenirs et ses désirs d'exil que la rivière emporte, les transformant en une énergie pure qui se déverse et alimente toute la vallée.

La gare d'Antoine, elle, est là. Il suffit de franchir le panneau KERAMIK. Elle est tout près, gardée derrière ces murs de pierres et ces ardoises humides dans la pièce sombre. Dans le chat noir à la fenêtre dont l'iris et le pelage se confondent et qui veille. Elle est là dans l'odeur de fumée du gris, dans les mots d'Ursula couchés sur le papier jauni et plus que tout dans les yeux de crépuscule de Brunhilde qui valent toutes les gares du monde.

Terminus. Tout le monde descend.

TERMINUS

L'Escoundillou

E-mail de Mariella, Paris, janvier 2023

Chère Pauline,

Reçu tes deux livres aujourd'hui

Regarde aussi ton image sur les couvertures et retrouve la filiation avec tes grands-parents

Loup et louve alpha,

C'est avec eux que j'ai partagé la vie ici dans le pays des volcans

Et Rivière quand je parle de lui, Jeannot comme l'appelle Lili – ce qui me fait rire, car j'ai toujours appelé mon papa Paul

Mais je disais *Mueti* à ma maman Esther – (*Mueti* : patois suisse alémanique pour dire *Mutter*)

On avait touché le sujet de la guerre un instant en parlant de M. Rivière

J'y ai repensé quand un des dimanches, j'entendais des coups de feu dans la forêt juste en dessous de la maison

Il y a tant de chasseurs ici, des types qui se promènent un fusil à la main – et tirent en plus, font des battues, mettent des panneaux sur la route « Attention chasse » ou je ne sais ce qui est écrit dessus

Jamais M. Rivière n'a porté de fusil ni participé à la chasse

Peut-être savait-il mieux que d'autres ce que cela veut dire – se promener un fusil à la main.

La pluie tombe et redonne les couleurs et l'esprit à ce pays

Les lichens argentés brillent dans la vallée et le sol fait de feuilles de hêtre rouge-brun invite les troncs d'arbres à émerger violet de mars

Et peut-être à réveiller les volcans –

Rien ne dort jamais ici – les montagnes sommeillent juste –

Dans ce pays où les ombres des montagnes ont une couleur brun-rouge, chaude, très proche de la couleur des vaches de la race « Salers »

Alors que les ombres de mes Alpes adorées d'enfance sont froides, bleutées

Comment ne pas penser au rouge feu qui frémit sous la couverture verte ?

Je suis bavarde alors que je veux ouvrir ton livre et lire avec pour seul accompagnement le son de la pluie sur le toit

N'hésite pas si tu as des questions, certainement il y a plein de souvenirs enfouis qui peuvent resurgir

Contente de savoir que tu écris –

Qu'un jour peut-être je pourrai lire ton texte

Mille mercis

Amitiés

Mariella

P-S : J'attends depuis 10 jours une livraison de porcelaine qui est partie juste de Périgueux et n'a toujours pas trouvé le chemin de l'Escoundillou

À tous ceux qui n'ont pas trouvé la gare
et qui, malgré tout, ont voyagé loin.

À Jeannot et Yvette.

Playlist du Wunderland

Santa Esmeralda, *Don't Let Me Be Misunderstood*
Simon et Garfunkel, *Sound of Silence*
Michel Sardou, *La Java de Broadway*
Daniel Guichard, *Elle n'est pas jolie, elle est mieux que ça*
Carlos, *Big Bisou*
Dave, *Est-ce par hasard ?*
Jeanette, *Porque te vas*
Johnny Hallyday, *Requiem pour un fou*
Baccara, *Yes Sir, I Can Boogie*
Laurent Voulzy, *Rock Collection*
Bob Dylan, *Like a Rolling Stone*
Nena, *99 Luftballons*
France Gall, *Viens je t'emmène*
Sheevaree, *Goodnigt Moon*

L'autrice y ajoute les chansons qui ont accompagné l'écriture :

Solaan, *Rome*
Jeanne Moreau, *Je ne suis fille de personne*

Devendra Banhart, *Queen Bee*
Lloyd Mabrey, *What a Day for a Day Dream*
Préludes de Bach, joués par Glenn Gould
Scarlet Pleasure, *What a Life*
Diam's, *Car tu portes mon nom*
Django Reinhardt, *Over the Rainbow*
Chavela Vargas, *Paloma Negra*
Vivaldi, *Les Quatre Saisons*, « Été »
Rosalía, *LLYLM*
Francis Cabrel, *Peuple des fontaines*
Barbara, *Göttingen*
Raffaella Carrà, *Cuando Calienta el Sol*
Jeanne Moreau, *Où vas-tu Mathilde ?*
Alizée, *J'en ai marre !*
Nina Simone, *Ain't Got No I Got Life*
Dany Brillant, *Une fille comme ça*
Fool's Garden, *Lemon Tree*
Herbert Grönemeyer, *Männer*

Bibliographie

Heinrich Böll, *L'Honneur perdu de Katharina Blum*, traduit de l'allemand par S. et G. Lalène, Points, 2021.

Heinrich Böll, *Lettres de guerre, 1939-1945*, traduit de l'allemand par Jeanne Guérout, L'Iconoclaste, 2018.

Heinrich Böll, *Le train était à l'heure*, traduit de l'allemand par Colette Audry et Mathilde Camhi, Gallimard, « Folio », 1983.

Fabrice Grenard, *Tulle. Enquête sur un massacre, 9 juin 1944*, Tallandier, 2014.

Goliarda Sapienza, *L'Art de la joie*, traduit de l'italien par Nathalie Castagné, Le Tripode, 2016.

Le psaume répété par Lili, « La nature est un temple où de vivants piliers / Laissent parfois sortir de confuses paroles », est extrait du poème « Correspondances » de Charles Baudelaire figurant dans le recueil *Les Fleurs du mal*, publié en 1857.

*

L'interview de Jacques Brel évoquée aux p. 276, 278, 281 est tirée des archives de l'INA.

Remerciements

Merci aux femmes extraordinaires qui ont inspiré cette histoire. Merci pour votre douce confiance. Merci de m'avoir ouvert votre porte. Je me sens privilégiée de vous connaître. Pour des raisons romanesques évidentes et aussi parce que toute tentative de réalisme absolu aurait été vaine et au-delà, je le crains, trahison, je suis allée chercher en imagination les réponses à mes questions.

Ceci est un roman, elles en sont les muses.

« Toutes ressemblances ne sont ni intentionnelles ni fortuites mais tout bonnement inévitables », comme l'écrivait Heinrich Böll dans *L'Honneur perdu de Katharina Blum*.

Inévitables, me répète la petite voix dans ma tête.

Merci à elles, l'art d'être muse n'est pas une mince affaire.

Merci à ma famille de paysans, merci à cette terre qui toujours m'accueille avec enthousiasme et m'appelle à elle un peu plus.

Merci à ma tante et mon oncle pour leur accueil chaleureux, leurs encouragements et leur façon si singulière de raconter.

Merci à A. pour son rire, son enthousiasme, ses portraits au mur, le chien de sa belle-sœur et sa charmante épouse. Merci à Jeannot et Yvette dont la présence immanente, les photos, les disputes et l'invincible tendresse m'ont conduite là. Merci à Lili, *amie* pour mon fils, maman pour moi, mon Lancelot dans cette quête sans fin qu'est l'écriture. À ma sœur, assise à mon côté où que j'aille. À Fred, Charli et Gabriel, ma gare à moi.

Merci à celles qui ont rendu possible le livre que vous tenez entre vos mains.

À Susanna, mon agent, qui m'a immédiatement encouragée et soutenue. Merci pour cette force nouvelle que tu partages avec tant de générosité et de clairvoyance. Merci à Louise, mon éditrice, dont la douceur et l'intelligence espiègle se sont glissées dans ce livre. Merci à Capucine, aiguilleuse habile. Merci à Anna Pavlowitch, directrice des éditions Albin Michel, pour son accueil et sa confiance précieuse. Merci aussi à mon amie Lilia, pour nos discussions sans fin qui nourrissent ma vie et mes livres.

Merci à l'historien Fabrice Grenard pour ses entretiens et ouvrages passionnants, aux personnels de mairies, archivistes et gardiens de la mémoire qui m'ont aidée tout au long de l'écriture de ce roman.

Merci aux libraires qui conduisent nos histoires jusqu'à vous.

Enfin, merci à vous. Vous êtes la destination.

DE LA MÊME AUTRICE

LAISSEZ-NOUS LA NUIT, Grasset, 2020.

LES PARADIS GAGNÉS, Grasset, 2022.

Retrouvez toute l'actualité des éditions Albin Michel
sur notre site albin-michel.fr
et suivez-nous sur les réseaux sociaux.
Instagram : editionsalbinmichel
Facebook : Éditions Albin Michel
X : AlbinMichel
YouTube : Editions Albin Michel

Composition : IGS-CP
Impression : Normandie Roto s.a.s. en mai 2024
Éditions Albin Michel
22, rue Huyghens, 75014 Paris
www.albin-michel.fr

ISBN : 978-2-226-49595-2
N° d'édition : 26034/01 – N° d'impression : 2401517
Dépôt légal : août 2024
Imprimé en France